DOCE FÚRIA

SASH BISCHOFF

DOCE FÚRIA

Tradução
LÍGIA AZEVEDO

Copyright © 2025 by Sash Bischoff LLC

A Editora Paralela é uma divisão da Editora Schwarcz S.A.

Grafia atualizada segundo o Acordo Ortográfico da Língua Portuguesa de 1990, que entrou em vigor no Brasil em 2009.

Nas páginas 13, 31, 35, 89-90, 92-3, 96, 99-102, 121, 123, 129, 141, 143, 146-7, 175, 178--80, 182, 193, 204, 206, 212, 230, 233, 235, 255, 273, 277-8, foram usadas citações de *Os belos e malditos* (Trad. de Roberto Grey. Porto Alegre: L&PM, 2008); de *24 contos* (Trad. de Ruy Castro. São Paulo: Companhia das Letras, 2004); *O grande Gatsby* (Trad. de Vanessa Barbara. São Paulo: Companhia das Letras, 2011); *O último magnata* (Trad. de Sergio Flaksman. São Paulo: Companhia das Letras, 2013); e de *Suave é a noite* (Trad. de Sergio Flaksman. São Paulo: Companhia das Letras, 2023).

TÍTULO ORIGINAL Sweet Fury
CAPA E IMAGEM DE CAPA Fernanda Mello
PREPARAÇÃO Fernanda Belo
REVISÃO Nestor Turano Jr. e Márcia Moura

Dados Internacionais de Catalogação na Publicação (CIP)
(Câmara Brasileira do Livro, SP, Brasil)

Bischoff, Sash
  Doce fúria / Sash Bischoff ; tradução Lígia Azevedo.
— 1ª ed. — São Paulo : Paralela, 2025.

  Título original : Sweet Fury.
  ISBN 978-85-8439-442-5

  1. Ficção norte-americana I. Título.

24-237223   CDD-813

Índice para catálogo sistemático:
1. Ficção : Literatura norte-americana   813

Cibele Maria Dias – Bibliotecária – CRB-8/9427

Todos os direitos desta edição reservados à
EDITORA SCHWARCZ S.A.
Rua Bandeira Paulista, 702, cj. 32
04532-002 — São Paulo — SP
Telefone: (11) 3707-3500
editoraparalela.com.br
atendimentoaoleitor@editoraparalela.com.br

Para Ben, que nunca duvidou

Dê-me um herói e escreverei uma tragédia.
F. Scott Fitzgerald, *Crack-up*

Nota da autora

Tenho uma dívida com o titã literário F. Scott Fitzgerald, cuja obra foi enorme inspiração no processo da escrita de *Doce fúria*. Em muitos aspectos, este romance dialoga com seus escritos, e sou grata a ele pela literatura profunda e atemporal que deixou para nós.

Os fãs do autor encontrarão inúmeras referências à sua prosa poética neste livro.

Doce fúria é, em parte, dedicado ao legado de Fitzgerald.

Prólogo

Ela permanece ali, depois de tudo acabado, presa atrás da parede de vidro, em um oscilante horror silencioso.

Lá fora, a alvorada começa a se insinuar, o céu sobre o rio Hudson um hematoma recém-feito, a superfície da água entre o cinza e o prata, os dedos da névoa se fechando. O mundo é uma calmaria leitosa, ainda não maculado pela carnificina nele. Mas ela sabe: nada nunca mais será o mesmo.

Seus olhos perplexos descem para o vestido, manchado de vermelho-escuro. As mãos inocentes estão de alguma forma sujas de sangue. Há tanto sangue por toda parte, insuportavelmente vívido...

Seu estômago se revira. Ela não consegue pensar a respeito.

Então observa os resquícios no cômodo devastado: o livrinho preto, o quadro apocalíptico, a máscara dourada, com olhos que não veem. A faca. Do outro lado do vidro, as nuvens se deslocam, fazendo a lâmina brilhar, ofuscante.

Ela não olha para o corpo amontoado no chão, a poça cada vez maior. A náusea aumenta. Não. Precisa dar um fim nisso, de uma vez por todas.

Ele está voltado para a sacada, iluminado por trás, contra o horizonte que aos poucos se eleva, um pé diante do outro numa postura de corredor. Como se aquela fosse outra manhã qualquer, como se fosse simplesmente sair para uma corridinha para voltar com um café quente na manhã fria.

À distância, uma a uma, as luzes verdes da costa começam a se apagar.

Precisa agir rápido. O tempo está se esgotando, e ela ainda está em perigo mortal.

Pressiona as mãos nas orelhas — obrigando-se a se concentrar no som tranquilizante da própria respiração. Fecha-se em si: puxa uma corda que vibra até parar. Respira.

Então abre os olhos e desbloqueia o celular. E faz a ligação.

"Por favor, me ajuda", sussurra, e lágrimas começam a rolar. "Alguém foi esfaqueado. Ele... ai, meu Deus, acho que ele está morto."

ATO UM
REVELAÇÕES ÍNTIMAS

ANOTAÇÕES DE: J. GABRIEL

Paciente: L. Crayne
Dia/horário: 10/6 — 10h30
Sessão: 1

Paciente nova. Atriz de cinema famosa Lila Crayne. Quase não aceitei. Faz um ano mais ou menos que não há espaço na agenda. Não conhecia o trabalho dela. Quando soube de seu projeto atual e que o processo provavelmente seria breve, fiquei bem interessado.

Primeira sessão. L entrou animada no consultório, estendendo a mão. Fiquei perplexo: esperava alguém contido, uma estrela sofisticada. Com seus modos abertos e diretos eu nunca teria adivinhado que se tratava de um ícone americano. Ofereci chá. Ela aceitou. Mencionou que Brielle, uma amiga próxima, havia me recomendado fortemente. L logo ficou à vontade: tirou os sapatos e se aninhou num canto do sofá. Pareceu relaxada e segura, quase alheia às regras da terapia.

Enquanto eu fazia o chá, comentou sobre os diplomas no corredor. Disse que também estudou em Princeton. Calculamos que entrei três anos antes, então tivemos um ano em comum, mas não nos conhecemos. Estranhei não ter ouvido falar de uma atriz famosa na universidade, mas L explicou que só começou a atuar depois de formada. Parecia importante a ela estabelecer uma conexão a partir de um passado em comum, dos espaços de convivência etc. Perguntei se tudo bem trabalharmos juntos apesar disso. L disse que sim.

Tem um novo filme: uma adaptação feminista de *Suave é a noite*, de F. Scott Fitzgerald, dirigida pelo namorado de longa data, Kurt Royall (conhecia de nome). L também é produtora, além de interpretar a protagonista Nicole Diver.

Confessei meu interesse pessoal: além de ter estudado Fitzgerald em Princeton, ele é meu escritor preferido (apontei a estante reservada para suas obras). L se animou com isso. Eu disse que Fitzgerald chegou a escrever o argumento para um filme de *Suave é a noite*, mas o projeto nunca foi para a frente.

"Você parece saber tudo a respeito dele. Tenho vergonha de admitir que não é o meu caso. Só tinha lido *Gatsby*."

Respondi que, embora *Gatsby* estivesse um pouco batido demais, ainda era meu preferido. Que relia uma vez por ano.

"Que sorte a minha. Vai ser maravilhoso ter sua orientação enquanto mergulho de cabeça nisso."

A resposta de L a meus conhecimentos sobre Fitzgerald me interessou. Será que ela precisa de uma figura de autoridade para se sentir segura? Como reagirá quando eu a decepcionar ou não a entender?

Algo em L me desarma. Eu estava revelando muito mais sobre mim do que de costume. Sua sutil falta de consciência de limites me surpreende. Um mecanismo estratégico de adaptação? Uma sensação de que esse é um direito seu? Uma necessidade de controle? Ou apenas um bom início de relacionamento, um sinal de aliança terapêutica forte?

O que na adaptação atraiu L? Com o que se identificou especificamente? (Todas as falas entre aspas foram transcritas da gravação autorizada de nossas sessões.)

"Acho que a resposta se resume ao tema do filme, o que torna nossa adaptação diferente do romance." Ela fala com cuidado. "Como você sabe, *Suave é a noite* é visto como a trágica queda de Dick Diver, que aconteceu sobretudo por causa da paciente, Nicole. Ela é considerada vampírica. Nos primeiros rascunhos de Fitzgerald, inclusive, sua esquizofrenia a leva a matar homens! A interpretação mais comum é a de que o dr. Diver, com seu complexo de salvador da pátria, abre mão das próprias necessidades para se casar com Nicole e pegar todos os problemas dela para si. Ela se aproveita disso e com o tempo vai ficando mais forte, conforme suga as forças do marido. No fim, ela se cura e deixa Diver para trás, como um homem desequilibrado e falido.

"Nossa adaptação interpreta a história como a da libertação de Nicole." Pausa. "Deixa eu ver se consigo explicar. Ela é inocente desde o início, entende? Sua esquizofrenia é resultado de um trauma terrível: depois que a mãe morreu, o pai a estuprava repetidamente. Então sua doença é uma reação. Ela desconfia de todos os homens e se sente presa, desesperada pra escapar. Mas quando é internada, fica proibida de discutir ou processar o abuso. O pai a abandona e não há nenhum dano para sua reputação. Então ela conhece e se apaixona pelo médico, Dick."

Acrescentei: "Um caso clássico de transferência. Nicole logo transfere seus sentimentos de dependência para Dick, e o vê como seu amante e protetor, na mesma combinação de parceiro romântico e cuidador que ela encontrava no pai".

"E, contrariando os conselhos dos outros médicos, Dick decide se casar com ela."

"O relacionamento deles inicia sobre uma base instável", apontei. "Desde o começo, há um desequilíbrio em termos de poder. A própria estabilidade mental de Nicole depende de Dick."

"Então, ao acreditar que é capaz de ser tanto o médico como o amante de Nicole, Dick se torna o responsável por criar o relacionamento tóxico pelo qual depois a culpa. E, em

vez de a ajudar a lidar com o trauma, ele se recusa a abordar seu passado. E a silencia."
"Fora Rosemary, claro."
"Fora Rosemary!", L disse. "O olhar de Dick está sempre vagando para outras mulheres, e mulheres mais jovens, vulneráveis, o que funciona como um gatilho para Nicole, considerando sua relação com o pai. No começo, Rosemary é uma atriz menor de idade que se impressiona fácil e que também tem uma bagagem complicada quando se trata do pai. Como Nicole, ela se apaixona por Dick, um homem muito mais velho. De novo, em vez de agir com responsabilidade, ele sucumbe ao desejo de Rosemary de que ele desempenhe o papel de amante e de pai. Quando Nicole descobre o caso e tem uma crise de esquizofrenia, é nesse momento que o herói se torna seu traidor."

Nossos olhos se encontraram.

"Você entende. Dá pra ver", L disse. "Nossa versão do livro não é outra tragédia sobre o sofrimento do homem branco. É uma história feminista de cura, de reparação. Nicole nunca teve culpa de seu transtorno mental. Ele se deve ao trauma da relação com o pai e até da relação com Dick. Quando a história acaba, ela tem só vinte e nove anos, mas, de alguma forma, conseguiu se firmar na realidade com os dois pés no chão. Dick se tornou instável e autodestrutivo, se encaminhando rumo ao próprio fim. Mas Nicole superou o trauma e virou dona de si mesma. Agora ela é livre."

Tive que admitir que o tema do filme era impressionante. Se bem-feita, a adaptação seria sensacional.

Perguntei por que, com a aproximação do papel em *Suave é a noite*, ela havia procurado terapia.

Corando, L explicou sua reputação de mergulhar de forma tão profunda nas personagens a ponto de se tornar quase irreconhecível. E, dada a história da protagonista, pensou que seria importante examinar o próprio trauma de infância. Me procurou especificamente por causa da minha especialização ser em trauma relacionado a violência doméstica.

Perguntei se ela tinha feito terapia antes. L disse que era a primeira vez. Vivia ocupada e nunca tinha considerado como prioridade. "O que provavelmente significa que eu não estava pronta para encarar meu trauma. Mas agora estou."

"É corajoso da sua parte."

"É? Não me parece corajoso. Parece necessário."

L demonstra ter bastante autoconsciência. É astuta, articulada e sincera. O tempo todo mantém o foco em mim. Faz sua parte e procura ser uma boa paciente.

Pedi que me contasse sobre seu trauma de infância, pensando em como *Suave é a noite* poderia ajudá-la a compreender a narrativa de sua própria experiência.

L contou que o pai morreu em um acidente de carro há quase vinte e cinco anos, quando ela tinha oito.

"Papai estava bêbado. Mas sempre estava. Mal me lembro dele sóbrio."

"Ele estava dirigindo?"

Ela confirmou.

"Pode me contar o que aconteceu aquela noite?"

"Não me lembro."

Esperei.

"Não me lembro de nada", L explicou. "E eu estava lá."

"No carro?"

"Mamãe e eu estávamos." Ela soprou o chá, se recompôs. "Bom, eu sei os fatos. Sei o que está no relatório. Era tarde, não tinha muitos carros na rua. Papai não conseguia manter o carro em linha reta. Uma hora foi para a contramão e bateu em um caminhão. Minha mãe quebrou o braço e algumas costelas. Eu perdi um dente e levei vários pontos na testa, na bochecha, no queixo. Ainda tenho a cicatriz, está vendo? Tive uma concussão e mamãe também. Papai perdeu muito sangue enquanto a gente esperava a ambulância. A reanimação não foi bem-sucedida."

"E você não se lembra de nada disso?"

Ela balançou a cabeça. "Não me lembro de nada daquela noite. Talvez por causa da concussão."

Já temos o evento central de seu trauma de infância. Revelar as lembranças reprimidas da morte do pai pode ser crucial para a cura. Em nosso trabalho conjunto, espero ajudar L a reconstruir sua memória, lançar luz sobre ela.

Antes de encerrar, voltei à frase que ela usou sobre encarar o trauma. Perguntei o que ela quis dizer.

L me avaliou por um momento. Por fim, falou baixo:

"Quero sua opinião sincera. Se alguém tivesse feito algo horrível com você, há cura para isso? Ou sempre deixa uma cicatriz? Dá pra apagar a cicatriz? E o mais importante: dá para apagar o poder da pessoa de te machucar de novo?"

"O que você acha?"

L sorriu de leve. "Não sei. Por isso estou aqui."

"Bom, eu acredito na cura. Não trabalharia com isso se não acreditasse."

L não pareceu convencida.

"Cicatrizes empalidecem, Lila. Ficam menos perceptíveis, e com o tempo nem percebemos que estão ali. Elas se tornam parte de nós. E não somos mais capazes de lembrar como éramos sem elas.

"E já que pediu minha opinião: quando alguém passa por um trauma, o melhor a fazer é se debruçar sobre ele. Demonstrar curiosidade. Como você disse, encarar. Só assim ele perde o poder sobre a pessoa."

"Jonah." L me olhou atentamente. "Acha que pode me ajudar com isso?"

"Lila." Sorri. "Acho, sim."

Dois

"Porra, você tá uma gata. Se eu pudesse, te comeria." Ele pareceu pensar a respeito, então se inclinou e lambeu o pescoço dela.

Ela riu. "Não vai me dizer que depois de todos esses anos você vai virar hétero por minha causa."

Freddie sorriu. "Se alguém tivesse esse poder, seria você."

Ela se voltou para o próprio reflexo no espelho infinito. Diante dela, inúmeras Lilas Crayne se estendiam até onde a vista alcançava a partir do seu centro iluminado. Ela se ajeitou um pouco, para absorver a imagem, e milhares de Lilas ao redor se ajeitaram também.

Seu melhor amigo a abraçou por trás. "Estou adorando isso", ele murmurou. "É tipo *A malvada*."

Ela olhou para a imagem dos dois juntos, à luz fraca do banheiro da suíte. Apesar do excesso de vidros e das formas retas, aquele era o cômodo onde se sentia mais segura.

"Olha para esses dois", Lila disse, com um sorriso para o reflexo deles. "Só olha."

Ela havia conhecido Freddie James em Los Angeles anos antes, no set de *Jogo da espera*, filme de Kurt Royall que a revelou. Kurt já era um bambambã enquanto Lila não passava de um bebê na indústria. Freddie, por sua vez, tinha alguns filmes no currículo e algumas histórias para contar.

Foi amor à primeira vista; num piscar de olhos, os dois tinham virado unha e carne e estavam de mudança marcada. Lila adorava o quão antenado ele era, como eram perspicazes suas observações, e como escutava com atenção. Já ela o compreendeu desde o princípio. A maioria das pessoas formava certa ideia a respeito de Freddie quando o conhecia, presumindo que seu humor afiado e seco era sinal de condescendência e falta de sensibilidade. Mas Lila viu além e reconheceu em Freddie alguém leal e de coração bom — qualidades que, naquela indústria, eram quase impossíveis de encontrar.

Quando *Jogo da espera* se tornou um sucesso de bilheteria, Lila foi imediatamente lançada ao estrelato e se tornou a queridinha da América. De repente, todo mundo ao seu redor começou a se esforçar *demais*: para agradá-la, para chamar a sua atenção, para conquistar seu afeto. Freddie foi a única pessoa que não mudou em nada. Com ele, não havia afetação. Ela podia ser apenas Lila: uma igual, uma amiga.

Enquanto a carreira dela explodia, Freddie se apaixonou pelo proprietário de uma das empresas de relações públicas mais respeitadas do negócio. Os sinais de alerta foram clássicos, e desde o começo Lila viu a situação tal qual era. Conhecia relacionamentos tóxicos bem demais, e faria qualquer coisa para salvar o amigo daquele. Depois de três dolorosos anos suportando os abusos do namorado, Freddie enfim se sentiu pronto para admitir que ela tinha razão. Assim — com muita paciência e cuidado —, Lila bolou um plano para ajudá-lo a sair daquela.

Seis meses antes, haviam dado o ok para a produção de *Suave é a noite*; a pedido de Lila, Kurt oferecera o papel de Tommy Barban a Freddie. O filme o deixaria a cinco mil quilômetros de distância do ex e o faria esquecer aquele relacionamento horrível (assim Lila esperava). Freddie empacotou tudo que tinha em Los Angeles e levou para Nova York, do outro lado do país, onde Lila o esperava de braços abertos.

"Não fica triste", ele disse baixinho. "Esse dia ia acabar chegando. Não posso morar com vocês pra sempre."

Ela deu de ombros. "Você sabe que Kurt te adora..."

"Claro que sim." Freddie sorriu, então voltou a performar. "Querida. Eu sou o estereótipo do melhor amigo gay. Minha mera existência faz Kurt se sentir super..." Ele ergueu uma sobrancelha. "Hétero."

Ainda que odiasse admitir, Lila sabia que era verdade. Na presença de Kurt, Freddie sempre assumia o papel de bicha fabulosa — e, diante de toda a pavoneada, Kurt se tranquilizava, certo de que o outro não alimentava nenhum desejo por debaixo dos panos.

Freddie deu um cheiro no pescoço dela. "Se anima. Vou pro Soho, não pra Sibéria. Fora que hoje à noite o aniversariante merece ter você todinha pra ele. Quero vocês dois pendurados no lustre."

Ela sorriu. "A gente não tem lustre."

"Quero acrobacias! Pirotecnias! Mas enquanto isso", ele ajeitou a camisa e o cabelo, "tenho um trabalho a fazer."

Ela tirou um fiapo do colarinho dele. "Está indo pra lá agora?"

"Pois é. Sua assistente superdedicada não para de me mandar mensagem. Se não fosse por você, eu bloquearia essa palhaça. Mas não se preocupa: sou bom ator." Olhando para o próprio reflexo, ele se empertigou. "Vou ser puro glitter, escandaloso, chiquérrimo, ao mesmo tempo charmoso e sarcástico. Vou conquistar eles num segundo, e vou lubrificar a paciência de todos com muito álcool. Vão estar prontos para Kurt, com sua enorme, impressionante, de tirar o fôlego..."

Lila deu um tapa em Freddie.

"... presença!" Ele sorriu. "Você tem a mente bem suja, né?" "Obrigada, Freddie." Lila tocou a bochecha do amigo. "O que eu faria sem você?"

"Lila." Ele pegou a mão dela e beijou a palma. "Te devo a minha vida. É o mínimo que eu posso fazer."

Ela pressionou um dos espelhos e a porta embutida secreta se abriu, tirando-os de seu santuário para o mundo que os aguardava. Enquanto desciam as escadas que davam no cômodo principal, Lila se admirou novamente com sua sorte.

Assim que ela e Kurt tinham chegado à cidade, Lila encontrou um loft deslumbrante na parte sul do West Village, um lugar amplo e luxuoso, mais Tribeca que Village a julgar pelo pé-direito gótico, a planta aberta e o estilo minimalista. O piso era de cimento queimado, as paredes num branco brilhante e os canos propositalmente à mostra: vermelho-vivos, com um toque prateado. O apartamento ficava na West Street, pertinho do rio Hudson. Ela e Kurt eram donos de toda a cobertura com seus seis metros de altura, envoltos quase em sua totalidade por painéis de vidro à prova de som. As janelas transcendentes, que tudo viam na cidade, davam a impressão de que poderiam sair voando, como nuvens no céu. Mas, tragédia, permaneciam fixos à terra pela pièce de résistance: o esplêndido deque privado, que circundava toda a extensão do apartamento em um sorriso satisfeito. Os ossos do lugar pareciam se abrir para o píer lá embaixo, para a água cintilante com seus barcos balançando, para os corredores matutinos.

Depois de se despedir de Freddie com um beijo, Lila voltou a atenção para o aniversariante, que a aguardava na sacada. Kurt estava debruçado no parapeito segurando um *frozen* martíni. Era um corredor: tinha sangue quente e inquieto, sempre em busca de se manter à frente, vencer. Naquela noite, usava uma camisa branca engomada com a gola aberta, calça sob medida azul-marinho e mocassim de couro creme. Sua estrutura era forte e tinha cabelos grossos prateados e a pele bronzeada de sol.

O vidro produziu um ruído baixo quando ela abriu a porta.

"Freddie acabou de ir. E me pediu pra te agradecer de novo."

Kurt se virou, apoiando os cotovelos no parapeito atrás de si, e olhou para Lila.

Ela havia escolhido um vestido para deixá-lo louco: um *slip dress* champanhe aberto nas costas, que se moldava delicadamente à sua cintura fina. Um vestido nude, do tipo que era preciso olhar duas vezes, já que passava a impressão de que ela não usava nada. O único toque de cor era do batom forte em seus lábios.

"Você está maravilhosa, Crayne."

"Feliz aniversário. Tenho um presentão pra te dar depois."

"Estou vendo", Kurt disse, tomando um gole de bebida.

"Mais tarde, garanhão."

Ele sorriu. "Qual é a surpresa?"

Ela tirou o martíni da mão dele. "Não seria surpresa se eu te contasse."

Ele a segurou pela cintura.

"Paciência, sr. Royall", ela disse, colocando uma azeitona na boca.

Um gemido baixo. "Só uns minutinhos. Vou ser rápido"

"Você? Até parece."

Kurt riu. "Você vai acabar me enlouquecendo, sabia disso?"

Ela se inclinou para a frente. "É o plano", sussurrou.

Desceram pelo elevador privativo para a rua, onde Daniel já os aguardava no carro. Ele os levou pelos quarteirões arborizados do Village, seguidos de perto pelos seguranças.

Quando Kurt se distraiu por um momento com uma ligação da produção do filme, Lila mandou uma mensagem para Freddie:

Chegamos em cinco. Reúne os bebuns.

Ele respondeu na mesma hora:

Afirmativo, capitã. Bêbados a postos.

Eles viraram em uma rua de paralelepípedos, e Daniel parou diante de um restaurante no térreo de um prédio residencial. Kurt levantou os olhos do celular.

"Aquele francês novo?"

Lila deu um beijo na bochecha dele. "Que espertinho você."

"Está aberto mesmo?", Kurt perguntou enquanto desciam do carro. "As luzes estão apagadas."

"Só abre oficialmente na semana que vem", ela falou. "Mas mexi uns pauzinhos e hoje vão abrir só pra gente."

"Que fofo", Kurt murmurou. "Obrigado, gatinha."

Ela lhe deu as costas, sorrindo. Kurt Royall não era do tipo modesto. Ansiava pelo calor inebriante dos holofotes, pelo agito da multidão.

Eles abriram a porta e entraram.

"Por que será que está tão escuro assim?", Lila perguntou, pegando a mão dele.

"Oi?", Kurt chamou. "Tem alguém aqui?"

Uma risadinha abafada, então, de uma vez só, as luzes se acenderam, banhando o espaço com um brilho dourado. Os amigos deles saíram de seus esconderijos, com sorrisos radiantes enquanto chamavam por Kurt aos berros, corriam até ele, abraçavam os dois.

"Feliz aniversário, Kurt, querido", alguém disse. E, sim, era um feliz aniversário, claro que era, porque Lila planejou para que aquilo se concretizasse sem qualquer obstáculo. Ela sorriu para Freddie, que se recostava à porta como uma pantera, praticamente lambendo as patas com satisfação. Ele assentiu e lhe soprou um beijo. Ela havia feito de novo. Conhecia Kurt Royall melhor do que ele mesmo. E a brincadeira tinha apenas começado.

Foi a deixa para os garçons entrarem com taças de champanhe borbulhando. Velas foram acesas, a iluminação principal foi diminuída e as sombras das chamas flutuavam no papel de parede claro. Em um canto, um grupo de músicos tecia notas no ar, enquanto o vocalista cantava jazz em francês. Mais além, janelas em arco davam para um jardim repleto de luzinhas que pontilhavam contra a noite aveludada.

As mesas cobertas por toalhas de linho haviam sido dispostas em um retângulo: um banquete digno de um rei, digno do sr. Royall. E o banquete em si era extraordinário: mariscos salteados em molho de limão-siciliano, manteiga e sálvia; queijos robustos e corpulentos dispostos sobre camas grossas de folhas, as cascas deixando escapar o interior que derretia voluptuosamente. Baguetes quentes, cuja farinha açucarava o ar; o assobio do pão sendo partido e cortado, manteiga sem sal sendo espalhada em generosos pedaços macios. *Les* escargots em suas conchas, com salsinha, sal e um fio de azeite. *Et le* foie gras em abundância, tão leve e suculento que era comido sem acompanhamento. *Enfin*, a carne, ainda chiando, brilhando, macia, em seu próprio suco. *Tout était parfait.*

Depois de servirem o prato principal, Lila foi ao banheiro se preparar para o coup de foudre final. Ela se olhou no espelho, bagunçou a raiz do cabelo para que desse volume, levantou os mamilos aparentes sob o vestido e retocou o batom. Havia chegado a hora.

Antes de retornar à festa, ela parou à entrada e se permitiu absorver a multidão, olhar aquelas pessoas deslumbrantes. Lá estavam Bobby e Greta Starr, usando preto combinando, como sempre. Bobby encabeçava a Olympus Pictures, distribuidora que provavelmente cuidaria de *Suave é a noite*. Lila sabia que ele usaria aquela noite para tentar convencer Kurt a fazer outro filme de ação esquecível. Greta, editora-chefe da *Vogue*, tinha vindo com os próprios planos: implorou para que Lila e Kurt fossem a capa da edição de agosto, e Lila aceitou graciosamente. Greta era incontrolável, ainda mais quando cheirava cocaína, o que estava claro que tinha acontecido.

À sua direita: Dean, o bilionário de fundos de hedge que investia religiosamente nos filmes de Kurt (sua contribuição em *Suave é a noite* tinha sido recorde), e a namorada Yuliana, modelo ocasional de páginas duplas de revistas, mas que, na verdade, passava mais tempo desfrutando do status de influenciadora, posando e ficando de bobeira para seus trezentos mil seguidores. Com poucos drinques, ela estaria esfregando a bunda ossuda em Dean e Kurt e implorando a Lila para se pegarem. (Lila, como sempre, declinaria.)

E Kaylee, a jovem estrelinha em ascensão que Kurt quase escolheu para o papel de Rosemary, antes que Lila o dissuadisse. Ela tinha certeza de que os dois tinham transado em algum momento do passado; naquela noite, Kaylee parecia acreditar estar passando despercebida na tentativa de ser comida por ele de novo. Lila despachou Freddie para distraí-la — ainda que a sexualidade dele não fosse segredo —, e os dedos de Kaylee já estavam altos na coxa dele.

Zev Winters, ator renomado e apreciador de um rabo de saia que tinha um papel em quase todos os filmes de Kurt (e estaria em *Suave é a noite*), acompanhado da nova esposa (a terceira), Sarah, uma advogada, entre todas as coisas. Zev ter se casado com alguém que não era uma celebridade era um sinal para Lila de que ele não estava aposentado de seu papel de libertino. Sarah era bonita e parecia astuciosamente inteligente, o que por sua vez indicava que o casamento não duraria muito. Zev podia ser muito charmoso, mas nunca foi capaz de manter o pau na calça.

Os outros eram todos iguais. Impressionantes, com as roupas de alta-costura, os corpos bem cuidados, a riqueza inimaginável quase visível no brilho da pele. Alguns mais espertos, outros mais distintos, uns mais carismáticos. No entanto, além dessas quase aberrações, todos se encaixavam ali, naquele pequeno espaço, atraídos pelo brilho magnético uns dos outros, orgulhosamente satisfeitos da companhia em que se encontravam, com sede de subir ainda mais alto. Com os olhos úmidos e brilhantes, as risadas altas, as mãos atentas, os dentes cintilando. Raivosos, todos eles. Ainda assim, aquela noite, como sempre, Kurt e Lila se destacavam, colocados num pedestal; aos olhos do mundo, eram a realeza do cinema.

Enquanto Lila retornava, uma mão enlaçou sua cintura. Ela foi puxada para o colo de Freddie com um gritinho encantado.

"Meu herói", Freddie disse, dando um selinho nela.

Lila sorriu. "Isso faz de você minha heroína?"

"Ai meu Deus, Lila, a festa está uma graça!"

Ela olhou para Kaylee com um sorriso forçado. A pobrezinha parecia ter a intenção de levar Freddie para casa aquela noite. E parecia pensar que Lila estava estragando tudo. Era tentador demais.

"Sabe quem é uma graça?", Lila disse, e beijou Freddie de novo, lenta e demoradamente.

"Com licença, senhorita, mas é o meu brinquedinho que você está apalpando", Kurt falou, no outro extremo da mesa.

Lila jogou a cabeça para trás e riu com vontade. O resto da mesa se juntou a ela, os olhos se alternando entre os membros do casal premiado. Finalmente, a disputa da coroa tinha começado.

"Explique-me, sr. Royall, o que isso me torna?"

A boca dele se retorceu em um sorriso. "Ora, minha musa, claro."

"É isso aí!", alguém gritou.

"Eu gostaria de fazer um brinde", Kurt disse, e empurrou a cadeira para se levantar. "Lila Crayne, minha tentação, minha beldade, minha querida, minha perdição. Minha vida era muito diferente antes de você, meu amor, e, graças a você, jamais será a mesma. Foi o aniversário perfeito, com um salão repleto das pessoas que mais amo e admiro. Como todos sabem, em preparação para meu próximo filme, estou vivendo e respirando Fitzgerald. Absorto no sr. Scott, não consigo evitar de pensar que estou em uma festa digna de *O grande Gatsby*. Que belo grupo... tanto estilo, celebridade e glamour..." Ele fez uma pausa e deu uma piscadela. "E uma porrada de bebida..."

Os acusados gritaram em comemoração.

"Eu gosto de festas *enormes*, você não?", Freddie sussurrou no ouvido de Lila, que sorriu com a referência. "Nas festas pequenas não há nenhuma privacidade."

Kurt prosseguiu. "Agradeço a todos por comemorarem comigo esta noite. E agradeço a você, meu amor, por nos reunir." Ele ergueu a taça. "A Lila."

"A Lila!", os convidados repetiram.

Ela se levantou e assentiu para Freddie, que pegou o celular discretamente. Lila ergueu a taça e se dirigiu ao salão. "Não é a cara do sr. Royall brindar a outra pessoa no maldito aniversário dele?" Todos riram. "Mas não vou deixar que ele se safe hoje. Kurt sabe bem que não deixo que se safe de nada."

"É verdade!" Ele balançou a cabeça, pesaroso.
Ao lado dela, Kaylee fungou. Lila procurou se retratar, afagando sua cabeça. Apesar de tudo, Kaylee sorriu.

"Kurt, meu amor, não entende que esta noite deve ser toda sua? Na verdade, tenho mais uma surpresa guardada. Bom, mais uma surpresa que pode ser revelada em público." Uma mulher fez "uhu", e alguns homens riram pigarreando. Ela começou a ir na direção dele, seus dedos tocando os ombros dos convidados pelos quais passava.

"Kurt, o mundo todo sabe que você é um gênio, um grande conhecedor, um visionário, que veio para sacudir as estruturas do cinema. Você alterou para sempre o mundo dos filmes, criou incontáveis obras de arte. E, a cada filme, seu trabalho só enriquece. Você é campeão em defender os projetos que ama, os projetos que importam... como *Suave é a noite*." Ela olha nos olhos de Starr. "Agradeço de novo, Bobby, por ter se deixado convencer por Kurt a fazer esse filme."

Starr inclinou a cabeça, e os outros convidados riram em apoio.

"Você já é celebrado, Kurt, e continuará sendo reconhecido repetidamente por seu incrível valor. Mas pode ser que o mundo não saiba que você é um homem foda. Mas eu sei, mais do que qualquer outra pessoa."

"Aposto que sabe", Zev a cortou, bêbado.

"Você tem sido tão bom para mim", Lila disse, estendendo a mão para pousá-la sobre a dele. "Você cuidou de mim e me amou profundamente. E, como sabe, nada é mais importante para mim do que o respeito absoluto e inequívoco." Ela apertou a mão dele. "Posso dizer que Kurt Royall é um modelo do que significa ser um cavalheiro hoje em dia. E eu sou uma garota de sorte por ter fisgado esse pra mim, não acham?"

A mesa comemorou. Lila levou a mão à nuca e abriu o fecho do colar de ouro, sem nunca tirar os olhos de Kurt. "Não se deixem enganar por este vestidinho bobo. Hoje, quero fazer o papel do cavalheiro." Ela pescou a longa corrente do decote solto, e a mostrou, cintilante à luz das velas. Devagar, Lila pousou uma ponta sobre a palma virada para cima, revelando uma aliança de ouro.

"Quando Fitzgerald descreveu seu amor por Zelda, disse que era 'o começo e o fim de tudo'. Essa frase está gravada nesta aliança porque não há palavras mais adequadas para retratar nosso amor. Kurt Royall." Ela tirou os sapatos e desceu com os joelhos ao chão. "Quer se casar comigo?"

Lila sorriu de baixo para ele, e o brilho fraco das velas fez suas íris azuis pareceram pretas, as chamas refletidas no brilho dos olhos.

Todos emudeceram.

Enfim, Kurt respondeu. "Como se houvesse dúvida. Lila, meu bem, é claro que me caso com você."

O cômodo explodiu em comemoração. Do outro lado das janelas, o brilho de flashes: a imprensa havia chegado. Kurt a abraçou, e seu cheiro almiscarado a aqueceu, seu estômago, suas entranhas. Lila passou os dedos pelo cabelo dele, e quando Kurt se inclinou para beijar o sorriso amplo da noiva, os dentes dela encontraram a carne macia dos lábios dele. Ainda sorrindo, ela mordeu.

ANOTAÇÕES DE: J. GABRIEL

Paciente: L. Crayne
Dia/horário: 17/6 — 10h30
Sessão: 2

Reviravolta inesperada antes da sessão de hoje. Recebi uma mensagem de voz da mãe de L. *Jonah, meu nome é Karen Wolfe. Espero que não se importe que eu entre em contato. Minha filha, Lila, comentou que começou a vê-lo na semana passada e que sentiu uma forte conexão com você. Entendo, é claro, que terapia é algo privado, e a última coisa de que você precisa é de uma mãe enxerida, mas não consigo evitar. Jonah, estou preocupada com minha filha. Imagino que saiba que ela está em um relacionamento com Kurt Royall, um relacionamento que estou quase certa de que não é saudável. Fiz a lição de casa e sei que você é especialista em se tratando de abuso doméstico. Então, estou esperançosa de que consiga abordar esse relacionamento ao longo do tratamento. E, se eu estiver certa, espero que ela consiga sair da situação em que se encontra. Espero que isso fique apenas entre nós, claro. Não precisa me ligar de volta, mas sinta-se à vontade se quiser. Agradeço desde já sua ajuda, Jonah. Até.*

Surpreso com tom dominador/violação completa da privacidade. Decidi não compartilhar com L, pelo menos por enquanto. Mas vou considerar o relacionamento com Kurt, ver se a preocupação de Karen é justificada.

Assim que chegou, L anunciou que tinha uma novidade. Enquanto eu fechava a porta, L me perguntou se quem tinha aberto era minha namorada. L não tinha conseguido abrir a porta com a senha e precisou bater. "Uma mulher me deixou entrar. Cabelo castanho, blusa amarela. Maggie, acho que era o nome."

Falei que Maggie era minha noiva. L me deu os parabéns. Notei que seus olhos estavam vermelhos. Uma irritação no colo/pescoço. L explicou que era uma reação ao teste de maquiagem do filme.

Antes que eu pudesse oferecer, L ligou a chaleira e conferiu a caixa de chá, mais uma vez afirmando sua presença no espaço.

"Botem água para ferver... Muita água!" Ela olhou para mim. "Reconhece?"

Eu reconhecia.

"Estou fazendo minha lição de casa sobre Fitzgerald." Escolheu um sachê. "Rosa mosqueta. Sempre achei um nome engraçado para um chá." Ela sacudiu o sachê entre os dedos e deu alguns passos percorrendo a estante; parou diante de um porta-retratos. "É você?"

Seria difícil dizer. A foto estava escura e borrada. Mas, sim, era eu, muito tempo atrás em Princeton.

L avaliou a foto em silêncio, depois levantou o rosto. "Que mundo pequeno, né? O universo trabalha de maneiras misteriosas."

Quando apenas sorri em resposta, L devolveu o porta-retratos à estante e se sentou. "Posso contar a novidade?"

Disse que estava noiva. Descreveu a festa-surpresa que havia dado na sexta-feira, no aniversário de cinquenta anos de Kurt (não tinha percebido que ele era dezoito anos mais velho). E descreveu como, perto do fim do jantar, Kurt fez um brinde romântico e L deixou as convenções de lado. Era o momento perfeito, com a companhia perfeita, e tinham conseguido se livrar das câmeras, o que era difícil. Então L o pediu em casamento.

Vi a oportunidade de explorar o relacionamento com Kurt. Curioso se a decisão impulsiva guardava algo mais, talvez um medo ou ansiedade mais profundos. Perguntei se ele já havia sido casado.

"Porque ele é muito mais velho? Kurt teve alguns relacionamentos sérios, mas viveu sozinho a maior parte da vida. É casado com o trabalho."

Perguntei se casamento era importante para ela.

"Claro. Não que eu tenha tido um bom exemplo quando era criança. Mas não é isso o que acontece? Quando os pais são malcasados, a criança ou quer fugir do casamento ou fazer dar certo, evitando cair nas armadilhas em que os pais caíram. Não são essas as duas opções?"

Eu disse que não era tão preto no branco. Que acreditava que o relacionamento com amor/casamento estava em um espectro. Sempre em fluxo. Podia mudar ao longo da vida.

Perguntei se aquilo a incomodava. L disse que sim. Perguntei por quê.

"Essa ideia de que não é assentado. De que qualquer coisa, mesmo o amor de alguém, pode mudar ou desaparecer."

"Você tem medo de que isso aconteça com Kurt?"

A água começou a ferver. Eu desliguei a chaleira e a servi. Quando olhei, L abriu um sorriso forçado.

"Nossa, acho que sou esse tipo de mulher. Tenho medo de que Kurt um dia se dê conta de que não o mereço e caia fora."

Sugeri com delicadeza que o casamento não impede ninguém de ir embora.

"Eu sei. Mas torna um pouco mais difícil, não é?" De repente, ela riu. "Não consigo acreditar que disse isso. Que vergonha."

Perguntei por quê.

"Porque sim! Não é essa a imagem que quero que as pessoas tenham de mim. É o oposto de quem eu deveria ser. Vou finalmente protagonizar um filme sobre empoderamento feminino! Interpretei o papel da ingênua minha carreira toda e eu teria matado por um papel assim. Agora que consegui, quero fazer por merecer. Não quero ser a mulher indefesa que precisa ser salva. Seria muita hipocrisia. Mas, no fundo... sempre tive medo de que os homens acabassem me abandonando. De terminar sozinha."

Quis examinar a raiz da ansiedade. Perguntei a L sobre o relacionamento dos pais.

Ela se lembra do pai como um homem dominador. Tinha duas caras: a pública e a privada, reservada a L e a mãe. O pai odiava que as duas fossem próximas, odiava que L fosse menina.

A mãe era o oposto do pai. Quieta, tranquila, calorosa. Feminina. (Intrigado com a descrição; não bate com a impressão que a mensagem de voz me passou.) Era a dona de casa perfeita. Quando não era, pagava por isso.

O pai podia ser calculista, verbalmente cruel. De tempos em tempos, quando L retrucava, ele partia para a agressão física. Batia nela com força. Aprendeu a ficar longe na maior parte do tempo.

A mãe era o grande alvo dos abusos. Aos olhos dele, não fazia nada direito. Ele sempre a diminuía e fazia com que se sentisse inútil e insuficiente. (Aqui L corou, e me perguntei se relacionava isso à própria experiência com os homens.) O pai constantemente ameaçava abandonar as duas. Mas, segundo L, ele sempre acabava recorrendo à mãe em busca de sexo.

Perguntei a L como ela sabia sobre o relacionamento sexual dos pais.

Ela abriu um sorriso triste. "Mamãe e eu éramos muito

próximas." Disse que a mãe não guardava nada: as sacanagens que ele dizia, como a agarrava depois de ter sido horrível com ela poucos momentos antes. Ela descrevia o sexo em detalhes, como ele era egoísta, o quanto ela odiava, como doía.

Reconheci que devia ter sido difícil para ela ter testemunhado aquilo. Disse que sexo forçado sem consentimento é categorizado como estupro. Perguntei com cuidado se ela achava que o pai estuprava a mãe.

"Claro", L disse. "Ele a forçava a fazer sexo contra sua vontade. E fazia isso quase todo dia. Se não é estupro, não sei o que é."

A mensagem de Karen me faz pensar se essa dinâmica se repete com Kurt. Oriento a conversa para a relação de L com homens. Peço que me conte sobre os relacionamentos românticos/sexuais mais importantes que teve. Ela então me olha, com a boca curvada em um sorriso que não consigo decifrar.

"Falar a respeito te deixa desconfortável?"

"Não, não é isso." Ela disse que era "tão perturbada quanto possível". Tinha saído bastante antes de Kurt, mas sem nenhum relacionamento duradouro/significativo. Perguntei por quê. Senti que escondia alguma coisa. L resistiu, mas acabou admitindo: anos antes, um homem a forçou a fazer sexo contra sua vontade.

Descoberta significativa, L ser, em sua própria definição, vítima de estupro. Será crítica para nosso trabalho juntos.

Perguntei se L havia procurado tratamento depois do trauma.

"Talvez devesse ter procurado. Mas agora é passado."

Sugeri com delicadeza que a experiência podia ter apresentado repercussões mais duradouras. Às vezes, a pessoa leva anos para se recuperar de abuso sexual, e o trabalho terapêutico é essencial para a cura. É importante ter um espaço seguro com profissional qualificado para processar a experiência/desenvolver estratégias de enfrentamento. O autocuidado (físico e emocional) é também importante para a saúde mental. Reiterei a decisão de L de trabalhar comigo, já que minha especialidade poderia ajudá-la com o trauma passado. Pedi que prosseguisse.

Antes de Kurt, L não tinha interesse em relacionamentos românticos. O foco era a carreira. Então, cinco anos atrás, aos vinte e sete, ela o conheceu e atuou em *Jogo da espera*.

Perguntei o que a atraiu em Kurt de início.

"A energia dele, mais que qualquer outra coisa. Kurt é forte, em todos os sentidos. Você sente que pode jogar qualquer coisa na direção dele que ele vai pegar sem dificuldade."

"Kurt faz você se sentir segura."

"Exatamente! Não preciso que cuidem de mim. Fui bem clara sobre isso. Mas ter alguém que possa cuidar de mim e cuide mesmo assim é maravilhoso."

Desconfiei que o estupro fosse catalisador do desejo por homens mais velhos, paternais, protetores. Perguntei como a diferença de idade se manifestava.

L deu de ombros. "Kurt não parece velho. Só parece adulto. Sempre que saía com pessoas da minha idade, sentia que estava com menininhos. Eles eram tão previsíveis, fracos. Mas com Kurt finalmente encontrei um homem de verdade." Ela olhou para mim. "Sem querer ofender."

"Não ofendeu."

"Maggie tem a nossa idade?"

A mudança de assunto não me surpreendeu. Perguntei por que ela queria saber.

"Maggie é um pouco mais nova, não? Você parece Kurt nesse sentido, o tipo que cuidaria de uma mulher. Que saberia como fazer isso."

Ficou óbvio que L estava flertando. Talvez para testar se sou de confiança como uma pessoa neutra ou se alimento algum desejo secreto. Talvez para ver se tem o controle, o poder de me abalar. Voltei o diálogo para seu relacionamento com K. Perguntei como começou.

L se sentiu atraída por ele assim que o conheceu, em seu teste. "Mas nunca achei que fosse acontecer alguma coisa. Kurt tinha orgulho de ser feminista. Tinha uma boa reputação; não era um Weinstein. Era tipo uma figura paterna no mundo do cinema." L riu. "Você deve achar que tenho uma disfunção paterna, né?"

"Quando o relacionamento de vocês se tornou romântico?"

Cedo. O elenco do filme estava prestes a ser anunciando oficialmente. Para comemorar, Kurt organizou uma festa. Muita bebida/droga. Todo mundo louco. L e K ficaram sozinhos. K disse que tinha se perguntado se falava ou não, não queria que atrapalhasse o trabalho, mas não conseguia parar de pensar nela. L confessou que gostou de ter esse poder. (Está claro que aprendeu com os pais a usar sexo como moeda de troca, a medir seu valor pelo desejo dos homens.) K disse a L que, se não sentisse o mesmo, nunca mais tocaria no assunto. Mas que precisava perguntar.

"Ele colocou você em uma posição complicada."

"Se eu não estivesse interessada, acho que sim. Mas eu estava. Dormimos juntos e o resto é história."

Senti que havia mais ali, mas por hoje deixei passar. Não queria que L sentisse que eu não a considerava confiável.

Perguntei se podíamos voltar a falar sobre o estupro. Foi claramente um erro. L ficou na defensiva, perguntou por quê. Respondi que tentava entender a experiência como um todo para visualizar melhor sua relação com os homens. Que era crítico falar sobre traumas passados para se curar, e abordar relacionamentos atuais com mais clareza.

"Mas por que estamos falando de Kurt? Não vim pra discutir meu relacionamento. *Suave é a noite* entra em produção essa semana, e nem tocamos no assunto da minha infância. É o que importa para minha atuação no filme. É disso que quero falar."

"Tudo bem", eu disse. "Aqui, quem está ao volante é você. Mas você já entrou na sessão querendo falar sobre Kurt."

L hesitou. "Não entrei, não."

"Sim, Lila. Foi a primeira coisa que você disse. Até me lembrou de perguntar da novidade. Isso estava na sua mente Você queria falar a respeito."

Nosso tempo acabou, mas eu queria que L se sentisse em terra firme. Disse que na sessão seguinte falaríamos apenas do que ela quisesse.

"Desculpe", L disse. "Eu não deveria ter questionado você. Espero que não tenha ficado chateado."

"Não precisa se desculpar."

L ficou quieta, parecendo se debater internamente. Por fim, levantou a cabeça.

"Quero sentir que estou entrando em um espaço seguro quando vier aqui uma semana depois da outra. E que nosso relacionamento é sagrado."

"Você está segura aqui. Pode confiar em mim."

L estendeu o braço de repente e entrelaçou nossos dedos, olhando então para nossas mãos unidas. "Eu sei", ela disse, baixo.

Antes que eu pudesse reagir, ela se afastou. Abriu a porta.

"Lila", tentei dizer.

Mas ela já havia ido embora.

Quatro

O carro de Celia Scott deslizava pela faixa de cetim que era a Old Highway: um peixe brilhante descendo a corrente. Em algum ponto do caminho, as árvores tinham sumido, a areia passado a ladear a estrada e a bocarra do céu se alargado: o mar estava próximo. Eles atravessaram depressa o trecho sinuoso que abria caminho para a praia, onde a água aparecia através do mato em vislumbres cintilantes. Nas laterais da estrada, se erguiam os portões imponentes das mais elegantes propriedades de Montauk, como sentinelas, cada qual protegendo um terreno frondoso e próspero. O carro virou de repente em uma das entradas, sacolejando levemente devido ao cascalho. No banco de trás, Celia virou o pescoço e chegou a perder o ar quando a mansão entrou em seu campo de visão.

"Chegamos, srta. Scott", o motorista disse, e Celia alisou a saia e verificou seu reflexo uma última vez.

"Obrigada", ela disse, então respirou fundo, abriu a porta e levou um pé ao chão.

"Cecelia Scott?" Uma mulher usando uma jaqueta de couro da moda — moderninha do Brooklyn, com o cabelo bob preto fixado com gel para trás e os ossos dos quadris saltados — olhava para uma prancheta apoiada em sua cintura.

"Celia. Por favor." Ela estendeu a mão e sorriu para a

mulher, que riscou o nome da lista, depois a encarou como quem achava um pouco de graça naquilo.

"Sou Eden. Primeira assistente de direção. Meu assistente aparentemente 'perdeu a hora', então aqui estou eu, fazendo as vezes de comitê de recepção." Seu sorriso era mais uma careta: o maxilar tenso e as pálpebras baixas. "Pode ir direto para a entrada principal. Já está quase todo mundo no terraço." Eden acenou com a cabeça naquela direção, depois olhou por cima do ombro de Celia. Seu sorriso se alargou com bajulação ao identificar alguém mais importante chegando.

Celia atravessou cuidadosamente o vestíbulo de teto abobadado, sem conseguir tirar os olhos do lustre imponente pendurado na aduela central. Ela chegou às portas de vidro que davam para o terraço e hesitou, levantando uma única mão para proteger os olhos do sol.

À sua direita, ouviu o barulho de um obturador trabalhando em sequência. Ela se virou e sua boca se abriu em um O delicado. O olho preto e brilhante da câmera capturou sua expressão na mesma hora. Celia piscou algumas vezes pela intromissão, mas o fotógrafo apenas inclinou a cabeça, oferecendo um meio-sorriso, e continuou seu trabalho, sem se abalar.

Uma mão pousou na lombar dela. "Ignora o cara."

Era Kurt Royall, sorrindo para Celia. Sem tirar a mão, seus olhos baixaram para o traje que ela havia escolhido. Celia aguardou, com um sorriso vacilante. Naquela manhã, em seu novo apartamento no Upper East Side (um belo upgrade em relação ao imóvel sublocado onde morava antes, graças ao seu primeiro pagamento por *Suave é a noite*), ela havia estendido cuidadosamente o vestido na cama — macio e justo na cor creme — e recuado um passo, com as mãos na cintura, para avaliar a identidade que logo adotaria.

E agora estava ali, diante da nata do cinema — diante de

Kurt Royall em pessoa! —, em um terraço aconchegante de terracota no alto de um penhasco com vista para o Atlântico; quando a sugestão de uma perturbação passou pelo rosto de Kurt, no entanto, ela sentiu que já estava falhando.

"Está pronta?", ele perguntou.

"Esperei a vida toda por isso, sr. Royall."

"Por favor, Celia. Sr. Royall é o meu pai, um puta de um babaca. Me chama de Kurt, ok?"

"Kurt", ela repetiu, e a câmera voltou a se virar em sua direção, flagrando os dois juntos.

O diretor ergueu uma mão para impedir a foto, depois ficou encarando até que o fotógrafo fosse embora. Então se virou para Celia e se inclinou para sussurrar em seu ouvido: "Quem insistiu pra esse merdinha estar aqui foi Lila, pra documentar o dia. Eu, por outro lado, prefiro que meus assuntos fiquem no sigilo". Kurt olhou para Celia. "Você não?"

Antes que ela pudesse pensar no que responder, alguém o chamou, e Kurt se virou. "Harry!", respondeu, com a mão erguida, então deu uma piscadela conspiratória para Celia e foi embora.

"Celia!"

Ela congelou no lugar quando Lila se aproximou para lhe dar um abraço caloroso — registrado novamente pela câmera.

"Não se preocupe, é só o fotógrafo do set. Nenhuma foto vai vazar antes de termos terminado." Ela se inclinou para Celia. "Não queremos dar spoiler antes do seu anúncio oficial como nossa atriz revelação, não é mesmo?"

Celia baixou o queixo para reprimir um sorriso.

Lila prosseguiu: "Vamos deixar que tire uma foto boa? Quem sabe assim ele nos deixa em paz".

Lila passou um braço por sua cintura e fez uma pose charmosa. Celia fez seu melhor para imitá-la, e a câmera respondeu àquilo. Apesar dos nove anos de diferença, as duas poderiam ser gêmeas.

Ela se virou para Celia e pegou suas mãos enquanto a câmera continuava a trabalhar. "Nem consigo dizer como estou feliz por você ter topado." Então Lila sussurrou para o fotógrafo: "Ela foi minha preferida".

"Obrigada", Celia disse, corando.

Lila se aproximou. "Escute. Não deixe essa gente metida mexer com você. Está todo mundo tão nervoso quanto, prometo. Se precisar de alguma coisa, qualquer coisa mesmo, pode vir falar comigo." Lila a olhou com intensidade: "Vou cuidar de você".

"Minha nossa, estou vendo em dobro!" Uma mulher majestosa num terno Chanel se aproximou com um sorriso frio, pegando uma taça de champanhe da bandeja de um garçom de passagem.

Lila voltou a se inclinar na direção de Celia. "Algo me diz que vamos ouvir bastante isso." Ela se virou para a mulher e ergueu a voz. "Esta é Celia Scott."

"Sou Karen Wolfe." Ela estendeu a mão fria e ossuda para Celia. Seu sorriso tenso revelava os dentes. "Produtora--executiva e agente de Lila."

"Fora minha mãe", Lila acrescentou, enquanto Celia se atrapalhava para responder.

Karen tomou um belo gole da bebida. "Em outra vida, Celia, também fui atriz." Ela apontou para Lila. "Minha filha pode confirmar que assumo todo o crédito pelo talento dela sem nenhuma vergonha."

Lila lançou um sorriso divertido. "É verdade."

Karen ergueu a taça. "Adorei que deram bebida para deixar os investidores russos mais soltinhos. Deveria ser sempre assim." Ela passou os olhos pela multidão, franzindo o nariz.

"Mas, minha nossa, este lugar está parecendo uma feira. Seria ótimo voltar para a cidade ainda hoje."

"Tenho certeza de que Kurt vai começar a qualquer minuto, mamãe."

"Desculpe..." Celia corou quando as mulheres se viraram para ela. "Sinto muito, mas... tem um banheiro que eu possa usar? A viagem foi longa, e não estou conseguindo me segurar mais."

Lila riu e indicou a direção. Celia sorriu antes de se virar e entrar tropeçando levemente.

"O que está achando dessa encenação dela de olhos arregalados?", Karen perguntou.

"Ah, dá uma chance pra garota", Lila retrucou. "Ela só está nervosa."

"Menininha assustada" Karen pensou por um momento. "Mas a semelhança é mesmo impressionante. Se eu não conhecesse minha própria vagina, podia jurar que era minha filha perdida."

"Aquela era Celia Scott?"

As duas ficaram tensas e se viraram para Nancy Wright, a atriz que interpretaria a mãe de Rosemary. Ela se aproximou com um sorriso conspirador. "Ah, não, acabei de perdê-la, não foi? Queria que tirassem uma foto boa de nós duas."

Lila sorriu. "Que bom te ver, Nancy. Como está?"

"Maravilhosa agora!", Nancy exclamou, juntando as mãos. "Ah, Lila, Lila, Lila. Há quanto tempo. E sra. Wolfe, a mulher responsável por *produzir* esta criatura deslumbrante. É uma honra."

"O prazer é todo meu", Karen disse. "Principalmente depois de ouvir que minha contribuição começou e terminou no parto."

"Ah!" Nancy soltou uma risadinha perplexa. "Uau. Eu

gostei de você!" Depois de se recuperar, ela se inclinou, com os lábios apertados. "Agora me digam: qual é a opinião de vocês sobre essa escolha de elenco escandalosa?"

Lila inclinou a cabeça. "Como assim?"

Nancy soltou uma exclamação. "Ora, meu bem, caso não tenha notado, nossa jovem Rosemary é sua imagem e semelhança! E isso não está no livro, está?"

"Não mesmo", Lila reconheceu. "Queria saber o que Kurt acha disso." Ela cruzou os braços. "Cheguei a pensar que essa é uma sugestão da misoginia sistêmica desse país", disse, devagar. "Os homens perseguem mulheres uma geração atrás da outra, sempre cobiçando o modelo mais novo, o mais bonito. Como resultado, as mulheres perdem a individualidade sob o olhar masculino."

"Ah, excelente." Nancy assentiu. "Muito consciente."

Fez-se um silêncio em que as três aguardaram. Até que Nancy se deu conta de que era sua deixa para ir embora. "Com licença, mas acho que vi uma velha amiga. Depois nos falamos. *Ciao!*"

"Ela está com uma aparência péssima", Karen comentou, enquanto as duas observavam Nancy perambulando pelo terraço. "E essa cara de bebum, credo. Talvez tenha sido um pouco de Chardonnay demais pra hora do almoço."

"Por favor, mamãe. Não seja assim."

"Ah, me deixa." Karen passou a língua pelos dentes perfeitos, como para se certificar de que continuavam ali. "Aqui é olho por olho. A puta que pariu Rosemary deveria ser muitíssimo mais bonita que essa bezerra caipira desmamada."

"Nossa, como eu odeio essa socialização forçada", Lila comentou. "Quando isso acaba?"

"Foi só você falar, meu bem", Karen disse. "Acho que um falso armistício está por vir."

Elas assistiram Kurt e Dominic Reeves, que interpretaria Dick Diver, trocarem tapinhas rígidos nas costas.

"Vocês duas parecem estar aprontando. Qual é a fofoca?", Freddie chegou por trás delas. Ao descobrir para quem olhavam, soltou um ofego baixo. "Minha nossa, eu adoraria levar esses dois pra cama. Que delícia."

"Se você gosta de micropênis...", Karen comentou, e Freddie soltou uma gargalhada cruel.

"Karen, nós precisamos combinar de sair para ontem. Não tem ninguém melhor no mundo pra discutir o pau alheio."

"Quando quiser, boneca. Mas agora é hora de levar essa sua bunda magra de volta pro armário", Karen disse, acenando com a cabeça na direção da filha.

Ele se virou para Lila e sorriu. "Finalmente vamos ter nosso final feliz. Quem poderia imaginar que terminaríamos juntos?"

"Ah, Freddie", disse Lila, beijando a bochecha dele. "Eu imaginava. Não sabe que orquestrei a coisa toda?"

"Muito bem, pessoal, agora vamos para a parte mágica", Kurt anunciou e, diante do timbre grave de sua voz, comemorações e aplausos irromperam. As pessoas começaram a ocupar os assentos com seus nomes — os atores nas mesas no centro; os espectadores (investidores vindos diretamente da Rússia, Starr e sua equipe da Olympus de Los Angeles, creditados como os distribuidores do filme após a finalização, e dos quais o *final cut* dependia) nas cadeiras enfileiradas nas laterais. Zen Winters chegou correndo e levantou Lila no ar antes de seguir para seu lugar. A festa, caótica como um globo de neve, se assentava.

Lila foi até Kurt e o abraçou por trás. "Onde quer que eu fique?"

"Minha querida." Ele se virou. "Coloquei você bem aqui." Ele apontou para a cadeira ao lado de Dominic.

Lila assentiu. "Não seria melhor eu me sentar do outro lado? Ali, ao lado de Rupert? Assim os atores apareceriam mais para o público, não acha?" Ela acenou com a cabeça na direção dos investidores em volta.

"Sempre pensando nos outros." Kurt beijou sua têmpora, depois gritou para o outro lado da mesa: "Zev! Posso te pedir pra fazer uma dança das cadeiras?".

"Como quiser, chefe. Para onde vou?"

"Bem aqui. Depois te pago uma bebida por aguentar minha mente volátil."

"Ela nem anda mais tão volátil ultimamente..." Zev ergueu a voz para chamar a atenção de todos. "Meu povo! Antes que nosso destemido líder dê um de seus discursos eloquentes tão famosos..." Ele apontou para Kurt e Lila. "Acho que precisamos dar os parabéns!"

A câmera voltou a entrar em ação enquanto a multidão se agitava. Depois cadeiras foram arrastadas pelo pátio até que cada um estivesse acomodado, restando apenas Kurt de pé.

"Obrigado a todos. Lila e eu estamos muito felizes."

Ela o olhou e sorriu.

"Vocês vão ter a chance de nos ridicularizar em algum momento, tenho certeza", Kurt prosseguiu. "Mas hoje falaremos da jornada em que estamos prestes a embarcar juntos, pode ser?"

Aplausos. Mais fotos.

"Olha, sei muito bem que a maioria de nós não estava nem um pouco animada pra essa reunião inicial. Estou mentindo? Quantas vezes já fizemos a piada do 'primeiro dia de aula', que não é nem muito inteligente nem engraçada, mas inevitável?"

Os ouvintes deram uma relaxada, começaram a se soltar. Muitas risadas, sorrisos, olhares ligeiramente mais brandos.

"Mas, apesar dessa besteirada toda, tenho que dizer que amo pra porra esse dia. E sei que sou um homem de sorte, em mais de um sentido" — ele dirigiu um sorriso rápido a Lila — "mas é um verdadeiro privilégio estar nessa posição. Vejam só onde estamos hoje. Olhem para essa vista!" Todos obedientemente se viraram para observar o mar brilhante que se estendia no horizonte. "Reunimos vocês aqui hoje, a nata da indústria cinematográfica, porque esta casa de praia deslumbrante vai ser o lar dos nossos protagonistas, Dick e Nicole Diver. Este terraço onde estamos agora será o local dos famosos jantares deles. Antes que o trabalho de verdade comece, queríamos mostrar nossa gratidão e dar aos nossos estimados investidores uma mostra da magia de Montauk. Porque, olha só esse pessoal do caralho. Todos vocês são de primeira, cada um de vocês foi minha primeira escolha. Tô falando sério! E aqui estou, prestes a nos transportar para um dos maiores projetos do nosso tempo."

Kurt pousou as mãos sobre os ombros de um jovem assustadiço que usava óculos tão grandes que o faziam parecer uma coruja.

"Rupert Bradshaw. Porra. Um cara comum com seus vinte e quatro anos. Ninguém fazia ideia de quem ele era. Até que um dia, recém-saído da faculdade, ele decide tentar escrever um roteiro. Sem agente nem nada. Mas digo uma coisa a vocês: depois que o mundo assistir nossa adaptação de *Suave é a noite*, a imprensa vai dizer que o Rupert aqui é o maior escritor de sua geração."

Aplausos. Rupert, cor de beterraba, meio que se levantou, meio que se curvou, depois ajustou os óculos no nariz e começou a desdobrar uns papéis para discursar. Ao ver aquilo, Kurt apertou o ombro dele e murmurou alguma coisa em seu ouvido. Rupert voltou a se sentar, ainda mais roxo.

Kurt pigarreou. "Não me perguntem como, mas, de alguma forma, este jovem valente e íntegro mexeu alguns pauzinhos e conseguiu mandar o roteiro diretamente para Lila. Em qualquer outro dia, o e-mail não solicitado de Rupert iria direto para a lixeira. Para nossa sorte, no entanto, alguns anos atrás, nossa Lila passou por uma fase de insônia terrível. Em uma daquelas noites sem dormir, a tela do celular dela se acendeu com um e-mail de alguém cujo nome Lila não reconheceu. E ela pensou: por que não? Tinha lido *Gatsby* no ensino médio, como todos nós, e até que gostava de Fitzgerald. Então abriu o roteiro em anexo e começou a ler.

"Bom, ao fim da sequência de abertura, que ouviremos logo mais, Lila tinha sido fisgada. Ela continuou lendo. E lendo. Acordei com o sol da manhã em nosso quarto e me virei para beijar meu amor. Então notei que Lila estava chorando.

"'O que aconteceu?', perguntei.

"Lila enxugou os olhos e me disse: 'Acabamos de receber uma obra-prima'.

"Quem conhece Lila sabe que ela é uma mulher rigorosa. Seus padrões são altos pra caralho, estão em outra estratosfera. E não me entendam mal: sou grato por isso! Sou um artista melhor por causa dela. Na verdade, sou até um homem melhor! Mas para Lila dizer que ama alguma coisa é quase impossível... E essa mulher ficou enlouquecida com esse maldito roteiro. Então eu soube que era grandioso. Cancelei minhas reuniões daquela manhã e me sentei para ler com uma xícara de café. Foi de uma sentada só, nem parei pra mijar.

"Sabe a sensação que a gente tem quando dá de cara com algo magnífico? Aquela sensação — tampem os ouvidos, senhoritas — que sobe pelas bolas? Não estou falando de uma proeza intelectual, de algo que precisa ser dissecado ou debatido, do tipo que a gente termina e fala 'Ah, nossa, que inteligente', ou 'Que interessante, isso que ele fez'. Estou falando daquela coisa que você experimenta uma ou duas vezes na vida. Se tiver sorte.

"Esse roteiro fez isso comigo. E posso apostar que foi assim com cada um de vocês aqui. Não foi?"

Seguiram-se acenos de cabeça zelosos, alguns olhos lacrimejavam (tratava-se de atores, afinal).

"Agora quero falar a vocês sobre a genialidade de nossa adaptação. Mas, primeiro, para apreciar toda a sua excelência, precisamos começar pelo romance original." Kurt cruzou os braços, pensativo. Todos prenderam o fôlego.

"F. Scott Fitzgerald. Quando a maioria das pessoas ouve esse nome, pensa em...?"

"*Gatsby*!", alguém exclamou.

"*Gatsby*." Kurt assentiu. "Talvez o romance estadunidense mais lido do século XX. Só que, embora *O grande Gatsby* seja o livro mais conhecido de Fitzgerald, *Suave é a noite* é, na minha opinião, sua verdadeira obra-prima. Essa história começa nos anos 1920 dourados, apenas dois meses depois da publicação de *Gatsby*. Se *Gatsby* representa o mundo como o jovem Fitzgerald gostaria que fosse, *Suave é a noite* mostra o mundo como ele de fato o viveu. *Gatsby* é bem amarrado, econômico, compacto; *Suave é a noite* é desvairado, desenfreado, excepcionalmente ambicioso. E, em seu cerne, é uma história de amor sombria e complicada..."

Kurt olhou para Dominic Reeves. Era a deixa dele, que se levantou.

"Dick Diver", Dom disse, apresentando seu personagem aos investidores. "Um psiquiatra brilhante e charmoso. Modéstia à parte, claro."

Os investidores riram, indulgentes.

Lila se levantou. "Nicole", disse, com um sorriso. "Uma

jovem encantadora com um passado traumático: ter sido internada por esquizofrenia."
Kurt se dirigiu ao público mais amplo. "Embora Nicole seja paciente do dr. Diver, os dois se apaixonam e se casam, então vão morar em uma bela casa." Ele abarcou o entorno com um gesto. "Aqui, o trabalho de Dick é negligenciado em favor de uma vida social de opulência. Os Diver logo ficam famosos por dar as melhores festas dos Hampton. Alguns de seus convidados recorrentes incluem..."
Zev se levantou e acenou. "Abe North, compositor genial e alcoólatra incorrigível."
Uma atriz se junta a ele. "Mary North, sua esposa sagaz e leal."
Freddie se levantou também. "E o que seria de qualquer festa sem Tommy Barban, um herói de guerra devastadoramente bonito e extremamente hétero?"
Isso arranca risos. De novo, Freddie havia roubado a cena.
Kurt sorriu. "Mas o ritmo da era do jazz é abalado quando recém-chegados entram em cena."
Nancy se levantou. "Elsie Speers."
Celia se juntou a ela. "E sua filha Rosemary, uma jovem atriz."
Kurt prosseguiu. "Rosemary logo se torna irresistível a Dick. Não quero dar mais spoilers, mas a traição dele é o catalisador do colapso excruciante e inevitável do casamento com Nicole. Agora vou explicar onde Fitzgerald errou e onde nossa adaptação vai acertar."
Ele passou os olhos pela multidão em um silêncio solene. "Fitzgerald disse numa entrevista certa vez: 'Nossas mulheres americanas são sanguessugas. Elas dominam os homens americanos'." Kurt fez uma pausa para efeito dramático. "Essa era a crença fundamental de Fitzgerald, ainda que equivo-

cada, relacionada às mulheres, uma crença que guiou e, em última análise, prejudicou a escrita de *Suave é a noite*. Mas em nossa adaptação, uma produção de época com um toque contemporâneo, abordaremos o machismo de Fitzgerald de cabeça erguida, transformando *Suave é a noite* em uma história de cura e libertação.

"Bom, acho que vocês sabem como histórias de empoderamento feminino são importantes para mim..."

Uma tossida seca. Karen.

"... e na nossa adaptação, é Nicole, e não Dick, quem conquista o público. O valor do nosso filme está na correção da perspectiva narrativa. Voltamos os holofotes para ela, nossa heroína, que supera seu trauma e volta a ser dona de si mesma.

"A genialidade do filme estará na execução. Optei por um estilo que alguns considerariam experimental" — aqui ele deu uma piscadela — "mas que prefiro chamar de visionário. Vamos fazer basicamente tomadas longas para retratar o aspecto teatral da obra e criar uma experiência imersiva para o público. A câmera vai parecer mais um personagem na cena. As sequências estendidas, sem corte, serão uma homenagem aos clássicos como *Festim diabólico*, de Hitchcock, *Boogie Nights*, de Paul Thomas Anderson, *O iluminado*, de Kubrick, *A marca da maldade*, de Orson Welles... e, se me permitem, *Intrusão*, de Kurt Royall." Ele se virou para a equipe da Olympus e sorriu. "Já mandei muito bem antes, e que caia um raio na minha cabeça se não mandar de novo!"

As pessoas gritaram em apoio.

"Agora eis o motivo pelo qual vamos fazer esse filme: com essa adaptação, pegamos o romance mais ambicioso de Fitzgerald e criamos uma história absolutamente necessária sobre libertação feminina. Não temos nem metade do que deveríamos desse tipo de história no mundo do cinema. Considero um privilégio trabalhar em uma indústria com um público tão vasto e abrangente, e acredito que é nosso dever assumir com seriedade a responsabilidade que isso implica. A mudança precisa acontecer, e precisa ser agora. Começando pelo que estamos fazendo aqui: insistindo que adaptações progressistas como essa sejam feitas. Versões inovadoras e incontornáveis de histórias que merecem ser ouvidas. Por isso, vamos escolher ser pioneiros culturais. Vamos fazer barulho. Vamos ser a mudança que queremos ver."

Aplausos extasiados soaram e todos ficaram de pé, intoxicados pela própria importância.

"Quero agradecer a todos vocês por estarem comigo nessa jornada e por terem fé no jovem Rupert. Agradeço aos nossos estimados investidores, que me apoiaram na realização desse projeto apaixonante, e a Bobby Starr e a equipe da Olympus Pictures, pelo interesse e entusiasmo em distribuir *Suave é a noite*..."

Nas laterais, a linha impenetrável da riqueza esculpida: o conflito de perfumes, o couro macio, as joias brilhantes. Sorrisos tênues, olhos duros.

"Agradeço à nossa incrível produção, aos brilhantes chefes de departamento e à maravilhosa equipe como um todo. Vocês são a espinha dorsal dessa fera. São vocês que fazem a magia acontecer."

De seus lugares escondidos saíam os práticos, os apagados, os invisíveis. Mesmo usando suas blusas preferidas e seus melhores jeans, as roupas modestas os tornavam imperceptíveis. Treinados para realizar o trabalho ingrato e sem glamour, para manhãs triviais e noites sem fim, eram os verdadeiros burros de carga.

"E, é claro, a cara do filme: meus maravilhosos atores. Estrelas, todos eles. Fico muito feliz por terem nos agraciado com sua presença. Em especial os protagonistas: Dominic Reeves, Freddie James, Zev Winters, Lila Crayne, e a estrela revelação cuja identidade será mantida em segredo até terminarmos: a formidável, encantadora, Cecelia Scott. Minha nossa, que elenco!"

Aplausos ardentes. A câmera não para. Os atores abrem seus sorrisos treinados.

"Então aqui estamos nós, nesse dia perfeito em Montauk, desfrutando da brisa salgada, sentindo o calor do sol nas costas, com um magnífico oceano diante de nós. Vamos celebrar juntos esse início. E que maneira melhor de fazer isso do que ouvindo essa história gloriosa do começo ao fim? Não teremos outra oportunidade para isso até que o filme esteja pronto. Então peço que se juntem a mim e se deleitem com a maestria dessa criação genial. Estão comigo?"

O terraço irrompe em aplausos ávidos e vigorosos. Kurt tinha conseguido de novo, havia conquistado a todos. Em mais dez minutos, aquelas pessoas estariam renunciando às próprias vidas, arrancando as roupas e entrando num culto liderado por ele. Kurt Royall sempre conseguia o que queria, independente do que fosse.

"Vamos ler direto", Kurt disse em tom de alerta. "Ou seja, sem intervalos, sem qualquer perturbação. Se precisarem ir ao banheiro, não façam barulho. Eu leio qualquer direção necessária."

O leve farfalhar do papel pela brisa, o pio suave dos pássaros, o arrastar distante das ondas abaixo. Um rumorejo de tecidos: pernas se descruzando e voltando a se cruzar. Dedos estalando baixo, a plateia na beira do assento. Atores endireitando a coluna. Pupilas dilatadas, bocas prontas. O momento era deles.

Kurt assumiu sua posição na ponta da mesa, olhou para os outros com tranquilidade. Um a um, os atores o olharam também. Apenas Rupert deixava a cabeça pendente, a nuca dolorosamente exposta, seus olhos fixos na página diante de si, enquanto aguardava a leitura de sua obra-prima.

Kurt sorriu. "Vamos começar."

Duas horas depois, a leitura chegava ao fim. Cadeiras foram arrastadas enquanto Eden anunciava um intervalo de quinze minutos, sua voz praticamente engolida pelo burburinho crescente. Por toda parte as pessoas se alongavam e suspiravam ao sol vespertino, membros do elenco se afastavam para desfrutar da vista deslumbrante.

O pessoal do dinheiro entrava para buscar bolsas e casacos antes de pegar o carro para a longa viagem de volta à cidade. No ar havia uma adrenalina inebriante, um alívio vertiginoso. A leitura tinha sido um sucesso. O roteiro era bom, os atores foram bem escolhidos. Agora o trabalho de verdade podia começar.

"Como me saí?"

Kurt se virou para encontrar Dominic o olhando em desafio.

"Inspirado como sempre." Kurt deu tapinhas em suas costas. "Olha, eu estava mesmo pra te dizer que fiquei muito feliz por você ter mudado de ideia. Que bom estarmos trabalhando juntos de novo. Pela minha experiência, é melhor deixar o passado pra trás."

Dominic assentiu. "Tenho certeza de que isso funcionou bem para você." Ele cruzou os braços. "Já eu simplesmente aprendi a não dar murro em ponta de faca."

Kurt hesitou por um momento, recolheu a mão. "Um homem sábio", respondeu com um sorriso cauteloso. "Eu poderia aprender uma coisinha ou outra com você."

Dominic o encarou sem piscar. "Poderia mesmo."

"Ei, Royall!", Zev chamou do terraço, seu braço galantemente sobre os ombros de uma mulher bonita. "Esse filme vai ser foda ou vai ser *muito* foda?"

Ela revirou os olhos de forma cética para Zev.

Kurt sorriu para os dois, ergueu o punho no ar e perscrutou a multidão. Um grupo de investidores russos se mantinha por perto, claramente esperando para falar com ele. Todos os outros estavam por ali, distraídos; com exceção, Kurt notou, de Lila e Rupert, ainda sentados, numa conversa privada.

Ele se aproximou dos dois por trás. Ela apontava para a página à sua frente e falava de maneira furtiva e apaixonada. Rupert ajeitava os óculos, com os olhos fixos no roteiro, ouvindo atentamente.

Kurt levou as mãos ao ombro de cada um, que se tensionaram na hora. Rupert se virou, ansioso; Lila já abria um sorriso.

"O que achou?", ela perguntou.

"Vocês dois são brilhantes", Kurt afirmou. "E Rupert é o homem do momento."

Um sorriso ávido brotou no rosto do jovem.

Lila franziu a sobrancelha. "Hum, que bom que aprovou."

"Minha perfeccionista." Kurt balançou a cabeça. "Agora me diz: te flagrei passando anotações ao nosso roteirista?"

"Claro que não. Se eu tivesse algum comentário a fazer falaria com você." Ela ficou na ponta dos pés e enlaçou o pescoço dele. "Só queria a opinião dele sobre a cena final. Queria entender o que estava imaginando para uma das minhas falas." Lila beijou o queixo de Kurt.

Ele sorriu. "Eu devia saber que você não conseguiria esperar nem os quinze minutos de intervalo antes de voltar a trabalhar. Cuidado com essa aí, Rupert", Kurt disse, e o roteirista se sobressaltou, seus olhos ampliados pela lente piscando em rápida sucessão. "Você dá a mão e ela já quer o braço. Antes que perceba, estará fazendo tudo o que ela quer." Ele se virou para Lila e lhe deu um beijo. Atrás deles, o obturador soou.

"Celia", Kurt chamou, e a jovem se virou. "Excelente trabalho hoje."

"Obrigada." Ela abriu um sorriso tímido para Lila, depois baixou o queixo. "Sr. Royall... desculpa, *Kurt*. Só queria dizer que estou muito animada por participar dessa adaptação. Sei que o filme vai fazer muito pelas mulheres."

"Que fofa." Ele correu os dedos pelo cabelo de Lila. "Olha, Celia, você tem um tempinho essa semana? Queria te passar um pouco da minha ideia pra Rosemary." Kurt relanceou o olhar para a noiva. "Você não se importa, não é, meu bem?"

Lila respondeu com um sorriso surpreso. "Por que me importaria?"

"Ótimo." Ele se voltou para Celia. "Só quero garantir que a gente esteja na mesma página desde o começo. É um grande papel, com muito potencial, e quero que você faça justiça a ele." Kurt estendeu a mão para tocar o braço dela. "Certo?"

"Gosto dela", Lila comentou assim que Celia foi embora, enquanto Kurt a puxou para seus braços. "Vai virar uma estrela rapidinho."

"Antes disso, vai me dar um trabalhão", ele murmurou contra a boca de Lila. "A leitura dela foi péssima. Me lembra por que eu a contratei em vez da Kaylee?"

Lila fez *tsc-tsc*. "Porque, de acordo com você mesmo, ela foi ótima no teste de câmera. Celia é novata, só isso. Me deixa passar um tempo com ela. Posso ensinar tudo sobre como sobreviver no mundo de Kurt Royall."

"É melhor ela aprender rápido", ele respondeu, e mordiscou a orelha de Lila.

"É o primeiro dia, amor", Lila insistiu, então se afastou para encará-lo nos olhos. "Esse é um projeto que você ama, lembra?"

"Graças a você."

"Pode guardar isso pro seu discurso no Oscar."

Kurt deu um tapinha na bunda dela e se virou para o grupo de atores que fingia não prestar atenção.

"Muito bem, pessoal", ele gritou. "Acabou o recreio. É hora de produzir nossa obra-prima."

ANOTAÇÕES DE: J. GABRIEL

Paciente: L. Crayne
Dia/horário: 24/6 — 10h30
Sessão: 3

Comecei a sessão de hoje mencionando o fato de L ter segurado minha mão na semana passada. Ela testa os limites em certos momentos. Precisava abordar diretamente. Queria entender melhor o motivo por trás do comportamento.

Minha impressão era que seus sentimentos em relação a mim haviam se complicado um pouco. Fui rápido em normalizar: o processo de transferência de sentimentos de uma figura importante em sua vida para outra pessoa, no caso eu, acontece com frequência na terapia (embora nunca tivesse visto acontecer tão rápido). O paciente está em estado vulnerável e o terapeuta é o único destinatário, passando a ganhar importância. Mas era minha responsabilidade garantir a preservação dos limites profissionais do relacionamento paciente-terapeuta.

A reação de L foi fascinante. Entendeu o conceito de transferência, mas negou que fosse o caso. Então disse que o incidente que descrevi nunca aconteceu.

A negação não me surpreendeu (poderia estar constrangida, envergonhada), mas seu comportamento sim. L foi franca, pareceu calma, tranquila. Ficou evidente que acreditava estar dizendo a verdade.

L me lembrou de que ao fim da sessão estava chateada,

mexida. Disse que devo ter notado, porque estendi a mão para segurar a sua. Repeti, para que ficasse claro: ela achava que eu havia iniciado o contato?

"Não acho. Tenho certeza. Me lembro muito bem. Você pegou minha mão e apertou de leve. Então disse que podia confiar em você."

Antes que eu pudesse responder, L disse: "Mas não se preocupe! Não levei a mal! Me desculpe se dei essa impressão. Você estava tentando me reconfortar. Sabia exatamente o que eu precisava ouvir e funcionou. Não deveria se sentir desconfortável, e com certeza não há necessidade de pedir desculpa".

Tinha certeza de que minha lembrança estava correta — minhas anotações detalhando o incidente eram prova —, mas decidi não insistir. Não queria que L sentisse que não confiava nela.

Então comentei como era fascinante que ambos acreditássemos que o outro havia iniciado o contato. Reconheci que era difícil, talvez impossível, ser completamente objetivo. Perguntei como ela se sentia diante da discrepância de perspectiva. A resposta de L foi bastante perspicaz:

"Acho que a mente tem maneiras de alterar nossas memórias sem que a gente perceba. Talvez seja um jeito do subconsciente de montar nossa narrativa pessoal para justificar uma sequência de eventos e nos permitir interpretar nossa própria história. Pode ser a nossa maneira de editar e moldar o que queremos contar para nós mesmos."

Respondi que talvez a verdade quanto ao que aconteceu estivesse em algum lugar no meio do caminho. Um de nós iniciou o contato, mas provavelmente em resposta a algo que tinha percebido no outro.

Perguntei se aquilo afetava sua credibilidade em mim, se me fazia parecer menos confiável como terapeuta.

L disse que isso talvez a fizesse confiar ainda mais. Gostou que eu tivesse abordado um assunto desconfortável. Começava a sentir que podia confiar mais em mim do que em qualquer outra pessoa. Embora a magnitude das palavras fosse perigosa, também era uma ótima oportunidade de compreender melhor o motivo por trás da transferência. Pedi que elaborasse.

"É só como tenho me sentido desde que passei a vir aqui. Foram apenas três sessões, e já falamos sobre coisas que nunca disse a ninguém. Parece que só você me entende de um jeito que ninguém mais consegue. Isso me assusta um pouco."

Disse que essa vulnerabilidade certamente pode parecer assustadora.

"Mas me sinto segura com você. Nunca consegui falar com ninguém sobre algumas das coisas que abordamos. Não me entenda mal: tenho amigos maravilhosos, pessoas por quem faria qualquer coisa. Mas alguém com meu nível de exposição logo aprende que não dá para confiar totalmente em ninguém. Porque, se algo acontecer e o relacionamento terminar, por qualquer que seja o motivo, seus segredos serão usados contra você."

Comentei que devia ser exaustivo ter que se proteger o tempo todo. Perguntei se ela desabafava com a mãe.

"Ah, nunca falaria com mamãe sobre nada disso. Não conseguiria. Depois que papai morreu, ela mudou. Aconteceu quase da noite pro dia: virou outra pessoa."

Pensando na mensagem de voz, perguntei o que na morte do pai havia feito Karen mudar de maneira tão dramática. L disse que não sabia. Não se lembrava de nada daquela noite.

Disse que acreditava que ela estava reprimindo a batida, mas que aquela memória poderia ser reconstruída. Que confrontar a lembrança diretamente a ajudaria a se curar. Sugeri terapia de dessensibilização e reprocessamento através do movimento dos olhos, a EMDR, mas, antes que pudesse explicar a técnica, L me cortou, dizendo que não adiantava. Havia tentado se lembrar inúmeras vezes. A memória tinha desaparecido.

Vi que estava se fechando, por isso voltei ao assunto da mãe. Pedi que L descrevesse seu comportamento de agora.

"Muito mais dura do que antes. Mas por dentro... Ninguém que a conhece imaginaria quão frágil ela é. Sinto que ela precisa da minha proteção.

"Depois que papai morreu, ela levou a gente para a Califórnia. Mamãe voltou a usar o sobrenome de solteira e mergulhou de cabeça na ideia de ter uma carreira. Ela foi uma das poucas mulheres da época que conseguiu entrar no clube do bolinha do mundo do cinema. E meio que formou uma casca impenetrável para se proteger de tudo o que passou. Acho que compensou demais. Antes era tão doce, tão vulnerável. Agora, o mantra dela é: *Nunca mais*, é o que sempre diz. *Nunca mais vou procurar meu próprio valor em um homem.*" L balançou a cabeça. "Foi um período difícil, mas acho que ela está melhor agora. Parece estável."

"Mas é uma corda bamba", sugeri. "Você tem medo de que, caso se abra com ela, caso precise do apoio dela, você, ou ela, acabem caindo."

"Isso."

"E quanto a Kurt?"

"Kurt? Ele é a última pessoa com quem eu desabafaria."

"Mas ele é seu noivo. Não deveria ser a primeira?"

"Isso que estamos falando aqui... meus pais, meu histórico com os homens, os segredos que enterrei... são cicatrizes horríveis minhas que nunca vou conseguir apagar. Eu me esforço muito pra manter tudo sempre escondido. Kurt não sabe nem pode saber. Não quero que ele descubra como sou problemática."

Eu disse que L não era problemática. Talvez parte do nosso trabalho juntos deveria envolver aumentar sua autoestima. Perguntei o que Kurt achava de L fazer terapia. Respondeu que ele não sabia. Não havia contado porque teve receio de sua reação, sabia que ficaria com ciúme. Procurei esclarecer: ciúme porque ela discutiria assuntos privados comigo e não com ele? L disse que sim, mas também porque sou homem.

Apesar da ideologia aparentemente feminista de K, L explicou que ele sempre foi possessivo e não gostava que ela tivesse amigos homens e héteros. Era lisonjeiro, de certa forma. Perguntei se aquilo já tinha soado controlador. Ela deu de ombros, disse que Kurt quer o que quer e quando quer.

Com cuidado, sugeri que possessividade/ciúme às vezes é uma reação a algo interno. Poderia ser projeção de alguma inquietação dele, que mascarava um medo mais profundo. L logo me cortou, dizendo que sempre havia sido fiel. Esclareci: não foi o que eu quis dizer. Perguntei se L achava que Kurt podia ser infiel.

L ficou em silêncio. "Ele está me traindo nesse momento."

L explicou que os dois estavam tendo dificuldade para encontrar a atriz que interpretaria Rosemary porque ninguém parecia certa. Então L encontrou uma jovem desconhecida e soube na mesma hora que seria ela. (Aqui L pediu desculpa e explicou que não podia revelar o nome por ter assinado um contrato de confidencialidade.) Mas L sabia que precisava ser K a "descobri-la", por isso deu um jeito de a menina fazer um teste de câmera. Na noite do teste, K havia chegado tarde, anunciando que enfim encontrou a Rosemary deles. L sentiu o cheiro do perfume, viu um chupão no pescoço. Teve um sexto sentido de que algo acontecera, mas se convenceu de que imaginava coisas.

Então, durante a primeira leitura de *Suave é a noite*, na semana anterior, suas suspeitas foram confirmadas. A atriz parecia visivelmente culpada/desconfortável. K fingiu que mal a conhecia e reclamou dela para despistar L. Mas ela sabia; K não era bom ator.

Acha que a atriz transou com K para conseguir o trabalho. O que é comum no mundo do cinema, embora não acreditasse que K fosse topar. Isso fez L sentir que ele não é o homem que pensava que era.

Perguntei como ela se sentia trabalhando com a atriz em questão.

"Ah, não a culpo nem um pouco. Não foi certo o que ela fez, mas se você é mulher nessa indústria vai saber: sexo transacional acontece o tempo todo. E funciona. Só não queria ter colocado a garota nessa posição, de se sentir obrigada a fazer isso para conseguir o trabalho."

Afirmei que não era culpa de L, que teria que avisar a atriz se soubesse, embora não fizesse ideia. Perguntei se estava brava com K.

"Brava?" Ela balançou a cabeça. "Não, nem um pouco."

Um sinal de alerta. É provável que a incapacidade de L de acessar sua raiva esteja enraizada nos pais. "Por que não? Seria mais do que justificado."

"Só fico triste." Seus olhos começaram a lacrimejar. "Desde o começo, nunca acreditei que Kurt queria mesmo ficar comigo. Sempre senti que tinha que ser perfeita pra que ele não me deixasse. E agora sei que não sou o bastante."

Eu disse que a infidelidade de K não tinha relação com isso. Tinha a ver com ele. Perguntei o que ela pretendia fazer.

"Não consigo nem pensar em perder Kurt. Não sei o que faria sem ele. E muita coisa depende de nosso relacionamento profissional, da marca que construímos juntos."

Respondi que muitas estrelas de cinema sobreviviam a términos dramáticos, mas L insistiu que não era a mesma coisa. Os dois haviam construído um império juntos.

A agonia de L quanto a ficar sozinha é outro indício de que o relacionamento com K não é saudável. Ela claramente sente vergonha da própria psique, motivo pelo qual só agora, na crise, esse medo mais profundo veio à tona.

Perguntei se pretendia confrontar K.

"Se fizer isso, ele vai me deixar. Não posso."

Falei que tinha ampla experiência clínica com infidelidade; casais podem se recuperar, e de verdade. Mas discutir o assunto é imprescindível — e precisa acontecer agora, para que, quando/se eles se casarem, seja com transparência total. Se K é o companheiro que L merece, não vai fugir. Disse que se L não conseguisse confrontá-lo sozinha, poderíamos fazer uma sessão de terapia de casal. Eu conduziria a conversa.

L entrou em pânico. "Ele não pode saber que estou vindo aqui. Ficaria enlouquecido."

Fiquei surpreso com a intensidade da reação. "Foi apenas uma sugestão. Você não precisa fazer nada que te deixe desconfortável."

Isso claramente não foi o suficiente. "Você tem que me prometer que nosso relacionamento fica em segredo."

"Claro. Pelo tempo que você quiser, nosso trabalho juntos aqui permanecerá confidencial. Pode contar comigo, Lila. Não vou a lugar nenhum."

L me encarou. "Promete?"

Hesitei.

"Promete que nunca vai me trair", L disse tão baixo que mal ouvi. "Promete que nunca vai trair minha confiança."

Mesmo sabendo que não deveria, assenti. "Prometo."

Seis

Ela havia pedido que a encontrassem no Metrópole, seu ponto de encontro preferido no bairro. Karen gostava do lugar pela percepção pública, e a carne não ficava devendo em nada também.

Lila viu a mãe assim que entrou, na ponta do balcão lustroso branco, com o celular na orelha, os sapatos de salto fino erguidos em um ângulo convidativo. À sua volta, as opções do cardápio, basicamente as mesmas figurinhas de sempre: homens divorciados reciclados (com seu bronzeamento artificial perceptível, o queixo duplo, a pomada de cabelo oleosa, o terno apertado) e os gaviões à espreita (que ainda não haviam deixado a esposa e talvez nunca deixassem) que observavam o entorno, avaliando o ambiente. E, é claro, as mulheres, sensualmente empoleiradas em suas banquetas, atrás das quais os homens pairavam. Suas feições paralisadas pelo reboco da base, o volume do penteado proposital para esconder o desmatamento do couro cabeludo, a blusa de seda escondendo as dobras dos pneuzinhos. Bocas tensas, olhos atentos, prontos para atirar como flechas. O desespero temperava o ar.

Lila sabia que a mãe adorava aquele lugar — adorava como se sentia ali. A ambientação — uma combinação de verde-oliva, lavanda e tangerina em contraste com o branco reluzente; as formas clean, retas, a iluminação embutida elegante — era tão previsível quanto sua clientela. Karen adorava entreouvir as conversas entediantes, o verniz frágil sobre a contagem regressiva lenta e solitária. Em geral, chegava ocupada com uma ligação do trabalho, o celular um escudo fino como uma lâmina. Nunca mais. Nunca mais a mãe seria uma daquelas mulheres, envoltas pela própria histeria em ser escolhidas. Ela estava acima daquilo. Aprendera da pior maneira que o mundo era diametralmente oposto e implacável. Pelo resto da vida, Karen Wolfe preferiria ser a opressora a permitir que a oprimissem de novo.

Kurt se posicionou atrás de Lila, pousou a mão em suas costas e murmurou no ouvido dela: "Vamos acabar logo com isso".

Houve o murmúrio coletivo habitual de quando as pessoas notavam a presença do casal. Karen, como sempre, foi a última a vê-los. Ela ergueu um dedo enquanto os dois se aproximavam, então enfim interrompeu a pessoa do outro lado da linha.

"Sinceramente, Jerry, pouco me importa. Está no contrato dela. Se não acredita em mim, é só ler. Quero ver amostras em que o rosto dela aparece, sem ser esmagado pela porra dos créditos. Achei que vocês fossem profissionais. Essas versões são amadoras, um desperdício do meu tempo e do seu. Não volte a me ligar até ter algo que valha a pena ver."

A mãe desligou com um suspiro, tocou rapidamente o lábio superior e abriu um sorriso frio e cheio de dentes. "Oi, Kurt."

"Desculpa o atraso. A prova do anel de Lila levou mais tempo que o esperado, e então ficamos presos no engarrafamento." Ele acenou com a cabeça; os paparazzi já se reuniam do lado de fora do restaurante, os flashes das câmeras disparando no crepúsculo, os guarda-costas mantendo-os afastados.

Karen apertou os lábios. "Lila, querida, linda como sempre."

Lila deu um beijo na bochecha dela. "Como você está, mamãe?"

"É melhor nem perguntar. Estava bem até ver aquele cartaz. Quem contratou aqueles idiotas?"

"Eu", Kurt disse, apoiando um cotovelo no bar. "Como deve lembrar, trabalhei com eles nos meus últimos cinco projetos, incluindo os dois do Oscar. Algum problema?"

Um sorrisinho tenso. "Ora, Kurt, eu não deveria ter que te lembrar da cláusula do contrato da Lila. Aqueles cretinos a botaram de costas. Não sou nenhuma especialista, mas como essa pode ser a melhor opção?"

"Não estou familiarizado com o contrato de Lila", Kurt disse, "mas confio na equipe. E achei que fossem usar uma foto de Lila e Dom de perfil."

"Ah, claro, se ver só a ponta do nariz dela pode ser considerado um perfil." Karen tomou um golinho de seu martíni. Parecia estar adorando aquilo. "Estou pouco me fodendo pro Dom, mas, como agente de Lila, é meu dever lembrá-lo de que o *key art* tem que ser do rosto da minha filha. E, como produtora-executiva de uma adaptação supostamente sobre empoderamento feminino, só posso concluir que o *mockup* atual, com Lila se virando de costas, é a porra de uma piada. Mas não vamos misturar o trabalho com o pessoal, pode ser? Muito menos em público." Ela se voltou para os curiosos ao redor e os encarou até que desviassem o olhar. "Minha nossa, aqui parece uma lata de atum... Vamos para a mesa?"

Os três foram conduzidos à mesa onde Karen normalmente se sentava, em um canto privado. Por causa de Lila e Kurt, as mesas vizinhas foram mantidas vazias, ainda que houvesse clientes esperando para serem acomodados.

"Agora, Lila", Karen disse depois de terem se sentado. "Como você está? Quero saber tudo."

"Estou ótima." Ela sorriu. "Feliz por termos começado a filmar."

"As cenas do Dom, não é? Você foi assistir?"

Kurt relanceou o olhar para Lila. "Ela viu o material bruto."

Karen se virou para ela na mesma hora. "Fico surpresa que não tenha ido ver ao vivo."

"Lila é sempre bem-vinda no set", Kurt disse, deixando o cardápio na mesa. "Mas acho que posso cuidar da direção, não concorda, Karen?" Ele pôs uma mão sobre a de Lila. "Nossa visão é bem alinhada."

Karen abriu um sorriso duro. "Claro."

"Bobby Starr mandou um oi, aliás. Disse que não te viu na leitura e que está te devendo uma bebida." Kurt balançou a cabeça. "Adoro aquele cara."

"Starr é um filho da puta", Karen disse e chamou uma garçonete. A moça se aproximou apressada, com os olhos fixos em Lila.

"Boa noite, pessoal. Como vocês estão?"

"Estamos bem, querida", Karen respondeu. "Não precisa ficar nervosa, ela não morde."

O rosto dela ficou vermelho na hora. "Ah, desculpe, eu não queria..."

Lila foi rápida em salvar a garçonete das garras da mãe. "Sinto muito, ela está só brincando. Tudo bem com você?"

"Eu... hã..." A pergunta pareceu deixar a pobrezinha atordoada. "Nossa", ela disse afinal. "Jesus amado. Sou muito sua fã."

"Você é nova aqui, não é?", Karen perguntou com os olhos apertados.

Ela confirmou com a cabeça. "É meu terceiro dia."

"Parabéns! Olha só", Lila disse, inclinando-se na direção dela para tocar seu braço. "Será que você consegue me fazer o grande favor de não deixar que as pessoas tirem fotos minhas, e aí tiramos uma juntas antes de eu ir embora? Pode fazer isso por mim?"

"Sério? Seria incrível! Claro! Olhos de águia! Não em *você*, claro... ai, meu Deus..."

"Fantástico", Lila a cortou, com um sorriso conspiratório. "Nossa, estou louca por uma bebida. Pode me trazer uma vodca soda com hortelã e bastante limão? O que vai tomar, mamãe?"

Num movimento brusco, Karen deixou o cardápio na mesa. "Outro martíni. Diga para Catalina que quando peço caprichado, é caprichado *mesmo*."

"Drinques antes do vinho?", Kurt disse. "Quero um bourbon Bulleit. Puro. E pode já abrir esse carménère pra ir respirando. Vai harmonizar bem com a carne. Malpassada, por favor."

"Excelente escolha, sr. Royall", a garçonete conseguiu dizer. "Já volto com as bebidas."

Assim que ela foi embora, Kurt, reparando nos olhos esbulhados na mesa deles, disse:

"Não consigo entender por que você gosta desse lugar. É velho e deprimente. Sempre o mesmo pessoalzinho enfadonho do Upper East Side."

"Perfeito para uma vaca velha como eu pastar. Não acha, Kurt?" Karen deu uma piscadela. "Ah, seja paciente comigo e com meus gostos vulgares. É meu prazer culposo observar os hábitos de acasalamento dessas pessoas, como uma novela da

vida real. Fora que, com vocês dois aqui, me sinto o centro da fofoca de uma cidade pequena." Ela fez beicinho, e sua pele se enrugou como papel machê. "E você está me devendo uma. Considerando que não fui convidada para o noivado da minha própria filha."
"Mamãe, você sabe que era o aniversário de Kurt. Não foi um pedido planejado."
Karen gargalhou. "Até parece. Conheço você, Lila. Você não dá ponto sem nó. Não existe um pingo de espontaneidade nesse seu corpinho lindo."
Lila ignorou o comentário. "Acabamos de pegar minha aliança. Não quer ver?"
Karen deu um gemido lastimoso. "Não consigo acreditar que depois de tudo o que passamos com seu pai você continua sendo assim tão inocente para acreditar em casamento, com aliança e tudo. Você é uma propriedade, por acaso? Daqui a pouco vamos estar falando do seu dote."
Kurt soltou uma risada incrédula.
"Mamãe", Lila disse, estreitando os olhos, "não é porque você não acredita mais em casamento que eu preciso renunciar a ele."
"Tá bom, tá bom." Karen revirou os olhos e puxou o pulso dela que estava sob a mesa. "Vamos ver a porcaria da aliança."
Por um momento, os três ficaram em silêncio, observando o anel; o formato de marquise notável, o diamante parecendo uma lâmina afiada contra sua pele.
Karen soltou a mão de Lila com uma batidinha. "Bom, é a sua cara", disse. "A sua cara mesmo."
Mãe e filha se entreolharam em um embate silencioso; então, ao mesmo tempo, irromperam em risos. Karen jogou a cabeça para trás, seus molares brilhando na escuridão da boca.

Kurt olhava de uma para a outra, perplexo. "Então, Karen", ele disse, quando a garçonete voltava com as bebidas. "Não vai dar os parabéns pra gente?"

"Caramba." A mulher mantinha os olhos fixos na mão de Lila. "É a aliança?"

"Não", Karen disse, enxugando as lágrimas. "É meu ânus, acabei de clarear." Quando nem isso provocou reação, resmungou: "Pelo amor de Deus, pode *por favor* me dar meu martíni?"

A garçonete pareceu se dar conta do que estava fazendo e começou a distribuir as bebidas, enquanto as duas tentavam se controlar.

"Que tal um brinde?", Kurt sugeriu.

"Puta que o pariu", Karen disse. "Preciso de um gole para dar coragem antes." Ela virou metade da taça e depois a ergueu. "À minha filhinha." Enfim Karen suavizou. "Uma arquiteta meticulosa da própria vida, assim como a mãe." Ela ergueu a mão de Lila e beijou o diamante, manchando-o de vermelho. "Que todos os seus sonhos se tornem realidade."

"Essa vadia filha da puta."

Lila se virou. Kurt apertava o celular na mão, olhando pela janela do carro para as ruas de paralelepípedos. A silhueta fina do seu pescoço pulsava na escuridão.

"Quem?"

"Sua mãe, claro." Kurt levou os nós dos dedos ao lábio superior e soltou o ar pela boca, um sinal de que estava entrando em uma de suas crises humor.

O jantar havia deixado os dois abatidos. Como sempre acontecia quando compartilhavam a refeição com Karen, eles tinham desesperadamente se esforçado muito tentando acabar com a tensão. No entanto, duas garrafas de vinho só haviam incentivado Karen a reiterar suas sinceras opiniões sobre casamento e seu completo desprezo por todos os homens héteros (incluindo seu futuro genro). Ao fim, anunciou alcoolizada que preferia que enfiassem a faca de carne em suas costelas a ter que comparecer à cerimônia, depois encerrou a noite com uma ameaça vívida a Kurt para acertar a porra do *key art*. Mesmo em se tratando dela, tinha sido demais.

"O trabalho de Jerry é incrível. Seu contrato diz mesmo isso? Que seu rosto precisa aparecer?"

Lila girou a aliança no dedo. "Não sei muito bem."

Kurt atirou o aparelho contra o espaço no banco de couro entre eles, depois o pegou e atirou de novo. "Sério? A gente vai ter que voltar pros rascunhos e mexer na última versão, que ficou fantástica, só pra você ter uma imagem bonita? Quem faz isso, porra?"

Ela deu um minúsculo encolher de ombros. "Mamãe."

O carro parou diante da casa deles. Kurt abriu a porta e saiu, batendo-a em seguida, embora Lila já estivesse saindo pelo mesmo lado. Ela estacou, então se virou para o motorista.

"Boa noite, Daniel", disse e reabriu a porta. Kurt já estava esmurrando a senha para entrar no prédio.

"Boa noite, srta. Crayne", Daniel assentiu. Lila saiu para a noite e seguiu na direção do noivo furioso, que segurava a porta com o pé.

Eles pegaram o elevador em silêncio. Assim que a porta se abriu direto para a sala de estar deles, Kurt se virou para Lila, seu olhar gélido.

"O que você disse a ela?"

Lila se deteve. Tinha um dedo enganchado em um salto enquanto se equilibrava sobre o outro. "Como assim?"

"Não se faça de sonsa, Lila."

"Fiz algo que você não gostou?"

Kurt entrelaçou as mãos sobre a cabeça e se virou para o Hudson, que cintilava ao luar.

"Vou pegar uma bebida pra você. A noite foi difícil." Lila seguiu até o bar, percorrendo o piso frio de cimento queimado com os pés descalços. Colocou um cubo de gelo grande em um copo de cristal e serviu alguns dedos de uísque.

Ela o encontrou à porta de correr, com uma mão na estrutura metálica.

"Quer ir para a sacada?", ela perguntou, estendendo a bebida a ele.

Kurt pegou o copo e o virou de uma vez. "Só me responde. O que você disse à sua mãe sobre mim? Sobre nós?"

"Kurt." Lila tocou o ombro dele, que a afastou. Ela engoliu em seco, depois se virou e foi se sentar no sofá. "Ela só sabe o que as pessoas sabem. O que é óbvio para o mundo todo."

"Mas que merda isso quer dizer?" Kurt deu um passo na direção dela, que se encolheu no lugar.

"Você está me assustando."

"Puta merda, Lila!" Kurt se virou e golpeou a estrutura da porta, fazendo o vidro balançar na moldura. "O que foi dessa vez? Compramos o apartamento, estamos fazendo o filme, abrimos uma produtora nossa... vamos até nos casar, pelo amor de Deus! O que mais você pode querer?"

"Nada!" Lágrimas se acumularam nos cantos dos olhos dela. "Não estou pedindo nada."

Ele deixou o copo sobre a mesa perigosamente perto da beirada. "Então por que parece que, não importa o que eu te dê, nunca é o bastante, porra?"

"Por favor..."

"Chega de joguinhos." Kurt lançou um olhar furioso para ela. "O que sua mãe tem contra mim? Está mais do que óbvio que ela queria me ver morto. Então me diz: o que Karen sabe?"

Lila puxou os joelhos junto ao peito e falou devagar. "Ela sabe que somos uma franquia, que nossa carreira está entrelaçada e que, por causa disso, dependo de você. Como minha gerente, como mulher e minha mãe, ela odeia esse combinado. Não tem nada a ver com você. Mamãe só te culpa por ser homem. Você sabe que é tudo por causa do papai."

"Ah, sim. Deus nos livre de passar um dia sem mencionar seu pai abusivo." Kurt revirou os olhos, mas sua raiva já estava começando a passar. "Então ela disse todas aquelas merdas hoje porque é uma feminazi psicopata. Me odeia por ter um pau e te odeia por querer meu pau."

Lila hesitou, então se levantou do sofá com um sorriso tímido. "E quem disse que eu quero?"

Ele não conseguiu evitar uma risada baixa. "Você é uma putinha safada, né?"

"Sou?" Os dedos dela alcançaram a barra do vestido. Devagar, Lila o tirou pela cabeça, ficando nua no meio da sala, a não ser por um pedaço de renda aqui e uns laços ali. "Então por que não me dá o que eu mereço?"

De novo, a dança nas sombras. Eles estavam encontrando o caminho de volta, um puxando o outro no escuro. Em breve, muito em breve, estariam bem outra vez.

Um sorrisinho se insinuou nos lábios de Kurt. As possibilidades iluminavam seus olhos. "Calça o sapato de novo. Vai pra sacada."

Ela abriu a porta de correr e saiu para a noite. Lá embaixo, do outro lado da rua, o brilho difuso dos postes que iluminavam o calçadão, o lento movimento da água. Algumas pessoas caminhavam à distância. Lá dentro, Kurt apagou as luzes, tornando-os invisíveis.

Ele surgiu atrás de Lila, observando-a debruçada no parapeito. O estalido preciso do cinto sendo aberto, o ruído baixo de um zíper baixando. Ela estremeceu quando o nó de um único dedo desceu por sua coluna.

"Kurt?" Lila hesitou, deliberou. Então decidiu seguir um caminho diferente. "Finja que sou outra pessoa", sussurrou. "Alguém que você mal conhece. Alguém que você deseja."

Ele murmurou em concordância, o desejo fechando sua garganta. Ali, no escuro, ela podia ser qualquer pessoa. A silhueta sinuosa de suas costas anônimas, os saltos que a deixavam mais alta. Lila soltou o cabelo, antes preso em um coque, e ficou parecendo mais nova (ela sabia que era a preferência dele). Kurt alcançou seu quadril.

A força com que ele meteu dentro dela fez o parapeito estremecer. Olhou para a água, para as luzes da rua, que seus olhos úmidos transformavam em um borrão, para o concreto simples, para os carros que passavam voando, sem saber. Sentiu-se esquentar por dentro enquanto Kurt a via como uma encarnação mais jovem e mais macia. Seus pensamentos retornaram ao conforto fácil do passado, quando aquilo bastava, quando aquela fantasia emocionante, devoradora, era tudo o que podia querer. Kurt soltou um gemido e o som se dividiu em sílabas quando ele gozou, agarrando o pescoço dela para levar sua orelha à boca dele, consumando a fantasia ao pronunciar o nome daquela outra mulher enigmática — o nome que Lila já sabia.

ANOTAÇÕES DE: J. GABRIEL

Paciente: L. Crayne
Dia/horário: 1/7 — 10h30
Sessão: 4

Início problemático. L se atrasou (perdeu quase toda a sessão), e Maggie aproveitou a oportunidade para discutir os planos do casamento. Infelizmente, L nos surpreendeu discutindo. Encantada com L, Mags ignorou o protocolo e deixou a conversa correr. Disse que moramos no andar de cima (L pelo visto é nossa vizinha, mora a quarteirões de distância), contou que é artista e tem um estúdio nos fundos. Quando L pediu para ver seu trabalho, M mencionou a abertura da exposição a vir em galeria. Tive que pedir para M sair.

L se jogou no sofá. "Nossa, ela parece ótima. E é tão bonita! Eu mataria pra ter essa aparência."

Diante de minha risada educada, L insistiu: "É sério, ela é tão... delicada. Às vezes sinto que minha carreira acabou com tudo o que eu tinha de feminino".

Fiquei curioso em relação ao fascínio dela por minha noiva; seria outra manifestação de transferência? Ponderei seus motivos: achava que eu protestaria, insistiria que ela é linda? Teria ficado com ciúme? Seria uma ironia velada por M não seguir os mesmos padrões de beleza que levavam à exaltação da aparência de L?

L prosseguiu: às vezes gostaria de ser alguém como M. A vida seria muito mais fácil. (De novo, resultado da transferência, porque M é minha noiva? Ou insulto disfarçado ao fato de M ser comum?)

Redirecionei a conversa para a vida de L. Perguntei como ela estava.

Teve crises de pânico quase toda noite da semana. Sintomas clássicos: frio, tontura, falta de ar, como se estivesse sufocando/se afogando. Quando mais nova, achava que aquilo era um ataque cardíaco. Novidade pra mim. Perguntei sobre as crises na infância.

Comuns quando o pai era vivo. Recentemente eram raros. De súbito, mais frequentes.

Perguntei se L reconhecia os gatilhos. Ela disse que às vezes era óbvio, mas em outras se sentia normal, até bem, e de repente tinha uma crise.

Indaguei se já havia tomado remédio. Tentou ISRSs (Prozac, Zoloft), mas não ajudou (náusea, insônia). Perguntou sobre benzodiazepinas. Queria algo para uma crise.

Expliquei o problema das benzodiazepinas: são altamente viciantes. Não podem ser usadas regularmente ou a longo prazo. Remédios só resolvem na hora, a cura exige terapia. Prescrevi dosagem baixa de clonazepam em casos de emergência.

Isso fez L relaxar visivelmente. Notei que ainda estava de casaco, o que era estranho, por causa da umidade e do ar-condicionado quebrado. Perguntei se não queria tirar. L hesitou, mas tirou.

Havia se esforçado para cobrir com maquiagem e joias, mas peito/braços estavam cobertos de hematomas e machucados feios.

Perguntei se queria me contar alguma coisa. Primeiro, L simulou confusão. Quando fui mais direto, diminuiu a importância daquilo, disse que tinha se machucado sozinha.

"Foi muito idiota. Temos essa escada de concreto no apartamento, que leva ao quarto. Era tarde da noite. Desci pra pegar água na cozinha, e tinha bebido um pouco além da conta. Pisei em falso e caí."

Perguntei se Kurt tinha algo a ver com aquilo.

L balançou a cabeça, com olhos temerosos.

Afirmei que não achava que ela estava sendo sincera comigo. Apontei para as impressões de dedo em seu pescoço, perguntei o que eram.

Ela ficou na defensiva. Disse que já tinha me contado tudo o que havia para contar, depois ficou em silêncio e evitou meus olhos. Chegamos a um impasse.

A essa altura, adotei uma tática que poderia ser questionável, mas, considerando a gravidade da situação, poderia ser eficiente. Ameacei interromper o tratamento.

Me levantei e disse que era melhor encerrarmos pelo dia. Não cobraria pela sessão, mas L precisava pensar seriamente se contava a verdade e se seguiríamos adiante ou caminhos separados.

Ela começou a chorar. Disse que falaria tudo, que nosso relacionamento era importante demais. Implorou que não a abandonasse. Ofereci lenços, aguardei até que se acalmasse. Então pedi que contasse a verdade.

Aconteceu na quinta passada. Jantaram com a mãe dela para comemorar o noivado. L já chegou nervosa, porque Kurt e Karen não se davam bem.

"Por causa do meu pai, mamãe não confia nos homens, nem em Kurt. E ele sabe que a opinião dela é importante pra mim, que gosto de sua aprovação. Acho que se sente ameaçado.

"Depois, ele estava num humor péssimo. Ele fica assim alguns dias, quando está sob muita pressão. Mas eu achei que pudesse ajudá-lo a sair dessa vez. Então a gente... ah, isso é tão constrangedor. Bom, Kurt e eu... às vezes nossa vida sexual é... incomum."

Pedi que elaborasse.

"Nossa. Nunca falo sobre essas coisas. Mas acho que... se você considera importante... Kurt gosta de ser agressivo. E gosta quando eu, bom... sou submissa. Quando interpreto esse papel."

Não fiquei surpreso. Está diretamente relacionado ao entendimento de L sobre sexo dado pelo exemplo dos pais.

"Ele pega pesado. Desdenha de mim. E me força a fazer coisas, coisas humilhantes, em lugares onde podemos ser vistos ou pegos."

Perguntei se ela gostava.

"Claro!" Tampouco me surpreendeu. Provavelmente está em negação, convencida de que gosta do desequilíbrio de poder. Eco da dinâmica familiar.

"O sexo com ele sempre foi assim. Da primeira vez que ficamos juntos..." Ela balançou a cabeça, forçou um sorriso. "Bom, a questão é que quinta ele foi bem agressivo. E deixei rolar, como sempre. Só que dessa vez não conseguia parar de pensar em você."

"Em mim?"

"Digo, na conversa que tivemos. Sobre a atriz com quem ele está transando. Eu não parava de pensar em você me dizendo para confrontar Kurt. E, enquanto acontecia, comecei a sentir que talvez não estivesse tudo bem. Talvez eu quisesse mesmo falar com ele a respeito. Então esperei Kurt... você sabe... porque achei que estaria se sentindo melhor. Mais calmo. Quando fomos pra cama, perguntei se ele tinha transado com ela. E ele negou."

"Mentiu pra você."

Ela assentiu.

"E o que aconteceu?"

"Ele ficou furioso. Disse que não acreditava que eu estava fazendo uma acusação daquelas."

"É comum que isso aconteça quando alguém se sente culpado. Ele queria que você duvidasse de si mesma."

"E fiquei quieta, porque só conseguia pensar: mas eu sei que é verdade. E que aquele não era o Kurt que eu achava que conhecia. Acho que estava esperando que, apesar de tudo, se eu o confrontasse, ele não resistiria e pediria desculpa, imploraria por perdão, prometeria que não faria de novo. Mas mentir na minha cara... e toda aquela raiva...

"Acho que ele não gostou de eu ter ficado quieta também, parece que só contribuiu pra ele ficar ainda mais bravo. Começou a gritar que eu era uma ingrata. Que eu era essa mulher ciumenta, possessiva, que ficava imaginando coisas. Não lembro bem o que aconteceu depois, acho que bloqueei. Mas de repente as mãos dele estavam em mim. Kurt começou a me sacudir, tentando me fazer reagir. Mas eu não dizia nada. Não sei se estava chorando. Só me lembro de me sentir anestesiada. Aí ele agarrou meu pescoço, bem aqui, e foi então que fiquei assustada. Dei um passo para trás, não sabia que estava tão perto da beirada da escada. E caí.

"Ele não me empurrou. Não estava tentando me machucar. Foi só... um acidente, um acidente feio. Caí e acho que perdi a consciência. Quando acordei, estava nos braços dele. Kurt segurava minha cabeça e não parava de se desculpar. Ele agiu exatamente como eu esperava que fosse agir. Mas era tarde demais."

"Lila, você podia ter se machucado feio."

"Não, eu estava bem, sério. Saiu um pouco de sangue, fiquei com uns vergões, mas estou bem melhor agora. Só dolorida." L levou a cabeça às mãos. "E humilhada."

"Lila, o que Kurt fez com você... apertar seu pescoço, tentar te enforcar... é um sinal muito perigoso. Você sabe que isso é agressão, não?"

L fez menção de protestar, mas parou. "Sei."

Ela reconheceu Kurt como um abusador, o primeiro passo, imprescindível. Agradeci por confiar em mim e reafirmei minha posição como seu aliado.

L abraçou o próprio corpo. "Fico repetindo pra mim mesma que isso não pode estar acontecendo. Achei que soubesse pra onde minha vida estava indo. Achei que conhecesse o homem com quem estou me casando. E agora... me sinto encurralada."

"Vou te ajudar a sair dessa, Lila. Sei que você acha que não há uma saída, mas ela existe. Sempre existe uma."

Os olhos de L encontraram os meus. Por um breve momento, tão breve que posso ter imaginado, pensei ter visto algo novo em sua expressão: amor.

Oito

"Muito bem, pessoal, estamos nos preparando para uma tomada longa, que começa com a cena de Dick e Rosemary no quarto. Ou seja, set fechado: fica só a equipe reduzida. Para todos os outros: muito obrigada, podem ir por hoje." Era Eden de novo, com os headphones na cabeça, óculos enormes, jaqueta com o zíper fechado até o queixo. Pronta para a ação.

Lila envolveu o vestido de época de sua personagem no corpo, a faixa na cintura apertada como um torniquete, depois abriu caminho por entre as pessoas que saíam e seguiu pelo corredor paralelo do Plaza Hotel até a suíte Fitzgerald, onde a última sequência do dia começaria.

O cenário estava perfeito, o estilo art déco representado em preto e branco, com um carpete caleidoscópico e persianas romanas recolhidas, as paredes com blocos de cimento acinzentadas, o couro esticado com tachas, os lustres elaborados pendentes. No barzinho espelhado, Lila notou uma homenagem discreta: um lenço bem passado com as iniciais *JG* em meio a um bordado de margaridas. Ela o tocou com delicadeza, depois o enfiou no bolso.

Quando a equipe passou a ocupar o espaço, Lila foi até a sala de estar, mantendo-se num canto que dava no quarto. No outro extremo da cama — o único toque de cor em um mundo acromático — encontrava-se Celia, usando um vestido rosa-claro de cintura baixa, murmurando suas falas baixinho para si mesma, os dedos apertados sobre a perna. Lila sentiu um aperto no coração ao ver Kurt se aproximar e descer a palma da mão devagar pelas costas dela. Celia estremeceu e seus ombros se tensionaram. Então ela olhou para Kurt com um sorriso nervoso.

Alguém atrás de Lila avaliava e retocava seus cachos, afofando-os e torcendo-os. Logo Eden passou com a prancheta junto ao peito. Ela foi até Kurt e lhe disse algo baixinho. Ele murmurou em resposta, depois a mandou embora e se sentou ao lado de Celia, massageando um ponto de tensão no ombro dela.

"Me deixa olhar pra você, meu bem." Era a maquiadora de Lila, Nadia: olhos escuros, pele cor de leite, dedos grandes e grossos. Nadia inclinou o queixo de Lila para avaliá-la, avaliou e murmurou um "hum-hum" satisfeito. "Você está radiante. Com um levíssimo toque de perturbação."

Kurt de repente pareceu sentir a presença de Lila e se virou, flagrando seu olhar. Deu um tapinha no ombro de Celia e se levantou da cama. "Amor", ele disse, abarcando o cenário com um gesto. "O que achou?"

"Perfeito." Ela apontou com a cabeça para Celia, que os observava em silêncio. "Celia está maravilhosa, não é?"

Ele olhou para a jovem, depois de volta para a noiva. "Por que não vai esperar na suíte principal? Não vamos precisar de você por agora. Eden pode te chamar quando chegar a hora."

"Quero assistir pelo menos o ensaio." Ela sorriu. "Se não tiver problema."

"Mas você tem um monitor na suíte..."

"Eu sei, mas essa cena é tão importante. E quero ver sua genialidade em ação. Posso ficar naquele cantinho ali", Lila insistiu, quando ele fez menção de argumentar. "Você nem vai me notar."

Kurt hesitou, então assentiu bruscamente. "Ok." Ele suspirou enquanto descia os olhos pelo corpo de Lila. "Como sempre, estamos esperando a porra do pessoal do som. Vou aproveitar pra repassar os cortes com os atores."

Ela estreitou os olhos. "Os cortes?"

"Fiz alguns cortes ontem à noite." Kurt balançou a cabeça. "A cena não estava funcionando. Rupert exagerou no comportamento predatório do Dick."

"Rupert sabe?"

"Ele já foi dispensado", respondeu, diminuindo a importância daquilo com um gesto. "Set fechado, lembra?"

Ela cruzou os braços e falou baixo: "Kurt, Rupert deveria estar aqui".

Uma sombra de irritação passou pelo rosto dele, mas logo se recuperou. "Vou ver se alguém pode ir atrás dele." Kurt olhou para Eden, que assentiu e saiu.

"Ora, olá, srta. Crayne." Dom abraçou Lila. "Vai se juntar a nós? Você sabe que adoro sua companhia, mas sua participação nessa cena pode alterar um pouquinho a trama."

"Será como se eu nem estivesse aqui, prometo", Lila disse. "Vocês nem vão lembrar da minha presença." Ele seguiu os olhos dela, postos em Celia, que por sua vez fitava Kurt, ansiosa.

Dom suspirou. "Não se preocupa, querida. Ela não vai durar."

Lila forçou um sorriso, atordoada, então foi até o canto mais distante possível, enquanto Kurt falava com a equipe.

"Certo, caso alguém tenha caído de paraquedas aqui, vamos fazer uma tomada longa. Isso significa que não haverá corte até o fim da cena do banheiro. Agora vamos recapitular uma última vez, só para garantir que estamos todos na mesma página.

"Começamos com a cena da sedução de Dick e Rosemary, aqui no quarto dela. Abe e Peterson interrompem. Alguém pode se encarregar de garantir que Zev e Blake estejam aqui no momento certo? Seguimos os quatro atores pelo corredor, até a suíte dos Diver, para a próxima cena. Então Peterson sai, seguido por Abe. Quando Rosemary sai, nós a seguimos de volta para cá, onde ela encontra o corpo assassinado de Peterson. Vamos nos certificar nessa passagem de trocar os lençóis pelos ensanguentados pra não nos atrapalharmos com o tempo, está bem? Continuamos com Rosemary, que corre para a suíte de Dick, onde Nicole acabou de chegar em casa. Depois o foco passa para Dick pelo restante da cena: ele escondendo a evidência, removendo o corpo, conversando com o gerente do hotel. E aí chegamos ao fim, quando Dick volta para a suíte e encontra Nicole no banheiro, com os lençóis ensanguentados, tendo um ataque esquizofrênico, porque acredita que o sangue é da virgindade perdida de Rosemary."

O diretor de fotografia, Mike, dá uma risadinha. Kurt olha para ele na mesma hora.

"Eu te amo, cara", Mike diz, balançando a cabeça, "mas essa sequência é louca pra caralho. Tá mesmo tudo no livro?"

"Está tudo no livro", Kurt confirma, ríspido, depois olha para os outros, em desafio. "Mais perguntas?"

Silêncio.

"Então tá. Enquanto esperamos, vamos dar outra repassada nos últimos cortes. A cena segue até o pessoal do som estar pronto. Silêncio no set, por favor."

Lila olhou para Celia e sorriu. Celia desviou o rosto, atordoada.

"Vamos começar com você, Dom, fechando a porta depois de entrar. Celia, quero você no centro do quarto, naquela marca ali. Pode usar a poltrona como um recurso." Kurt foi até ela e pôs as mãos em seus ombros; Celia se sobressaltou com o toque. "Vamos iluminar você com aquela luz lateral ali, está vendo? Por isso preciso que seu posicionamento seja preciso. Levanta o queixo assim." Kurt ergueu o rosto de Celia, passando o dedo pelo maxilar dela. Alguém tossiu baixo. Lila se virou e viu Nadia e Eden trocando um olhar significativo.

"Pronto", Kurt disse. "Não esquece, tá? Agora vamos passar o texto. Podem começar."

"Quero ser sua", Celia sussurrou.

Dom balançou a cabeça, parecendo achar graça. "Ser minha o quê?"

Celia hesitou.

"Conversamos sobre isso ontem, lembra? Agora você vai até ele." Com a mão na lombar de Celia, Kurt a incentiva a andar. "Pode tocar nele. Isso. Rosemary é precoce, não é? As falas devem ser ditas em tom de flerte. Continuem com a cena."

"Vamos", Celia disse, com a voz trêmula. "Por favor, vá em frente, qualquer que seja o próximo passo. Nem faço questão de gostar... sempre tive a impressão de que não ia gostar muito... sempre detestei pensar no assunto, mas agora não estou detestando. Eu quero que você vá em frente."

"Adorei o movimento, Dom. Brilhante", Kurt disse. "A marca no chão é um bom ponto pra parar."

Lila ficou tensa ao ver Kurt se dirigir a Celia outra vez. "Não esquece o que os cortes mudam. Rosemary não está com medo aqui. O poder é dela. Quero que você assuma o controle. Você quer o cara, não quer? Então vai atrás dele." Ele assentiu com a cabeça para que Dom prosseguisse.

"Mas por acaso lhe ocorreu o quanto Nicole pode ficar magoada?", Dom perguntou.

"Você está pouco se fodendo pra Nicole", Kurt sussurrou para Celia. "Seduz o cara. Ele tem que esquecer Nicole e pensar só em você."

Os olhos de Celia procuraram Lila e logo retornaram a Dom. "Ela não vai saber — isso não precisa ter nada a ver com ela."

Dom se apoiou na cadeira da escrivaninha. "Mas também preciso levar em conta que eu amo Nicole."

"Preciso que você se esforce mais, Celia", Kurt disse, sua paciência se dissipando. "Preciso que você seja irresistível para ele." De novo, Kurt a pegou pelos ombros e a moveu para a frente. Ela voltou a olhar para Lila.

"Meu Deus do céu", Kurt resmungou. "Celia, querida, sei que é seu primeiro filme, mas você não pode sair do personagem", continuou, parecendo incrédulo. "Precisa fingir que não tem ninguém aqui além de vocês dois. A única pessoa pra quem você pode olhar é...?" Kurt aguardou até que a jovem, humilhada, apontasse para Dom. Lila fechou os olhos.

"Isso. Agora continue. E se aproxima dele. Fica bem perto. Usa seu charme. Já te vi fazer isso. Mostra que pode..."

"Mas é possível amar mais de uma pessoa, não é?", ela disse baixo. "Assim como eu amo a minha mãe e também amo você — mais, agora eu amo você mais ainda."

A porta do hotel se abriu com tudo e Rupert entrou, ofegante. Na pressa, havia abotoado o cardigã errado, e um lado se amontoava como um nó próximo ao pescoço.

"Voltei!", ele soltou, os olhos ampliados indo de um lado para o outro.

"Ah, o homem da hora", Kurt disse, com um sorriso tenso.

"Hum, Kurt?" Rupert ergueu as páginas amassadas que segurava. "Perdi alguma coisa? Não aprovei esses cortes."

Kurt suspirou, então passou um braço sobre os ombros de Dom, que se empertigou e olhou para o diretor com cautela.

"São essas falas", Kurt disse. "Achamos que faz Dick parecer manipulador e, bom, meio pedófilo. Ele usa um tipo de psicologia reversa pra que essa menina vulnerável vá pra cama com ele."

Rupert hesitou e ajeitou os óculos. "Mas todas essas falas foram tiradas do livro."

"Tá, mas isso é uma adaptação. Então *você* tem a liberdade de mudar as falas. Dar um tchan", Kurt continuou, cruzando os braços. "O que estamos fazendo aqui é dar mais agência às mulheres da história, certo? Então o roteiro precisa refletir isso. Rosemary precisa assumir as rédeas. Precisa conduzir a cena."

Rupert vacilou e olhou para Lila.

Kurt ergueu uma sobrancelha. "O que foi?"

Lila inspirou fundo. "Sei que não cabe a mim..."

"Não mesmo", Kurt disse.

"Mas acho que deveria permanecer como Rupert escreveu", ela prosseguiu, com cautela. "As falas que foram cortadas deixam o público saber que na verdade ele está se aproveitando de Rosemary."

"Você acha que tem que ser preto no branco quando não é", Kurt falou. "A genialidade da cena está nas nuances. Aquelas falas estavam atrapalhando a gente. Elas vilanizam o Dick e achatam a narrativa."

"Elas são essenciais para a dinâmica dos dois", Lila insistiu. "Como psicólogo, Dick não consegue evitar a atração que sente pela garota frágil e passa a agir como amante e cuidador. A inocência de Rosemary, sua vulnerabilidade, a necessidade de Dick de ser o salvador das mulheres é seu calcanhar de aquiles, a sua hamartia." Ela olhou para Dom. "Não é?"

Ele vacilou mas assentiu.

"E a natureza do affair... a sugestão de pai e filha... é exatamente o que acaba com Nicole. Não pode ser varrido pra debaixo do tapete."

Kurt continuava balançando a cabeça. "Mas essa versão... a versão que você está defendendo... tira todo o poder de Rosemary. Faz dela uma vítima sem voz. *Ela* deveria perseguir *Dom*...

"Mas, Kurt, ela é uma *criança*." Lila balançou a cabeça. "E por causa disso — tirando o fato de ele ser casado — a responsabilidade é de Dick."

"Pensa no texto original. Na primeira fala: 'Quero ser sua', é o que ela diz. Rosemary quer Dick, e é só porque ela o persegue que o caso acontece. Não é?" Ele se virou para Celia, com ardor nos olhos, exigindo uma resposta.

Os olhos de Celia se alternaram entre Kurt e Lilia, assustados. Enfim, respondeu, devagar:

"Talvez, de início, ela ache que tem o poder. Mas é tão nova. Não entende a própria situação por completo. E quando entende... já é tarde demais." Celia se virou para Lila. "Ela se dá conta de que nunca teve poder nenhum."

Um silêncio reinava no cômodo. Ninguém ousava respirar. Depois, quase imperceptivelmente, Kurt assentiu.

"Vamos voltar as falas." Ele ergueu a voz para se dirigir à equipe: "Voltaremos à versão anterior do roteiro. Vamos seguir em frente. Os atores precisam dar uma revisada no texto?"

Dom fez careta para o diretor, depois balançou a cabeça e reassumiu sua posição à escrivaninha. Por um momento, Celia permaneceu no lugar, olhando para Rupert, que foi se sentar ao lado de Lila.

"A partir de 'Infelizmente, acho que também estou apaixonado por você'", Kurt pediu, voltando a se posicionar perto de Celia.

"Infelizmente, acho que também estou apaixonado por você", Dom murmurou. "O que não é a melhor coisa que podia acontecer."

"Beija o pescoço dela, Dom", Kurt dirigiu, pressionando o nó do indicador nos lábios.

Dom se inclinou para beijá-la, mas Celia se encolheu involuntariamente. Ele hesitou e olhou para Kurt, que fez sinal para que continuasse. Lila cruzou os braços, prendendo o ar.

"Escute, estou me sentindo muito fora do normal por sua causa. Quando uma menina consegue perturbar assim um cavalheiro de meia-idade — as coisas se complicam."

"Agora faz um carinho no ego, Celia. E estende a mão e toca o rosto dele", o diretor acrescentou. "Quero ver sua mãozinha na bochecha dele." Alguém da equipe abafou uma risadinha.

"Você não está na meia-idade, Dick — você é a pessoa mais jovem do mundo."

"Pega a mão dela e a leva pra cama."

"Venha sentar no meu colo", Dom disse, "e me deixe cuidar da sua linda boca."

"Senta no colo dele, Celia. Não, meu Deus, não assim. Para. Para. Dom, deixa que eu faço."

Ele estranhou. "Oi?"

"Sai daí", Kurt disse. "Vou te mostrar exatamente o que eu quero."

Todos ficaram em silêncio. Lila viu que Dom hesitava, com a testa franzida, mas por fim se afastou. Celia abraçou o próprio corpo, seus olhos arregalados.

"Presta atenção, Crayne." Ele abriu um sorriso tenso e carregado. "Me diz se é *realmente* isso que nossa adaptação quer."

Kurt assumiu o lugar de Dom na cama, pegou a mão de Celia e a puxou, que cambaleou para seu colo.

Devagar, com delicadeza, ele passou a ponta dos dedos nos lábios de Celia, cujos ombros se tensionaram.

"Agora brinca com as minhas lapelas", ele murmurou. Relutante, ela obedeceu. "Boa menina."

Kurt abriu um sorriso furtivo e se inclinou como se fosse beijá-la. Celia virou o rosto de súbito com um ofego, seus olhos procurando desesperadamente Lila.

"Puta que pariu, Celia!" Kurt se levantou da cama com um pulo. "Quantas vezes vou ter que dizer pra não olhar pra Lila?"

Todo mundo congelou enquanto as duas mulheres ficaram olhando uma para a outra: Celia assustada, Lila com a expressão inescrutável.

"Desculpa", Celia disse, baixinho. "Não consigo..."

"Não quero ouvir desculpas. Só quero que faça seu trabalho", Kurt disse, com o maxilar rígido.

Celia abriu a boca. "Mas..."

"Lila pode ficar no set o tempo todo, está no contrato dela", Kurt prosseguiu. "Então você ou aprende a lidar com isso ou arranjamos alguém que lide."

"Por favor...", Celia implorou com lágrimas nos olhos. Kurt se virou, rosnando, como quem não conseguia acreditar.

"Será que posso falar com Celia a sós?", Lila perguntou.

Todos se viraram em sua direção.

"Vai ser só um minuto", ela acrescentou depressa. "Não quero atrasar a gente, mas acho que vai ajudar." Kurt olhou de Lila para Celia, então deu de ombros.

"Um minuto", disse.

Ela sorriu para Celia e fez um aceno de cabeça, sugerindo que fossem para um lugar mais reservado. Depois saiu para o corredor tomado por cabos pretos emaranhados, tripés dobrados, refletores, copos de papel com café pela metade. Celia a seguiu, enxugando os olhos.

"Lila, não consigo..."

Lila se virou para encará-la, então tocou o microfone no figurino da atriz, em sinal de alerta. "Primeiro, eu queria dizer que sua atuação está excelente."

Celia se calou, atordoada.

"Falo sério", ela insistiu. "Sei que está todo mundo pegando no seu pé, porque é seu primeiro filme e você ainda está aprendendo. Mas a inocência que você traz pro papel é perfeita. Não consigo tirar os olhos de você, Celia. De verdade. Estou aprendendo muito com você."

Lila pegou a mão dela.

"Tenho consciência que minha presença pode trazer algum desconforto. E que Kurt pode pegar pesado..."

"Ele é um grosso!", Celia explodiu. "Não sei se aguento mais..."

Lila balançou a cabeça. "Eu entendo. Entendo mesmo. Mas é o jeito dele", ela disse com calma. "É como ele fica quando está trabalhando com algo muito importante para ele. E todos nós nos importamos com esse projeto. Sei que *eu* sim." Lila lançou um olhar significativo para Celia. "E acho que você também se importa."

"Claro. Você sabe que me importo."

Lila sorriu. "Tenta não se deixar afetar, tá? E ouça seus instintos. Sei que você entende Rosemary melhor do que qualquer um de nós. Tudo o que precisa fazer é reagir com sinceridade e confiar que aquilo que você traz naturalmente para o papel é perfeito."

Celia ergueu os olhos, hesitante.

"Quanto à minha presença aqui, por que não se aproveita dela? Rosemary ama Nicole também, não é? Se sente muito culpada pelo que está fazendo com ela." Lila inclinou a cabeça e sorriu. "Não é?"

Celia fez que sim, seu queixo tremendo. Lila abriu os braços e deu um abraço forte nela.

"E mais importante de tudo, lembre por que está fazendo esse filme. E pra quem, no fim das contas." Lila limpou uma mancha de rímel da bochecha de Celia e a encarou nos olhos. "Pronto", ela sussurrou, então apertou a mão da outra. "Agora vamos arrasar em cena."

Na suíte Fitzgerald, Kurt tinha pegado os headphones de Mike e ouvido com atenção, de braços cruzados. Assim que as duas voltaram, ele baixou os fones para o pescoço e olhou para Lila.

"Estamos prontas", ela disse, e apertou a mão de Celia antes de retornar ao seu canto.

Kurt pigarreou. "Ok, vamos continuar de onde paramos. No colo de Dom, Celia."

Os atores assumiram seus lugares e um silêncio tomou conta do quarto. Celia olhou para Lila, depois baixou o queixo para se concentrar em Dom.

Ela tocou as lapelas dele de forma hesitante, depois seu rosto. Kurt se virou para Lila e assentiu em aprovação antes de se voltar aos atores.

Dom beijou Celia de repente, que permaneceu imóvel, assustada, como se nunca tivesse sido beijada, como se não soubesse fazer aquilo. Pareceu pura e genuína, instintiva e crua. Perfeita.

"Ah, somos tamanhos atores — você e eu", ela soltou.

Ele a beijou de novo, com mais urgência, e dessa vez Celia retribuiu. Juntos, eles se deitaram na cama, com o beijo se tornando cada vez mais apaixonado.

"Zev e Blake estão prontos para entrar?", Kurt perguntou.

"Merda", Eden disse, então abriu a porta depressa para sair em busca deles, murmurando ordens urgentes pelos headphones. O restante da equipe relaxou, e a imobilidade foi rompida com o reinício dos preparativos.

Kurt foi até Lila, que o beijou na bochecha. "Você ouviu?", ela sussurrou, tocando o próprio microfone sutilmente.

"Cada palavra", ele murmurou, os lábios roçando a orelha dela. "Belo trabalho, Crayne."

Lila balançou a cabeça. "Eu só disse o que ela precisava ouvir."

Os dois se entreolharam e sorriram. Zev e Blake irromperam no quarto. "É melhor eu deixar você trabalhar. Vou me preparar pra minha entrada."

"Muito bem, nossos atores chegaram. Vamos seguir", Kurt anunciou alto.

A caminho da saída, Lila olhou para Rupert e fez sinal com a cabeça para que ele a acompanhasse. Seguiu pelo corredor e na primeira curva tirou o microfone e o desligou. Rupert apareceu um pouco depois, parecendo constrangido.

"O que aconteceu?", ela sussurrou. "Onde você estava?"

Rupert levou a mão aos óculos, evitando os olhos dela. "Era set fechado. Me mandaram embora."

"Você é o *roteirista*", Lila insistiu. "Está no seu contrato: você tem o direito de estar presente. E sempre tem que estar."

Os dois ficaram em silêncio quando o ensaio chegou ao corredor: atores, câmera e equipe o atravessaram lentamente para chegar à suíte de Dick e Nicole.

"Zev e Blake, vocês seguem Dom de perto e nós seguimos vocês", Kurt guiou, a mão no ombro de Mike. "Celia, você segue a câmera, mas... não! Não fecha a porta. É importante. Deixa aberta. A gente conduz. Vamos ficar juntos enquanto você cruza o corredor. Entra depois da gente e aí fecha a porta atrás de você." A porta da suíte dos Diver foi fechada. Dava para ouvir os sons abafados do diálogo acontecendo.

"Olha", Lila disse, voltando a se virar para Rupert. "Você viu o que acabou de acontecer? Kurt está convencido de que uma adaptação feminista significa transferir a agência para as mulheres, quando, na verdade, isso só está isentando os homens de culpa. Quer ele tenha consciência disso ou não, está determinado a manter Dick como o herói da história. Mesmo que isso acabe estragando o filme."

"Não sei se levo o jeito pra isso", Rupert disse, balançando a cabeça. "Desde quando roteiristas são sacos de pancada?"

"Desde o início dos tempos. E vai valer a pena quando você ganhar seu Oscar", ela acrescentou. "Você só precisa se manter firme e fincar o pé com Kurt. Está no seu contrato: a única pessoa que pode fazer alterações no roteiro é você. Mas você tem que cumprir a sua parte."

Lila se calou quando a porta do quarto se abriu e Blake saiu assoviando. Seguiu para a suíte Fitzgerald, onde seria assassinado.

"Vou entrar daqui a pouco. Isso foi um alerta, Rupert. Preciso que me prometa que vai defender o roteiro daqui em diante, ou não sei o que está fazendo aqui. Entendido?"

Uma perturbação pareceu passar pelos olhos ampliados dele. "Entendido."

Ela assentiu e começou a voltar pelo corredor. A porta dos Diver se abriu de novo e agora Zev quem saía. Ele olhou para além de Lila, onde Rupert pairava.

"Mantendo nosso jovem roteirista na linha, Crayne?"

Ela revirou os olhos, sorrindo. Zev lhe ofereceu uma piscadela, depois foi atrás de alguma figurante bonita para dar em cima.

Lila lançou um olhar de aviso para Rupert. "Não importa o que digam, não vá a lugar nenhum."

A porta voltou a se abrir. Ouviu-se a voz de Kurt, mais alta.

"Ok, agora você vai se virar, Celia... isso, pra esse lado... e vamos te seguir até o corredor. Alguém pode prender a porra desse cabo pra ela não acabar quebrando o pescoço? Vamos te seguir até seu quarto... isso, a porta vai estar aberta, como você a deixou. Então vamos fechá-la e ir imediatamente para..."

A porta se fechou, abafando suas instruções. Lila entrou na suíte dos Diver, onde Dom se preparava para a cena seguinte. Alguém da equipe entregou a Lila o casaco e a bolsa, enquanto Dom desabotoava a camisa.

Ele a olhou com pesar. "Desculpa por aquela hora", ele disse. "Me senti usado. Não sabia que Rupert não tinha aprovado os cortes."

"Eu sei. Não foi culpa sua." Ela estendeu o braço para trás para voltar a prender o microfone nas costas.

Do outro lado do corredor, Celia soltou um grito de gelar o sangue. Lila e Dom se prepararam — ele pendurando a camisa, ela se sentando no sofá, enquanto Celia se apressava pelo corredor e irrompia no quarto deles, seguida de Kurt e da equipe.

"Dick! Dick! Venha ver!"

"Dom, você vai passar direto por ela", Kurt disse depressa. "A câmera vai fechar em Lila, para capturar o momento em que ela percebe que os dois estão tendo um caso." Em silêncio, a câmera pesada se aproximou até ficar a centímetros do rosto de Lila, observando-a com seu único olho, que nunca piscava. De repente, o cameraman se virou, e Kurt e a equipe a seguiram para fora do quarto.

Por um momento, Lila ficou ali, seu coração acelerado, ouvindo a voz dele ecoar pelas paredes. Então seguiu para o corredor e parou na porta, onde aguardou até Eden sinalizar sua deixa.

Lila levou as mãos à porta e disse, baixinho: "Dick?".

A porta se abriu com tudo: Dom, desvairado, em pânico. "Traga a colcha e o cobertor de uma das nossas camas — mas não deixe que ninguém a veja."

Lágrimas se acumularam em seus olhos quando ele fechou a porta na cara dela.

A voz abafada de Kurt outra vez: "Beleza, Dom, quero que você arraste o corpo pelos tornozelos. Ótimo, assim mesmo. Pode deixar ele bater no chão, Blake aguenta. Se conseguir, tenta deixar ele aqui, mais perto da câmera, pra gente poder dar uma boa olhada. Isso. Assim que ele estiver no chão, você vai puxar a colcha e o cobertor da cama. Não importa como. Só puxa o mais rápido possível. Você não quer que o sangue manche ainda mais, não é?".

Um tapinha no ombro de Lila. Eden, com uma pilha de roupas de cama brancas, fazendo sinal para que ela retornasse à suíte principal até sua deixa.

Kurt prosseguiu, e sua voz soou mais alta conforme se aproximavam da porta: "Pega as cobertas ensanguentadas e passa pelo corpo. Entreabre a porta. Um pouco mais pra gente ver o que você tá vendo. Vamos botar alguém virando ali com um carrinho de serviço. Não, depois a gente acrescenta as falas dele no pós. Pronto, vai".

Eden recebeu a deixa pelos headphones e sinalizou. Lila abriu a porta, com as roupas de cama limpas nos braços.

"Lila entrega as suas primeiro, depois Dom dá as ensanguentadas, deixa Lila aí e volta. Cuidado com a câmera. Vamos manter ela bem aqui no canto, pra você conseguir fechar a porta."

Lila observou o monte de roupas ensanguentadas em seus braços, perturbadoramente úmidas e quentes, então se sentiu entrando num modo introspectivo, como se os sons do set per-

dessem a força. Foi até a suíte principal, passando pelo borrão que era a equipe, por Rosemary de olhos arregalados, até o único lugar que lhe servia de refúgio. Eden pegou os lençóis de seus braços e Nadia a ajudou a vestir a versão ensanguentada de seu vestido, preparando-a para a cena final.
Ela fechou a porta do banheiro. Finalmente a sós. A torneira da banheira já estava aberta e a água quente enevoava os espelhos, o ar. Afundou nos azulejos úmidos e pegajosos com a colcha ensanguentada reluzindo em seus braços. Afundou o rosto nela, com o coração disparado, a tenra oxidação e o perfume forte de Dick se misturavam, preenchendo o cômodo como o vapor. Então fechou os olhos, levou as mãos às orelhas e sua mente voltou para um tempo muito anterior, para a primeira traição clara — sua vida toda uma reação ao trauma impronunciável que a assombrara todos esses anos —, que voltava a se manifestar diante de seus próprios olhos. E bem no fundo uma doce fúria começou a arder.
Através da água correndo, ouviu as vozes se aproximando. Abriu os olhos. Viu seu vestido branco ensopado de sangue, o tecido grudando em sua pele. Gritou.
Passos apressados, e então a porta se abriu com tudo. Ela gemeu ao erguer a cabeça e encontrá-lo pairando sobre si. Os dois se encararam. Dick se virou e empurrou Rosemary para fora e bateu a porta, trancando os dois lá dentro.
"Foi você! — foi você que veio se intrometer na única vida particular que eu tenho no mundo — com a sua colcha encharcada de sangue vermelho."
"Controle-se!"
Ela ergueu o rosto, as lágrimas embaçando sua visão. "Nunca esperei que você fosse me amar — era tarde demais —, mas não entre no meu banheiro, o único lugar onde posso ficar sozinha, me trazendo essas cobertas manchadas de sangue vermelho e me pedindo que dê um jeito nelas."

Dick balançou a cabeça, seus lábios apertados em aversão. "Levante..."

O calor úmido e sufocante se fechava sobre ela.

"Nicole!"

O mundo começou a escurecer.

"Nicole!"

"E... corta!"

Lila piscou, as mãos espalmadas no piso úmido.

Alguém estendeu a mão para ajudá-la a se levantar. Lila aceitou e tentou controlar a respiração. Mas quando ergueu os olhos, teve um sobressalto ao perceber Kurt a avaliando de perto, como se ela fosse uma desconhecida. Ele abriu a boca, prestes a dizer alguma coisa. Então balançou a cabeça, com um sorriso desagradável.

"Magnífico pra caralho", murmurou.

Kurt abriu a porta do banheiro, e uma lufada de ar frio entrou. "Muito bem, pessoal. O som está pronto, finalmente. Vamos retocar cabelo e maquiagem e fazer a primeira tomada."

Do outro lado do cômodo, Eden falou: "A suíte Fitzgerald já está pronta, Kurt. Estão tirando as últimas fotos pra continuidade".

Atrás de Lila, Nadia começou a pentear seu cabelo e a passar spray. Seu vestido original, sem manchas, estava pendurado na dobra de seu braço, pronto para ser colocado.

Rupert se encontrava diante do monitor montado na suíte principal. Lila foi até ele e colocou o headphone extra. Ele a olhou de relance, mas ela manteve o olhar fixo na tela enquanto Nadia passava pó fino em seu rosto.

"Silêncio no set", ouviu Kurt dizer pelos fones de ouvido. "Claquete."

Um clique, um claque, um zunido leve, as luzes esquentando, apagando, focando. Os movimentos suspensos. O vibrar imperceptível da antecipação.

"E...", Kurt disse, baixo. "Ação."

Três horas depois, as filmagens do dia estavam encerradas. Lila fez questão de dar um beijo de boa-noite nos atores e agradecer a cada um pelo ótimo trabalho (com exceção de Celia, que, de alguma forma, havia saído antes de Lila conseguir achá-la). Kurt, por outro lado, só se dignou a dar um tapinha rápido nas costas de Dom, garantindo ao ator que tinham tudo o que precisavam. Uma coisa era certa: Rupert estava por um fio. Kurt apenas o olhou rapidamente e Lila só assentiu antes de ser levada para o trailer para tomar um banho e se trocar para a entrevista com Daya Patel, redatora sênior da *Vogue*.

A entrevista aconteceria na suíte com terraço da cobertura do Plaza. Mais cedo, Lila havia mandado uma mensagem convidando Freddie para um drinque rápido. Ela pôs um vestido de *laise* com manga de ombro a ombro e detalhes delicados em crochê, a saia bem rodada e feminina. Óculos de sol *oversize*, sandálias bege amarradas no tornozelo, o cabelo em ondas soltas e colares fininhos para dar destaque à aliança. Kurt estava com uma camisa de linho azul-celeste e calça creme leve com a barra dobrada, o cabelo habilmente despenteado e os olhos brilhando.

Daya já os aguardava quando eles chegaram, parecendo muito profissional e chique, usava um short laranja de cintura alta e saltos de bico, o cabelo preto num coque baixo polido. Eles trocaram cumprimentos e se acomodaram em espreguiçadeiras enquanto eram trazidos uísques *sour* com gengibre e ostras ao limão no gelo. Uma câmera trabalhava sem parar ao redor deles, em círculos. Lá embaixo, turistas de jeans e camiseta caminhavam pelo Central Park, de olhos nos anúncios de liquidações e parando para fazer carinho nas focinheiras dos cavalos, cuja pelagem brilhava no calor. Diante deles, o parque verdejante se estendia em toda a sua glória e exuberância, pontuado por sombras, o lago refletindo o céu à perfeição. Prédios elegantes se alinhavam nas laterais, a porção leste iluminada no fim de tarde. Já na porção oeste, através dos dentes afiados do centro da cidade, se via o sol como uma gema estourada, derretendo no horizonte.

Daya sorriu para o par deslumbrante casualmente entrelaçado à sua frente — notou suas roupas finas, a pele bronzeada sem rugas, o brilho magnético da beleza. Olhou para sua lista de perguntas.

"Não é difícil ver por que vocês foram escolhidos como o casal da vez da *Vogue*", ela começou. "Além de lindos e carismáticos, estão no auge da carreira, filmando um dos longas-metragens mais aguardados do ano, *Suave é a noite*. Como as filmagens estão indo?"

"Muito bem." Kurt descansou o braço nas costas da cadeira de Lila. "A história de Fitzgerald é sublime. Como sabe, reunimos o elenco dos sonhos. A energia no set é inacreditável. Tem sido um trabalho colaborativo. Hoje, por exemplo, estávamos filmando a cena de Dick e Rosemary e..."

"Dick, claro, interpretado pelo brilhante Dominic Reeves", Daya o cortou, ansiosa. "Mas me parece que a atriz que interpreta Rosemary ainda não foi anunciada, é isso mesmo?"

"Vamos precisar manter o suspense por mais um tempinho, Daya", Lila disse, com uma piscadela.

"Mas o público não vai se decepcionar. Isso eu prometo", Kurt disse. "Nossa mocinha é uma verdadeira estrela. Mas como eu estava dizendo: lá estávamos nós, filmando uma cena muito íntima, muito delicada... que não estava funcionando. Tivemos que fazer uma série de mudanças no último minuto, em uma tomada longa, o que é sempre complicado, mas o elenco embarcou junto. Como diretor, sempre peço que todo mundo deixe o ego de fora. No meu set, o que importa é acertar, em vez de estar certo." Kurt mergulhou um dedo no molho *mignonette* e provou.

"Ah, que bom ouvir isso", Daya comentou. "O que eu não daria pra conhecer mais homens que pensem assim, não é?"

"Sei bem." Lila balançou a cabeça. "Isso não quer dizer que tudo é sempre perfeito. Kurt e eu temos nossos momentos, como qualquer casal. Mas chegamos a um ponto em que nos conhecemos bem demais. Sempre damos um jeito de nos resolver, não é, amor? Confiamos muito um no outro." Lila levou a mão à coxa dele e Kurt pôs a dele por cima.

"Me conta como vocês se conheceram." Daya se inclinou para a frente e suas bochechas saltaram. "Quero ouvir tudo sobre o começo desse relacionamento."

Por um momento, ambos hesitaram. Lila olhou para Kurt. Ele tossiu, então riu.

"Acho que *eu* que vou ter que contar. Bom, essa daqui fez um teste para um filme independente que eu ia dirigir..."

"*Jogo da espera*, filme que acabou se revelando um fenômeno cult, e um dos meus preferidos de todos os tempos", Daya completou.

"Gentil da sua parte", Kurt disse. "*Jogo da espera* tem um lugar especial no meu coração. Bom, Lila apareceu e fez a cabeça de todo mundo explodir. Você viu o filme, Daya, então sabe que a atuação dela é impecável. Gosto de pensar que ajudei um pouquinho, mas, sinceramente, a primeira leitura de Lila já foi incrível. Extraordinária. Não dava pra tirar os olhos dela."

Daya assentiu. "Foi aí que a atração começou?"

Kurt inspirou e arregaçou uma manga. "Bom, não posso dizer que não a notei. Lila é uma mulher muito atraente. Mas sempre levei muito a sério a regra de não misturar negócios com prazer. E continuei levando. Não fraquejei. Muito depois, quando já estávamos juntos, descobrimos que nossos sentimentos eram mútuos desde o filme. Mas nenhum dos dois tomou a iniciativa. Esperamos até tudo estar terminado, até não haver mais nenhuma chance de um ou outro se sentir pressionado, até o trabalho não correr mais nenhum risco. E então chamei Lila para sair. No fundo, sou um cara das antigas, Daya." Ele ergueu uma ostra brilhante e chupou o conteúdo da concha.

"Um verdadeiro cavalheiro." Lila apoiou os óculos escuros no alto da cabeça e apertou os olhos por causa do sol. "Pra ser sincera, eu achava que esse tipo de homem nem existia."

"Agora vamos, vocês dois", Daya provocou. "Quero mais detalhes. Vocês se lembram do primeiro encontro?"

De novo, ambos hesitaram.

Então Lila olhou para Kurt com um sorriso travesso no rosto. "Como eu poderia esquecer?" Ela se recostou, e seus olhos seguiram as nuvens lentas no céu. "Kurt me disse que era um "encontro com locomoção". Foi assim que você falou, não foi, amor? Ele arranjou para que eu o encontrasse no heliporto na parte oeste da ilha e fomos para Montauk. Comemos lagostas na praia de Navy Beach, depois tomamos drinques no Montauket. Vimos o sol se pôr sobre a ilha Gardiners e dançamos sob as estrelas até a madrugada."

"Que romântico", Daya disse. "Então é por isso que algumas cenas de *Suave é a noite* vão ser filmadas lá?"

Kurt hesitou. "Vários motivos levaram a essa decisão..."

"Mas pode estar relacionado com isso." Lila sorriu. "Você

sabe, claro, que o romance se passa na Riviera francesa. E qual seria o equivalente americano se não os Hamptons?"

"Fora que fica a um pulinho de Great Neck, onde *Gatsby* se passa", Daya apontou.

"Exatamente. Os Hamptons são a cara de Fitzgerald. O estilo de vida hedonista, glamouroso, a beleza irresistível, a riqueza ostensiva..."

Kurt aproveitou a deixa: "E, embora no livro os personagens estejam visitando Paris, nas cenas que gravamos hoje eles vão para Nova York".

"Amei." Daya sorriu. "Agora quero voltar a vocês dois. Quando souberam que essa era a pessoa da sua vida? Logo no primeiro encontro?"

Kurt pigarreou. "Bom, no nosso primeiro encontro a gente já se conhecia muito bem. Éramos amigos próximos, na verdade. Até então, eu não tinha me permitido nem sonhar que Lila poderia estar interessada em alguém como eu."

"Como assim?", Daya perguntou, interessada.

Kurt se recostou e entrelaçou as mãos atrás da cabeça. "Por favor, Daya. Tenho certeza de que você notou que sou um tantinho mais velho que Lila. Achava que ela me via como... bom, um ancião. Mas, naquela noite, enquanto dançávamos no deque do Montauket... e você descreveu tão bem aquela noite, meu amor. Foi como se eu estivesse lá outra vez. Já tínhamos bebido nossa cota, se é que você me entende. Então eu vi o modo como ela me olhava, com adoração. E me apaixonei na mesma hora."

"E você falou pra ela?"

Lila pousou uma mão no joelho dele e se inclinou para a frente. "Falou."

"Que lindo. E quanto a você, Lila? Quando soube?"

Lila pegou a bebida e girou o gelo no copo. "Olha, não

posso dizer que teve um momento exato, como foi no caso dele. Isso foi tão fofo, Kurt. Mas talvez minha visão do amor não seja muito tradicional."

Daya inclinou a cabeça. "Conta mais."

Ela olhou para o anel e o girou no dedo. "Não acredito em amor incondicional. Acredito que amar alguém seja uma escolha que fazemos todos os dias. Acho que um amor realmente verdadeiro é aquele em que duas pessoas se fazem presentes uma para a outra ao longo de uma vida inteira. Quando continuam se valorizando e se respeitando, não importa o que aconteça. Talvez eu seja menos romântica que Kurt, mas tenho meus momentos.

"Como quando pedi o Kurt em casamento no aniversário dele. Estava mostrando ao mundo que me comprometia com ele assim como ele havia se comprometido comigo." Lila sorriu para o noivo e pegou sua mão. Tocou o anel dele que reluzia. "Foi minha maneira de declarar ao mundo que, como Scott disse sobre Zelda, Kurt era o começo e o fim de tudo."

Kurt inclinou a cabeça e terminou sua bebida.

"O que nos leva à cerimônia." Os olhos de Daya brilharam dourados à luz que se dissipava. "Já marcaram a data? Escolheram o lugar? Um 'casamento com locomoção', talvez?"

"No momento, estamos totalmente concentrados no filme." Kurt estendeu a mão e correu os dedos pelo cabelo de Lila, depois acariciou seu couro cabeludo. "Mas tenho certeza de que essa aqui já tem grandes planos, sobre os quais nada sei. Não é?"

Lila umedeceu os lábios. "Tenho algumas ideias, claro. Mas vamos manter tudo em segredo. A não ser...", ela sorriu. "Que a *Vogue* queira fazer a cobertura exclusiva da cerimônia."

"Pros queridinhos da América?" Daya bateu palmas. "Seria uma honra!"

"Então está resolvido." Lila olhou para Kurt e conteve um sorriso.

"Nossa, vocês dois parecem tão pé no chão", Daya comentou. "Como fazem? Como mantêm, como Kurt colocou, negócios com prazer separados e ainda conseguem se dedicar ao relacionamento?"

"Está tudo nos detalhes." Kurt espremeu limão sobre uma ostra e a ofereceu a Lila. "Como sou um cão velho, acordo antes de Lila todo dia para levar um cappuccino do nosso café preferido pra ela na cama."

"Que delícia."

Lila lambeu o garfo. "E eu tento dar a ele tanto quanto ele me dá. Toda noite, preparo uma dose do uísque preferido dele, importado do Japão. Nossos dias são bem longos, mas sempre reservamos um momento para nós antes de ir pra cama."

"E procuramos marcar uma noite pra sair de tempos em tempos", Kurt disse. "Tenho que mimar meu amor."

"Ah, vocês...", Daya bajulou. "Bom, antes de concluirmos, tenho uma brincadeira pra vocês. Nos anos vinte dourados, Scott e Zelda eram o casal mais famoso de Nova York. Os leitores da *Vogue* querem saber: cem anos depois, o que nossa melindrosa e nosso filósofo modernos aprontariam pela cidade hoje, ao melhor estilo Fitzgerald?"

"Ah, adorei!", Lila disse, batendo palmas. "Estou obcecada por Fitzgerald, então vai ser divertido." Ela se virou para Kurt. "Quer começar?"

"Bom, não tenho dúvida de onde tudo teria início", Kurt disse, abrindo os braços.

"Verdade", Lila disse. "Como começar senão aqui no Plaza? Scott escreveu uma vez que era sua tradição 'subir até o terraço do Plaza para se despedir da bela cidade, que se estende até onde a vista alcança'. O hotel é um personagem recorrente em muitos de seus contos e romances. Ele e Zelda eram frequentes aqui. Acabamos de filmar uma cena na suíte Fitzgerald, que foi criada em homenagem à cena clímax de *Gatsby*. Quem entra tem a impressão de que voltou no tempo."

Kurt se inclinou para a frente. "Bom, daqui que tal caminhar alguns quarteirões até a St. Patrick's? Não foi lá que você disse que eles se casaram, amor?"

"Bom... não exatamente." Lila sorriu. "Os verdadeiros fãs de Fitzgerald admirariam a beleza da catedral e depois seguiriam para a sacristia, onde a cerimônia de fato aconteceu porque Zelda não quis se converter!"

Kurt deu de ombros, se lamentando. "O que posso dizer? Fitz e eu temos uma queda por mulheres teimosas."

"Tá... depois iríamos comemorar caminhando até o Waldorf", Lila prosseguiu. "Entraríamos escondidos na cozinha, roubaríamos o chapéu do chef e dançaríamos em cima da mesa, como Scott e Zelda fizeram."

Daya riu. "E depois?"

Lila ergueu um dedo. "Uma paradinha no Grand Hyatt."

Kurt pareceu cético. "No Hyatt?"

"No Hyatt da Grand Central, que antes era o Commodore. Nos tempos áureos, Scott e Zelda moravam em hotéis, passando de uma suíte de luxo para outra. Eles comemoraram a própria chegada no Commodore girando sem parar por meia hora na porta giratória!"

"Tá, agora é minha vez", Kurt disse. "De lá, pegaríamos um táxi ao estilo Fitzgerald: entrando pelo teto solar e passeando a esmo pela cidade. Talvez arranjaríamos ingressos para o último sucesso da Broadway..."

"Ou caminharíamos pela Fifth Avenue em casacos de pele elegantes... falsos, espero, já que os preferidos de Zelda eram de esquilos!"

Kurt se recostou e cruzou as pernas. "Depois pararíamos para reabastecer em um bar secreto. Afinal, eram os tempos da Lei Seca. Encontraríamos a entrada disfarçada de cabine telefônica do Please Don't Tell, ou iríamos para o meu preferido, o Death and Co..."

Lila pegou a mão dele. "E encerraríamos a noite na Union Square, onde pularíamos na fonte de roupa e tudo, como Zelda fez!"

"Que loucura!" Daya riu. "Bom, última pergunta. O que devemos mais aguardar de *Suave é a noite*?"

"Lila, claro." Kurt fechou a mão em torno da nuca dela. "Já posso adiantar essa pra vocês: é a melhor atuação dela."

Lila sorriu, corada, depois diretamente para Daya, com uma expressão intensa. "O que mais me interessa é o que essa adaptação faz pelas mulheres. O mais importante pra mim, Daya, mais que a atuação ou o filme, mais que o glamour envolvido, é empoderar mulheres vitimizadas. E, nessa nossa versão de *Suave é a noite*, a *mulher* é a heroína."

"Que porra foi essa?", Kurt perguntou assim que se viram a sós.

Ela se virou para ele na luz crepuscular. "O que foi, amor?"

"*O que foi, amor?*", Kurt cuspiu. Você sabe exatamente o que foi, *amor*. Heliporto? Lagosta e dança sob as estrelas? É melhor você torcer pra ela não checar a porra dessa história. O que deu em você pra vomitar esse monte de merda? Matt e Reena prepararam a gente pra essa pergunta. A gente tinha uma história pronta. Uma história que se sustentava."

"Uma história chata e sem graça." Lila suspirou. "Eu só estava tentando ajudar. Ela claramente queria algo romântico, e foi o que dei. Pensa assim: pelo menos não contei a história verdadeira, né?"

Kurt se virou. "Não tem graça, Lila."

Ela deu de ombros. "Funcionou, não foi? Ela caiu direitinho."

Ele ficou em silêncio, pensativo. "E se eu não quiser mais fazer isso?"

"Do que você está falando?"

"Disso. Da gente." Kurt apontou para os dois. "E se eu não quiser me casar? E se eu quiser pular fora?"

Lila olhou para sua aliança, que brilhava nas sombras, e reduziu a voz a pouco mais que um sussurro. "Você prometeu que não ia fazer isso de novo."

"Paciência!" Ele jogou as mãos para o alto. "Não tem nada que você possa fazer."

Ela o encarou, os olhos faiscando. "Kurt, você é livre para fazer o que quiser. Não tenho como te impedir. Só espero não ter que te lembrar de tudo o que temos, de tudo o que podemos perder. Quer mesmo jogar tudo pro alto?"

As portas do terraço se abriram. Freddie.

"Olha, vocês dois, acabei de passar as duas últimas horas enchendo a cara no trailer de Lila, o que faz de mim um pobretão cafona. Então, se tiverem acabado aqui, podemos por favor ir encher a cara em outro lugar?"

Freddie se calou assim que viu lágrimas nos olhos de Lila.

"Desculpa, nossa", ele disse. "Você está bem?"

"Kurt?" Ela se virou para o noivo e uma única lágrima escorreu por sua bochecha. "Por favor?"

Kurt soltou o ar e assentiu. Lila se jogou sobre ele, abraçando-o forte.

"Diz que nunca vai me deixar", ela falou em seu peito. "Promete pra mim."

Ele enterrou o rosto no cabelo dela e levou os lábios à sua orelha. "Você me pegou, Crayne. Eu não conseguiria te deixar, mesmo que tentasse."

ANOTAÇÕES DE: J. GABRIEL

Paciente: L. Crayne
Dia/Horário: 8/7 — 10h30
Sessão: 5

Avanço extraordinário. Impressionado com tudo o que cobrimos, considerando o início frustrante (e nada surpreendente) da sessão: L pareceu ter retrocedido quanto ao desejo de mudar suas circunstâncias.

Entrou no consultório timidamente, dizendo que tinha um presente para mim. Respondi que não podia receber lembranças de pacientes, mas L insistiu. Tirou um lenço da bolsa.

"É da suíte Fitzgerald, do Plaza, onde estamos filmando. Bonito, não? Minha flor preferida sempre foi margarida. 'JG' é por causa do Gatsby, claro, mas percebi que vocês têm as mesmas iniciais."

Fiquei com a impressão de que deveria lidar com L hoje com cuidado. Perguntei se o clonazepam ajudou. L usou só uma vez, mas funcionou.

Foi na sexta. Passaram o dia filmando no hotel a cena de Nicole descobrindo o caso de Dick/Rosemary. Depois, entrevista para *Vogue*. L disse que normalmente gosta dessas coisas, mas naquele dia se sentiu falsa, irritante. Exausta, não estava em seu melhor. Sem querer, fez algo que incomodou K.

Aconteceu ao perguntarem sobre o primeiro encontro deles, quando o relacionamento começou. L disse que a pergunta nunca apareceu em uma entrevista formal. Os sites/

revistas de fofoca presumiam que tinha sido no set de *Jogo da espera*. Foram preparados pela equipe de RP, mas a pergunta nunca fora feita, e, ao acontecer, Kurt congelou. Então L contou uma história romântica sobre um primeiro encontro inventado. Jurou que nunca contaria a história real.

Perguntei se a história mencionada antes (a festa antes de *Jogo da espera* em que ele deu em cima dela) era verdadeira. L pediu desculpa. Não era a história completa.

K deu mesmo uma festa antes do filme, mas L omitiu o fato de que seu contrato ainda não estava assinado. Seu agente vinha insistindo havia semanas pela assinatura, sem sucesso. O outro lado enrolava, sem informar por quê.

L chegou à festa nervosa e se sentindo deslocada. Kurt se concentrou nela. A noite toda, ele a manteve ao seu lado. Primeiro L supôs que estivesse sendo protetor de um jeito paternal. Entre álcool e drogas, a explicação parecia cada vez menos plausível.

Depois de algumas bebidas, K deu em cima dela. L hesitou, desconfortável, e ele disse que havia muitas outras atrizes bonitas e talentosas que morreriam para estar em seu lugar. Tudo tinha um preço. Precisava jogar de acordo com as regras. Se não quisesse, K rasgaria seu contrato e ofereceria o papel a outra.

Naquela noite, L transou com ele. Na manhã seguinte, o contrato estava assinado.

Ela contou a história entorpecida, quase fria. Ficou evidente seu esforço em se distanciar do trauma. Perguntei se tinha feito sexo com K contra sua vontade, mas L se apressou a negar. A decisão tinha sido sua. Não ia perder essa oportunidade.

Horrorizado com as ações de K, muito contraditórias à descrição que L fez dele como feminista. Dado o estado dela, quis lidar com o assunto com tato. Perguntei como tinham começado a namorar. Por que L estava com alguém com quem sua primeira vez se tratou de uma questão contratual? L disse que, depois, K agiu como se nada tivesse acontecido, tratando-a como uma pessoa qualquer. Sua apatia repentina despertou o interesse dela. (O que não surpreende, dadas as tendências evitativas do pai.) Então o jogo virou: L passou a procurá-lo. Começaram a sair. O público adorou, a carreira de ambos prosperou. Por fim, acabaram se apaixonando, e a primeira vez se tornou uma lembrança distante. Por essa razão abordar o começo ainda era difícil. Sem uma resposta ensaiada, L entrou em pânico.

Sugeri que talvez ela tivesse contado a história que gostaria que fosse verdade. Perguntei a reação de K.

Ele não a contradisse durante a entrevista, segundo L. Mas, depois, quando estavam a sós, ameaçou romper o noivado. Foi o gatilho que a levou a ter uma crise de pânico. Quando a viu fora de si, K recuou e prometeu que não a abandonaria.

Questionei se houve alguma discussão depois disso. L disse que K viajou para filmar em Montauk.

Passei lição de casa. Pedi que começasse um diário e me mandasse seus escritos. Interessado em acompanhar seus pensamentos sobre o relacionamento deles. L concordou.

Perguntei como estava se sentindo, dias após o ocorrido.

"Fico pensando... Kurt precisa de mim pro filme, mas, depois que terminarmos de filmar, será que vai me deixar de vez?"

Pedi que pensasse nos motivos para permanecer em um relacionamento com alguém que quer cair fora. Deveria estar com alguém que se importa com ela, que é sincero, que a faça se sentir segura.

"Alguém como você?"

Antes que eu pudesse responder, L balançou a cabeça. "Jonah, esse tipo de homem... bonzinho, atencioso e cuidadoso... nunca se interessaria por alguém como eu. Sou muito problemática. Não, me ouve, por favor. Atraio os predadores do mundo. Os homens que me procuram podem até fingir, mas sei que não posso confiar neles de verdade. É o que me cabe na vida. Aprendi a aceitar."

Respondi que ela não precisava aceitar. Se entendêssemos o que explica o padrão, poderíamos mudá-lo. L não precisava ficar com alguém como K. Enquanto estivesse com ele, nunca se sentiria segura.

Foi um erro: L começou a se fechar. Receosa demais de terminar. Reiterou o medo de não ser digna de amor, de que todos os homens acabem a abandonando. Perguntei a razão de ela se sentir assim.

L hesitou. "Você acha Kurt parecido com papai?"

"O jeito como te menospreza. O modo como você nunca se sente boa o bastante. O desequilíbrio de poder. As ameaças de abandono. A violência física."

"Mas só quando ele está bravo. No restante do tempo ele é maravilhoso."

"Isso, como seu pai. O típico macho alfa: forte, confiante, carismático. Só que, como filha dele, você presenciava mais o lado ruim dele do que o bom. E me parece que, quanto mais tempo ficar com Kurt, mais o lado ruim dele vai aparecer também. É na vida privada com você que ele vai mostrar quem realmente é.

"Eu gostaria de falar um pouco mais sobre seu pai, como era ficar perto dele quando estava bravo. Podemos?"

L disse que já havia me contado tudo, que não lembrava nada específico. Respondi que isso era comum com pessoas com TEPT.

Foi a primeira vez que apresentei o diagnóstico. L ficou surpresa.

Expliquei que muitas pessoas sofrem de transtorno de estresse pós-traumático. A incapacidade de L de recordar coisas específicas relacionadas ao pai provavelmente é a maneira que seu cérebro encontrou de a proteger de uma nova sobrecarga. Mas há maneiras de impedir isso, de reconstruir lembranças. Lembrei-a do motivo por que procurou terapia: acessar e processar seu próprio trauma enquanto atua no filme. Nosso trabalho é ajudá-la a se compreender melhor, lidar melhor com a crise atual, orientá-la para que tenha um futuro mais saudável.

Repeti que gostaria de tentar a EMDR. Opiniões divergem quanto à eficácia, mas já tive êxito com esse tratamento. Expliquei rapidamente: o objetivo é localizar a origem do trauma, diminuir sua força para que o caminho para a cura seja mais fácil. L está cética, mas disposta a tentar.

Aproximamos as poltronas até que nossos joelhos praticamente se tocassem. Orientei que L seguisse meu dedo com os olhos. Disse que a guiaria no processo, faria perguntas a ela. L deveria se manter concentrada no movimento do dedo.

Pensei em tentar acessar a lembrança do estupro, mas concluí que ela poderia se fechar por completo. Em vez disso, sugeri começarmos pelo acidente de carro.

Mantive o dedo levantado entre nós e passei a movê-lo de um lado para o outro. Depois que os olhos de L se assentaram em um movimento ritmado, pedi que inspirasse, expirasse e fechasse os olhos. Fiz uma pausa e pedi que ela descrevesse o que lembrava. Por um momento, silêncio.

"Eu... não sei como fazer isso. Acho que... estou no banco de trás."

Perguntei que horas eram.

"Não sei, tarde? Está escuro."

Pedi que prosseguisse.

"Não sei mais o que dizer..."

O que notava em volta?

L inspirou. "Está chovendo. Forte."

Incentivei-a a continuar.

"Consigo sentir o cheiro de algo. Talvez... talvez de uma sacola do restaurante. Lembro que... nossa, acho que eu lembro que queria comer o biscoito que o garçom tinha me dado." Balançou a cabeça, com um sorrisinho no rosto. "Mas mamãe disse pra esperar até chegar em casa."

Pedi para L abrir os olhos, seguir meu dedo, inspirarmos e expirarmos juntos e, então, que os fechasse de novo. Perguntei o que notava. L ficou imóvel, concentrada.

"Tem uma música tocando no rádio. É difícil de ouvir com o barulho da chuva."

"O que mais?"

A expressão dela mudou. "Meus pais estão discutindo. Gritando, se xingando. Tento não ouvir. Procuro me concentrar na chuva."

"O que mais?"

Em seu rosto perpassa um lampejo de dor. Então ela abre os olhos, que encontram os meus, e sua expressão está fechada. "É tudo o que consigo lembrar."

Pedi que me desse as mãos. L hesitou. Garanti que tinha relação com a metodologia. Ao fazê-lo, eu as viro para cima, posicionando os polegares no centro das suas palmas.

"Vamos fazer de novo, mas agora olhe bem para mim. Vou pressionar assim. Tudo bem?"

Comecei a pressionar uma mão, depois a outra, repetindo o movimento, sem desviar o olhar. Uma conexão forte se formou. Instruí L a inspirar, depois expirar e fechar os olhos outra vez. Perguntei o que notava.

Ela franziu a testa. Balançou a cabeça.

"O que foi?"

"Papai está gritando com ela. Dizendo que vai matar minha mãe. O carro tá cada vez mais rápido."

"E então?"

L apertou os olhos. "Ele manda ela ir devagar. Grita pra ela ir mais devagar." L balança a cabeça. Seus olhos se abrem.

"Mas..."

Eu sabia que o avanço era iminente. Disse para continuar. L assentiu e fechou os olhos de novo. Inspirou.

"É isso. Não é ele no volante, é ela. Ele está tentando pegar o volante. E faróis vêm na nossa direção, rápidos, a luz cada vez mais forte. Então mamãe olha por sobre o ombro, pra mim, grita pra eu ficar do nosso lado do carro. Pra não tirar o cinto. Cobre minha cabeça. Papai grita: 'O que você está fazendo!?'. Ela vira com tudo pra direita, entra na pista contrária, e o caminhão vindo buzina, não consegue parar a tempo. Ele bate na gente, bem contra o passageiro da frente. Bem contra papai. Ah, meu Deus."

Lágrimas escorriam de seu rosto.

"Lila, você está bem?"

L abriu os olhos, as pupilas dilatadas. Agarrou minhas mãos com força.

"Ela matou ele. Matou meu pai. Fez de propósito. Ela queria que ele morresse."

ATO DOIS
UM QUERER DO CORAÇÃO

Um

Se Jonah Gabriel havia aprendido alguma coisa com F. Scott Fitzgerald, era que todo herói precisava de uma heroína. Como a maioria de nós, Jonah gostava de se imaginar como o herói da própria história — assim esse aprendizado não seria levado de forma leviana.

Treze anos antes, Jonah a havia encontrado. Soube desde o momento em que havia posto os olhos nela: para ele, Lila Crayne era o começo e o fim de tudo.

Nessa manhã, ele acordou com um sorriso, revirando-se por dentro de ansiedade. Abriu os olhos para o farfalhar do olmo do outro lado da janela, as folhas raspando levemente contra o vidro ondulado. Ao seu lado estava Maggie, em sua posição habitual, a luz fractal tremulando na pele dela. Uma mão enfiada no ninho emaranhado que eram seus cabelos, a outra entre o queixo e o peito. As lágrimas da noite anterior já ausentes do rosto.

Ele selecionou a primeira de muitas camisetas respiráveis, empilhadas às dúzias, e um calção leve (feito sob medida em Londres). Pegou um par de meias, ajustando as outras nas fileiras perfeitas que o agradavam. Beijou o topo da cabeça de Mags — que se mexeu, mas não acordou — e foi para o banheiro se lavar. Depois calçou os tênis de corrida e saiu do apartamento de arenito, a porta se fechando com um clique baixo em seu encalço.

O sol iniciava seu levantar, embora mal passassem de seis horas, e o ar parado já pesava, tamanha a umidade. Fez seus alongamentos matinais, indo de uma pose a outra em uma dança treinada. Odiava o calor do alto verão, receava a sensação inevitável das roupas grudando na pele, do suor se acumulando nas têmporas, na testa, no beiço. Quando o ar-condicionado do consultório tinha quebrado, algumas semanas antes, ele quase perdeu a cabeça. Agradecia aos céus pelo aparelho novo, capaz de congelar até os ossos.

Jonah abriu o aplicativo de corrida, deu play em sua playlist e começou a correr. Primeiro para o oeste, na direção do Whitney, depois virou à esquerda e adentrou a tranquila Greenwich, com suas construções de tijolinhos, as janelas refletindo sua imagem como um lago, as calçadas ladeadas por mudas de árvores cercadas e veículos estacionados, tudo em silêncio a não ser pelos carros ocasionais. Conforme avançava rumo ao sul, seus músculos passaram a se soltar e a esquentar da maneira que antecipou. Jonah procurou estabilizar a respiração, se concentrar. Aquela era sua meditação diária, tranquilizante em sua consistência e até previsibilidade. Ele trabalhava sua memória quase perfeita fazendo uma lista mental do itinerário, cada floreio arquitetônico uma referência, cada construção um rosto familiar. Antecipava cada marco por onde passava. E, conforme seguia seu percurso matinal, uma frase martelava em sua cabeça com um entusiasmo inebriante, acompanhando o ritmo de seus passos: *Existem apenas os perseguidos e os perseguidores, os ocupados e os fatigados.*

Se alguém apontasse Fitzgerald como o principal modelo de Jonah, não estaria errado. Toda lição importante que Jonah havia aprendido foi colhida das palavras do autor.

Descobriu Fitzgerald na adolescência, quando, como o restante dos americanos, entrou em contato com *O grande Gatsby*, parte do currículo do primeiro ano do ensino médio. Na época, Jonah tomou o livro como qualquer outra leitura obrigatória: uma tarefa a ser digerida, processada, regurgitada e esquecida.

Com *Gatsby*, no entanto, o mundo de Jonah havia se aberto. Ele sentiu como se tivesse dormido durante toda a sua juventude e agora — de repente — estivesse desperto, com a vida jorrando, dominando os sentidos, cada minuto carregado de potencial romântico. Pela primeira vez, compreendeu o que significava ser consumido, sentir o hálito quente das palavras de uma história em cada página viva. Sentia distintivamente que, nos personagens de Fitzgerald, descobria a si mesmo. *Era* Nick, dividia com ele a capacidade de ver as pessoas como elas eram, e o mundo, por sua vez, o reconheceria como um homem a quem se podia confiar vislumbres privilegiados do coração humano. Mas ia além de Nick, já que também era a encarnação de Gatsby, com sua alta sensibilidade às promessas da vida, sua prontidão romântica, a tendência extraordinária à esperança. Ele não era um, mas *ambos*; ou melhor, Jonah esperava que a natureza tivesse lhe conferido a soma generosa das melhores qualidades de cada um, poupando-o de suas falhas fatais. Quem era aquele escritor que havia retratado à perfeição o homem que esperava se tornar?

Jonah começou a se educar por conta própria com *Este lado do paraíso*, a autobiografia ficcionalizada de Fitzgerald, seu primeiro romance publicado. À medida que devorava aquelas páginas, começou a se dar conta da sacralidade da afinidade. Antes, vagava aos tropeços, perdido e cego, sem nada além de um instinto que o guiasse rumo à sonhada glória futura.

No entanto, ao trombar com o caminho de Fitzgerald, havia miraculosamente descoberto o seu.

Em seus anos juvenis e de maior vulnerabilidade, sua mãe, Birdie, fora a força dominante de sua infância. Ele a amava desesperadamente, mantendo-a num pedestal de admiração temerosa. O pai nunca fora presente: os abandonou antes que o filho nascesse. A única recordação de Jonah e única prova de que o pai de fato existiu era uma faca de bolso que tinha deixado para trás. Quando Birdie a encontrou, quis se livrar dela na mesma hora, e Jonah se esforçou para persuadi-la do contrário. Desde então, a carregava consigo, o que fazia com que se sentisse um pouco mais seguro — como se o pai olhasse por ele, protegendo-o.

Mais que um filho, Jonah ocupara o papel de companheiro da mãe; e, assim que ele aprendeu a falar, ela exigiu que fosse chamada pelo primeiro nome. Birdie confidenciou a ele suas esperanças e seus medos secretos, tanto que, anos antes de chegar à puberdade, Jonah já havia se tornado uma espécie de marido em miniatura. Ela era artista, uma pintora que criava obras apaixonadas e desvairadas, tão turbulentas e voláteis quanto sua criadora. Seus colapsos nervosos eram tão frequentes e corriqueiros, que, quando estouravam, cabia a Jonah apaziguá-la.

A maioria das noites era boa. Na maioria das noites, a mãe era a Birdie que ele amava, uma mulher carismática e pitoresca, com cabelão e uma risada alegre, aquela que se sentava ao piano antes do jantar e enchia a casa com sua voz de soprano, oferecendo a Jonah goles de seu drinque, achando graça quando ele demonstrava sinais de embriaguez. Então o pegava nos braços e os dois dançavam pela sala de estar até que Jonah ficasse com sono. Mesmo nos momentos mais felizes, no entanto, havia um temor oculto na superfície;

Jonah nunca sabia ao certo quando a mãe o deixaria e daria lugar à outra mulher.

Uma de suas lembranças mais antigas era em meio a uma dessas valsas românticas entre mãe e filho — talvez porque o drinque de Birdie estivesse um pouco mais forte do que o normal, ou porque Jonah tivesse tomado uns goles a mais —, durante um daqueles giros velozes e gloriosos, ele perdeu o controle do corpo e derrubou do piano o copo de martíni, que se estilhaçou no chão. Jonah se apressou a recolher os cacos, com o mundo ainda girando, e uma ponta afiada cortou seu dedo. Olhou para a mãe, com lágrimas nos olhos e sangue pingando no estimado tapete dela. A lua que era o rosto de Birdie foi ficando cada vez mais próxima, já quase num eclipse total. Antes que soubesse o que estava acontecendo, ela deu um tapa em Jonah que o silenciou de tal maneira que apenas conseguiu levar a mão à bochecha ardida. Depois a mãe pegou sua mão que sangrava e pressionou o corte com força contra a boca. Disse que tudo o que tinham no mundo era um ao outro. Birdie tomaria conta dele; em troca, Jonah precisava prometer que tomaria dela.

Agora, em retrospectiva, ele reconhecia nesse o momento decisivo, a ferida inicial que o havia levado a escolher sua profissão. Ao longo dos anos, a lembrança se ligou inextricavelmente a uma de suas passagens preferidas de Fitzgerald, que inspirava sua própria razão de ser, tanto que ele agora era incapaz de pensar em uma sem pensar na outra:

Não temos o dom de distinguir os raros momentos em que uma pessoa está completamente aberta, e o menor toque pode a enfraquecer ou curar. Um segundo depois e já não há nada nesse mundo que possamos fazer por elas. Nossas drogas mais eficazes não serão capazes de curá-la, nossas espadas mais afiadas não serão capazes de matá-la.

Dedicaria a vida a refutar essa afirmação, a demonstrar que qualquer pessoa pode ser curada. Como terapeuta, Jonah tinha certeza de que nunca era tarde demais para a cura. A cada caso que aceitava, prometia a si mesmo ajudar o paciente a relembrar a primeira ferida; e então, contra todas as probabilidades, descobria uma maneira de a pessoa se salvar de si mesma.

Afastou os pensamentos da cabeça e virou à direita na Charles para passar pelo Wilson's, um café minúsculo com fachada de madeira maciça e vidro que parecia se inspirar nos empórios de antigamente, com os sabonetes e as pomadas, as caixas com pacotes de café e as fileiras de latinhas de chá e de balas de hortelã, as cestas de vime cheias de flores. Lá dentro, o barista da manhã tinha acabado de chegar e arrumava tudo, sonolento. No espaço pequeno sobre ele, havia acesa uma única lâmpada pendente em estilo industrial, deixando-o nas sombras. Jonah sentiu uma solidão assombrosa enquanto via o pobre jovem se esticar sobre o balcão e, ao voltar rápido demais, bater a nuca sem querer; xingou e massageou a cabeça enquanto o lustre balançava tal qual um homem na forca. Subitamente pareceu notar uma presença, mas quando se virou para verificar, Jonah já havia passado correndo, de modo que tudo o que viu foi a rua tranquila de paralelepípedos, vazia e imperturbada.

Jonah mantivera a promessa à mãe — ao aceitar o papel de cuidador, no entanto, de alguma forma sabia, mesmo criança, que não podia confiar que Birdie cuidaria dele. Refletindo a respeito disso, sempre houve um buraco em sua vida onde a presença paterna segura e constante nunca foi preenchida. Até descobrir Fitzgerald, quando encontrou o pai que nunca teve.

Em menos de um ano, Jonah havia devorado a obra completa do escritor. E, embora soubesse que pareceria desqualificado, talvez até simplório, sucumbir à opinião popular, ainda considerava *O grande Gatsby* a obra-prima de Fitzgerald. Com *Gatsby*, o autor tinha se estabelecido como o grande sonhador americano, a voz de seu país. E havia o fato de que aquela havia sido sua primeira leitura de Fitzgerald. Para Jonah, que no fundo sempre fora um romântico, o livro mudou sua vida. Havia prometido a si mesmo que leria sua nova bíblia todos os anos — e manteve a promessa.

Como filho autodeclarado de seu deus de escolha, Jonah decidiu que seguiria com o negócio do pai, pondo-se a serviço da beleza, vasta e vulgar. Assim, na idade em que meninos viram homens, tal qual Gatsby se inventou a partir de Gatz, Jonah seguiu a sagrada doutrina das palavras de Fitzgerald e inventou o tipo de Jonah Gabriel que um adolescente de dezessete anos inventaria — e permaneceu fiel a esse conceito até o fim.

Como Fitzgerald fez Princeton, Jonah não tinha dúvida em qual universidade se inscreveria. Foi aceito, como Fitzgerald descreveu, no clube de campo mais agradável dos Estados Unidos inteiros, cujos membros eram todos preguiçosos, aristocráticos e com boa aparência. Jonah ficou encantado. Passava os dias na biblioteca, revirando o baú dos tesouros dos manuscritos do autor, perdendo-se em seus garranchos confusos; passava inúmeras noites vagando por seu vale recluso de estrelas e cúspides, redescobrindo a poesia da arquitetura de Princeton. A princípio, Jonah pretendia ser ele também um escritor, mas tal ambição foi deixada de lado depois de uma única disciplina de escrita criativa em seu primeiro ano, em que lhe disseram em termos bem objetivos que seu estilo era derivativo, sentimental, banal. A crítica não o abalou; ele não precisava ser escritor para ser um herói.

Não mediu esforços para se transformar num espertinho, com sua aparência empolada e sua inteligência social, além da ambição, popularidade e — é claro — o cabelo sempre penteado para trás com gel. Desenvolveu um sorriso seu, que, ao ser usado, possuía a característica de ser tremendamente assegurador. Ele contemplava, ou parecia contemplar, o mundo todo por um instante — antes de se voltar para o objeto de contemplação do momento, a moça da hora, que seria irresistivelmente priorizada.

Como resultado, as mulheres vinham sem que ele precisasse se esforçar — um verdadeiro leque delas. No entanto, ninguém individualmente conquistava sua atenção por completo, e sua concentração se mantinha fixa em si mesmo, de um jeito doce e infantil.

Passado o primeiro ano, ele conseguiu moradia em Patton, Little e Campbell Hall, os dormitórios por onde Fitzgerald havia passado. Em se tratando de panelinhas (em Princeton, importantíssimas), ele abraçou o sistema de castas da universidade, e começou a frequentar o mesmo espaço de convivência do autor, o Cottage. Foi o primeiro a ser escolhido para ingressar na sociedade secreta de Princeton, St. A's, que era vista como a realeza intelectual universitária, e, mais para a frente, foi eleito presidente da sociedade. No último ano, Jonah já havia construído para si uma reputação de figura romântica: alguém ligeiramente à parte, altamente idolatrado. Faltava-lhe apenas uma heroína.

Ele virou na Washington e seguiu alguns quarteirões na direção sul. Embora fizesse o mesmo trajeto religiosamente toda manhã, seu coração acelerou à medida que se aproximava do local onde Lila dormia.

Jonah ainda se apegava à memória da primeira vez que a viu, guardava a recordação como a estrela mais brilhante ao norte, que o guiava através do infinito mar de anos. E, muito embora soubesse que a realidade com Lila Crayne de agora ficava aquém de seus sonhos (não por culpa dela, claro, mas em consequência da vividez colossal de sua ilusão), ele permanecia esperançoso.

Seu último ano em Princeton começava. Jonah havia acabado de voltar para o campus e ainda se recuperava de um árduo verão em casa, cuidando de Birdie. Tinha passado junho e julho convencido de que a mãe estava apenas em uma de suas crises dramáticas e duradouras, mas, em agosto, a realidade provou seu equívoco. Ela recebeu o diagnóstico: câncer de ovário em estágio terminal. Restava-lhe um ano, no máximo.

No mês seguinte, Jonah praticamente havia fugido de volta para Princeton e se jogado com afinco em seu trabalho de conclusão de curso, uma análise dos fundamentos psicológicos do *homme manqué* prototípico de Fitzgerald e sua ruína trágica devido à *femme fatale* vampírica de *Suave é a noite*.

Naquela noite em particular, Jonah dava um tempo nos estudos para ir jantar com os amigos no Cottage. Atravessando o campus, passou pelo Woolworth e seguia na direção do arco de 1879 quando um toque de luz chamou sua atenção. Ali estava ela, usando um vestido amarelo, a saia esparramada como um girassol na grama. As sandálias abandonadas, as unhas dos pés pintadas de vermelho-sangue. Embora frequentasse a universidade havia pouco mais de duas semanas, já vivia cercada por um grupinho de garotas risonhas, meras constelações que orbitavam aquele sol incandescente. Havia pequenas caixas de papelão abertas com cupcakes, cuja cobertura derretia lentamente no calor do fim de tarde. Um aniversário, talvez, embora ainda fossem praticamente desconhecidas. Ou uma comemoração espontânea: da juventude, da beleza, delas mesmas. Não importava; as garotas estavam envolvidas naquilo, em sua felicidade fácil. A risada dela —

o toque alegre de um sino pelo pátio — foi como o canto de uma sereia, atraindo-o de volta para casa. Jonah a havia encontrado: sua heroína, nec plus ultra.

Se tivesse parado por um momento talvez enxergaria a situação como ela era, talvez diagnosticaria a própria patologia. Perceberia que a força de sua paixão imediata era reacionária; oras, estava se formando em inglês e psicologia! Tinha consciência de que Birdie foi abusiva durante sua infância inteira, incentivando sua codependência e o forçando a cumprir um papel paternal cedo demais. Durante os primeiros vinte e um anos de sua vida, a mãe fora a única mulher que lhe importava; agora, com a sentença de morte dela anunciada, ele estava sem chão, numa queda vertiginosa em busca de um ponto referencial que substituísse a supernova explodindo. Então, bem quando estava prestes a colidir, sua panaceia.

Em vez de se preparar para a perda iminente da mãe ou sofrer pela infância que não havia tido, Jonah encontrou uma nova obsessão e determinação. Aquela jovem perfeita se tornaria sua estrela polar, com um brilho tão ofuscante que ele nunca precisaria confrontar a parte crucial que faltava, o abismo infinitamente escuro de dor.

Não foi difícil descobrir quem era ela. O irmão mais novo do parceiro de laboratório de Jonah trabalhava nos dormitórios e tinha acesso ao diretório com toda a turma de calouros. Jonah estava preparado para verificar as mil e quinhentas fotos uma a uma, mas o filho da puta já havia se juntado aos amigos e produzido uma lista vulgar de Calouras Comíveis, organizada em ordem de preferência. E ali estava ela — a número dois —, depois de uma garota com bronzeamento artificial que parecia tirada do sonho erótico de um adolescente: musculosa, com seios enormes e roupas de Lycra cintilante. Jonah ficou horrorizado. (Até parece que ela seria segundo lugar.) Embora a lista o revoltasse — a desumanização flagrante e o desrespeito àquelas pobres jovens era algo atroz —, Jonah ficou secretamente satisfeito por tantos outros a desejarem.

Por seis meses, ele se manteve à distância. Nesse meio-tempo, se ocupou com alguns casinhos passageiros — em Princeton, escolher uma moça bonita para passar a noite era como pescar num tanque. Com ela, no entanto, Jonah estava determinado a fazer diferente. Ela merecia muito mais que uma noite de bebedeira, já que era claramente uma mulher digna de amor verdadeiro — e, mais do que tudo, Jonah esperava poder ser o homem a oferecer isso a ela. Sabia que aquela era a mulher para ele, pois se tratava de Rosalind, Gloria, Daisy, principalmente! Lila Crayne, ele havia decidido, era todas as heroínas de Fitzgerald reunidas maravilhosamente em uma única pessoa.

Tornou-se um jogo, um hobby fascinante. Ele aprendeu os trajetos dela pelo campus, seus lugares preferidos para estudar ou encontrar os amigos, os espaços de convivência que ia quando saía à noite. Quando se tornou a protagonista da peça de outono, Jonah foi assisti-la duas vezes. Ele chegou inclusive a pegar a disciplina de introdução à antropologia, voltada aos calouros, embora já estivesse com a grade cheia, sentando-se em meio aos jovens de ressaca que dormiam a aula toda, só para poder estar uma vez na semana na mesma sala de Lila. Testemunhou os desdobramentos previsíveis do primeiro ano dela, as noites viradas antes das provas, os beijos bêbados nas pistas de dança, a volta embriagada ao dormitório tarde da noite com jovens esquecíveis. E permaneceu distante, como um protetor fiel, garantindo sua segurança. Não ficava com ciúme? Talvez um pouco; talvez agora compreendesse, como Fitzgerald com Zelda, por que os homens trancavam princesas em torres. No entanto, se manteve firme na decisão de estar à distância. Esperaria até a noite perfeitamente orquestrada em que o herói e a heroína, enfim, esbarrariam um no outro. Então a veria e conheceria e seria devoto à felicidade de Lila para sempre.

Jonah diminuiu o passo ao alcançar o enorme carvalho na margem do Hudson, então se apoiou no tronco e começou a se alongar. Seu olhar subiu até encontrar os olhos reflexivos das janelas, que emergiam, pálidos e enormes, da dissolução da noite. Esperaria ali, em sua vigília sagrada, permitindo-se um rápido vislumbre de Lila saindo para a sacada antes de seguir em frente. Não demoraria muito.

Ele voltou a pensar naquela noite perfeita de primavera quando os dois finalmente se conheceram, tantos anos antes. Haviam compartilhado algo especial, algo extraordinário: uma faísca que só se acende uma vez na vida. E depois ela sumiu — e Jonah entendeu que se comprometeria com a busca de seu cálice sagrado.

Que Lila tivesse esquecido o único encontro romântico glorioso deles era a tragédia pessoal de Jonah. Seu único consolo, que ainda o sustentava, era o mesmo tipo de esperança cega que Gatsby sentira: se fosse capaz de repetir o passado, de refazer tudo como era antes, ele poderia voltar a ser quem antes era. Então ela talvez o reconhecesse e se desse conta, como ele, de que haviam sido feitos um para outro. E em uma bela manhã...

Lila Crayne seria sua, afinal.

Ele apoiou o copo para viagem na mesa de cabeceira, e Maggie abriu os olhos só o bastante para ver o logo do Wilson's, cujas linhas finas lembravam uma bela tatuagem. "Obrigada, Jo." Ela se sentou, a cabeleira vasta de cachos cor de chocolate caindo sobre o rosto enquanto dava o primeiro gole.

"O barista é novo", Jonah disse, tirando a camiseta. "Meu Americano estava com gosto de fertilizante."

"Nada como uma xícara de lama fresca pela manhã." Ela soprou o café. "Por que não tenta outro café? O Kava fica bem mais perto. E tem aquele lugar na Hudson..."

"O Wilson's é perfeito pra terminar a corrida. E você sabe que gosto da minha rotina." Ele revirou os olhos, de brincadeira, e deixou as roupas úmidas na borda do cesto de roupa suja.

"Se sei." Ela se apoiou nos cotovelos, os mamilos perceptíveis através da regata. "Você está parecendo a estátua de Doríforo... Ei, acordei animada hoje. Posso te esculpir?"

Ele sorriu. "Seria ótimo, Mags, mas não tenho tempo. E estou fedendo." Jonah foi para o banheiro.

"Não é pra isso que servem os banhos?", ela gritou para ele.

"Não quero sujar os lençóis." Jonah ligou a água e entrou. Fechou os olhos, inclinou a cabeça para o jato quente, passou a massagear o xampu até que espumasse bastante. Ao seu lado, a tampa do vaso foi aberta, o som de um jato fino. Sabia que ela o observava do outro lado da cortina.

"Jo?" Uma pausa. "Posso entrar também?"

Jonah sabia o que ela estava tentando fazer: se reconectar depois da briga da noite anterior. Mas simplesmente não estava a fim. Não agora. "Só um minuto, pode ser?", Jonah pediu, com gentileza. "Estou quase acabando."

Maggie murmurou algo em resposta, que ele escolheu não ouvir, preferindo se concentrar na força da água contra seu crânio, o sabonete como um disco de hóquei deslizando pela pele, o xampu escorrendo para seu corpo em montes. Ao terminar de enxaguar o cabelo, fechar a torneira e abrir a cortina, Maggie já tinha ido.

Jonah a encontrou na cozinha, de costas para ele, picando alguma coisa. Era uma excelente cozinheira, sempre dando seu toque especial em pratos saborosos, caprichosos, picantes. Recorria às suas raízes — o pai era italiano e a mãe mexicana — em uma fusão deliciosa. No entanto, embora sua comida sempre fosse maravilhosa, Jonah observava uma correlação clara entre a qualidade da refeição e o temperamento dela. Parecia que, quanto mais brava Maggie ficava, mais magnífica era sua cozinha. E, ultimamente, seus pratos andavam fora de série.

Ele puxou uma cadeira e se sentou à mesa de mosaico, seu calcanhar balançando na dança incansável de sempre. Pegou um kiwi da fruteira no centro, abriu sua faca de bolso e começou a descascar a fruta, jogando a casca no cappuccino abandonado de Mags, cuja espuma havia baixado e agora formava uma película cremosa. Ela nem tinha se dado ao trabalho de mudar de roupa, ele percebeu; simplesmente vestiu uma calça de moletom manchada de tinta e cândida. Embora estivesse velha e puída, ainda abraçava a bunda grande dela de um jeito que despertava seu desejo. Mags havia puxado os elásticos da barra até a metade das canelas, e as linhas sinuosas de suas panturrilhas se flexionaram quando ficou na ponta dos pés para pegar uma tigela fora de alcance. Ele girou o kiwi brilhante nos dedos, mordeu. A corpulenta gata maltês deles, Zelda, entrou na cozinha miando, depois subiu na mesa, sentou e o ficou encarando. Maggie começou a bater as claras de ovos de Jonah, como ele gostava; os ossos delicados de suas costas se abrindo como asas, a cabeleira em um furioso movimento.

Jonah fechou os olhos e sentiu uma pontada de culpa. Quando haviam comprado aquele duplex, quatro anos antes, consideraram o ato um investimento na relação. Embora estivesse no nome de Jonah (que usou o que restava de sua considerável herança para pagar a entrada e a reforma), Maggie quem transformou o apartamento em um lar. A casa pertenceu a uma mulher que morara sozinha por sessenta e cinco anos antes de morrer naquela mesma cozinha. Quando o compraram, em cada cômodo se encontrava, do piso ao teto, tudo que ela havia acumulado, abandonado e negligenciado. Os cocôs de rato e as carcaças crocantes das baratas enojaram Jonah de tal forma, assim como o piso apodrecendo, os eletrodomésticos enferrujados, o pó acumulado e perceptível desde a porta de entrada, as manchas de vazamento de água e o mofo feral, descontrolado, que quase o fizeram ir embora na mesma hora. Mas Maggie, sempre paciente, quem enxergou além da devastação e percebeu as possibilidades na estrutura.

Jonah sabia que, para ela, a compra daquela casa não se limitava a uma questão imobiliária. Na época, fazia cinco anos que estavam juntos, e a paciência de Maggie já estava por um fio. Estava determinada a garantir o futuro deles juntos, de uma vez por todas. E, com aquela casa, tinha certeza de que conseguiria.

O momento crítico chegou no dia da mudança. Enquanto a mobília era empurrada escada acima, Jonah se viu em meio a uma crise de pânico. Passou correndo pelos homens da mudança, sentindo todo o bolor do lugar se rastejando para dentro da garganta, derrubando uma pilha de caixas no desespero para sair do prédio e respirar ar puro.

"Jo?" Mags havia corrido atrás dele. "O que foi?"

"Não consigo respirar lá dentro", ele disse, coçando o pescoço.

Maggie já sabia, claro. Tinha uma capacidade impressionante de desenterrar a verdade. E então a expunha, delicadamente, à luz.

"Olha", ela disse, suave. "Posso dar um jeito na sujeira

e no pó. Posso fazer tudo sumir. Mas essa vai ser nossa casa, Jonah. Vamos construir nossa vida aqui."

Ela pausou e ficou aguardando uma resposta; quanto mais o silêncio perdurava, maior parecia ser o risco.

Por fim, Maggie tinha suspirado e desviado os olhos para os pés. Quando falou, a voz era tão baixa que ele mal distinguiu suas palavras. "Eu sempre tive certeza sobre você. Mas, por algum motivo, não consigo deixar de sentir que você nunca se sentiu tão seguro assim sobre mim. Então, se isso não for só sobre a sujeira, se for sobre nós dois, preciso que me diga agora mesmo."

Ele a olhou, parada ali, emoldurada pela entrada do prédio. E fez a única coisa possível: puxou Maggie para si, enfiou os dedos em seu cabelo e lhe disse que ela era tudo o que sempre quis. Com isso, ela havia sorrido e dito algo que ele não conseguia mais lembrar. Então, abraçados, voltaram para dentro.

Mags se esforçou incansavelmente para o agradar. Em um ano, tinha transformado a casa no lar de onde esperava que Jonah nunca quisesse sair. Arrancou o piso deformado, remendou os vazamentos, tapou os buracos com palha de aço e raspou penosamente cada camada de tinta cerosa das paredes manchadas. No térreo, derrubou cada parede não estrutural que deixava os cômodos tão apertados e escuros, além de dividir o andar em dois, assim a metade da frente seria o consultório aconchegante de Jonah, com painéis de madeira nas paredes, tapetes luxuosos, couro de verdade e livros com lombadas vistosas. A metade de trás — reduzida à fundação de concreto que abria direto para o jardim — seria o estúdio ensolarado de Maggie, repleto de imensas telas, todas muito coloridas e cheias de movimento, cada uma delas tão vibrante quanto a própria Mags.

Uma manhã cedo, durante a reforma, Maggie ouviu um

miado leve vindo do espaço embaixo do estúdio. Com uma lanterna, apontou para a escuridão e descobriu uma gatinha imunda, petrificada, cinza-azulada, piscando para a luz. Para ela, não houve dúvida: tinham que adotá-la. Após muita discussão, Jonah cedeu sob a condição de que escolheria o nome. Maggie, claro, revirou os olhos e concordou, encarando com o bom humor de sempre a obsessão dele por Fitzgerald. Foi assim que Zelda entrou na vida dos dois.

Antes da mudança, o quintal não passava de um pedaço de terra que servia como lixão. Nele, Maggie encontrou ervas daninhas, vasos estilhaçados, carcaças pequenas que já não podiam ser identificadas e pedaços de ossos. Sempre que tinha um bloqueio em suas pinturas, ela vestia luvas e punha as mãos na terra, descartando, revolvendo e aerando o solo. Maggie plantou as sementes que, com o tempo, deram origem à horta deles: tomateiros retorcidos, pepinos brotando em treliças no chão, tufos de pimentões em seus canteiros, um limoeiro na lateral, uma abundância de alecrim e uma infestação de hortelã. E as flores: hortênsias grandes como repolhos, dálias e narcisos, mil-flores rosas e azaleias por toda a extensão da cerca. Havia feito um caminho de tijolos que terminava numa mesa de ferro fundido para dois. Agora, quatro anos depois, o jardim esbanjava exuberância. Uma pessoa sentada bem no meio podia passar despercebida em meio à folhagem.

A parte de cima, onde eles moravam de fato, era onde Maggie dava seu nome. Quando criança, ela passava as férias em San Miguel, e o calor e as cores vibrantes, as especiarias pungentes, o sal em flocos e a adstringência do limão encontraram seu caminho na casa. O piso da *cocina mexicana* era de um azulejo exuberante espanhol, com explosões caleidoscópicas de azul oceânico, tangerina, amarelo limão e coral. A madeira não tinha acabamento, os tapetes de crochê eram em cores vivas, as vigas do teto ficavam expostas, as janelas eram amplas, os móveis eram firmes e pesados. Tratava-se de um cômodo amistoso, que implorava para que cozinhassem nele, recebendo convidados de braços abertos, não importava a hora.

Naquele novo espaço Maggie criou uma verdadeira obra de arte, num constante esforço para afastar quaisquer dúvidas que ainda restassem e fazer daquele um lar onde construiriam uma vida juntos. Ela até manteve o segundo quarto, que um dia poderia ser para o bebê. Tudo havia sido pensado, e o resultado era perfeito. Jonah se convenceu de que Maggie era o outro caminho, um caminho melhor, o caminho que desejava, no qual poderia desaparecer em segurança. Com Maggie, Jonah acreditava que finalmente aquela era a escolha certa.

Então Lila ressurgiu em sua vida.

Para ele, havia desperdiçado sua única chance com ela, tantos anos antes. Depois daquela faísca, do milagre extraordinário da primeira noite, o destino os afastou. A mãe de Jonah havia piorado, forçando-o a deixar Princeton antes de concluir a graduação para acompanhar Birdie em sua morte lenta e dolorosa. Ele fez o trabalho de conclusão de curso à distância. Pouco depois, Birdie morreu. E, pela primeira vez na vida, Jonah estava completamente sozinho.

Ele se forçou a seguir em frente, a superar a dor da morte da mãe, inextricavelmente emaranhada com a perda de sua única chance com Lila. Como se não bastasse, a biblioteca de Princeton entrou em contato para informar que o trabalho de Jonah havia desaparecido sem explicações; a notícia, no entanto, pareceu minúscula no redemoinho repugnante de sua existência miserável. Com os quadros da mãe encaixotados e o restante dos móveis em um depósito, ele colocou a casa de infância à venda. Uma semana depois, estava vendida. E, enquanto Lila retornava para seu segundo ano em Princeton, Jonah ia para Harvard, onde tentaria preencher a tábua rasa sensível que era sua mente.

Em três anos e meio, concluiu o mestrado, depois foi para New Haven para fazer o doutorado em Yale — completando a trinca nas universidades de elite dos Estados Unidos e seguindo a definição de Fitzgerald de um cavaleiro: *Um homem que vem de uma boa família, frequentou Yale, Harvard ou Princeton, tem dinheiro, dança bem.* (Sempre fazendo mais do que o esperado, Jonah havia estudado nas três.) E então, alguns meses depois sendo professor adjunto em Yale, quando menos esperava, Jonah conheceu Maggie.

Aconteceu em uma exposição das obras de arte dos alunos de pós-graduação da universidade. Na época, Lee, um recém-conhecido de Jonah, fazia bico em um serviço de bufê e tinha sido escalado para trabalhar no evento. Havia insistido para Jonah ir, prometendo bebida grátis em troca de companhia. Na verdade, Jonah não precisava ser convencido. Ainda era novo na cidade, e a sensação de que precisaria recomeçar a vida mais uma vez, sem um lar ou uma família para a qual retornar, o deixava com saudade da mãe. Gostou da ideia de se reaproximar da arte e estava curioso para descobrir como se sentiria, quatro anos depois da morte dela. Então compareceu, virou uma taça de vinho barato e circulou. Era tudo um tanto deprimente, os autorretratos exibidos pareciam derivativos e decepcionantes, com uma única exceção: uma formidável pintura a óleo da artista olhando para um espelho estilhaçado. Suas costas ocupavam o primeiro plano, de modo que não dava para ver o rosto; no entanto, em cada caco do espelho, um detalhe diferente era refletido, as partes discordantes e impossivelmente diferentes vindas da mesma mulher. Lembrava a Jonah, sem sombra de dúvidas, sua mãe. O título era *Eco de Narciso*.

Sentindo dominado pelas emoções e um pouco zonzo, se serviu de outra taça de vinho e abriu caminho até a área de carga e descarga nos fundos do edifício. Pegou um baseado, deitou de costas e ficou olhando para o céu escuro. Quando ouviu passos se aproximando, supôs que fosse Lee vindo fazer um intervalo e disse: "Se eu vir mais um autorretrato medíocre, acho que vou me matar".

"Nem me fala."

Ela sentou ao seu lado, tirou o baseado de seus dedos e fumou.

"São todos tão contidos, não acha? Quase dá pra sentir o cheiro da insegurança na tinta." Ela se virou para ele. "Então por que veio? Não, vou adivinhar." Ela se recostou, refletindo. "É um bom amigo? Um bom namorado? Um stalker?"

"Vim pela bebida." Ele se virou para ela. "E você?"

Ela sorriu. "Sou uma das artistas."

Jonah engasgou e começou a tossir incontrolavelmente. "Nossa", ele conseguiu dizer. "Estou me sentindo um cuzão."

Ela voltou a sorrir. "Você pode até ser um cuzão, mas está certo. Eu te perdoo se adivinhar qual é o meu."

Jonah pensou a respeito. "O do pontilhismo em preto e branco, só com a orelha do artista em vermelho?"

Ela pegou o celular, passou algumas fotos e mostrou o *Eco de Narciso* a ele.

Jonah prendeu a respiração. "Você acreditaria se eu te dissesse que essa foi a única de que gostei?"

O sorriso dela aumentou. "Mentiroso."

"Bom, então estraguei tudo. Como posso me redimir?"

"Que tal..." Ela inclinou a cabeça. "Deixar que eu pinte você?"

Jonah gostou de Maggie; gostou muito dela. Quando começaram a sair, ele descobriu que seus quadros enormes, coloridos e desvairados eram reflexo dela: obscura e vibrante, visceral e calorosa. Maggie tinha a habilidade impressionante de espelhar o ânimo dentro dele, portanto, quando estava com ela, Jonah tinha a sensação de que voltava para casa. Mais ainda: ele gostava da ideia de quem ela era, a ideia de se associar a uma artista revolucionária nas trincheiras, como Fitzgerald sempre estivera na companhia dos visionários de sua época. Aquela narrativa funcionava; fazia sentido. Passou a achar que, na verdade, Maggie era infinitamente rara, alguém com quem se deslumbrar — uma mulher autêntica e radiante que, com aquele primeiro encontro mágico, podia apagar anos de devoção inabalável. Durante uma noite de insônia e ponderação, procurou Lila na internet e descobriu que ela havia se mudado para Los Angeles para seguir o sonho de ser atriz. Jonah considerou isso um sinal. As circunstâncias, o momento — simplesmente não era para ser. Precisava deixar a garota dos sonhos que projetava em todas as cornijas e letreiros luminosos; e, em seu lugar, puxar a garota ao seu lado, apertando-a em seus braços.

No dia seguinte, Jonah perguntou se Maggie aceitava ser dele — ela revirou os olhos para a linguagem pretensiosa e disse que já era. Durante o semestre seguinte, Maggie foi morar com Jonah, e os dois iniciaram o grande experimento da construção de uma vida juntos. Certa manhã de domingo, enquanto Mags estava deitada de bruços, nua, os lençóis embolados sobre ela, esboçando as deleitosas curvas dos dedos dos pés de Jonah, ele percebeu que estava apaixonado e lhe disse isso. Maggie sorriu, beijou o arco do pé dele e sussurrou que já era mais do que na hora.

Cinco anos depois, com o diploma do doutorado em mãos, Jonah e Maggie se mudaram para Nova York. Compraram a casa de arenito em "West Egg" e ele começa a clinicar.

Aos trinta e um anos, já havia frequentado as três principais universidades do país, comprado um duplex no melhor bairro da melhor cidade do mundo e dava início ao que sem dúvida seria uma carreira de sucesso. Era bonito e saudável, além de muito charmoso; amava a namorada, que o amava também. Em alguns meses, a pediria em casamento; Mags, encantada e aliviada, aceitaria. A vida era tão vívida e satisfatória para Jonah Gabriel quanto nos livros.

No entanto, quando Jonah se acostumava à ideia de chamar Mags de noiva, *Jogo da espera* estreou nos cinemas — tornando-se um sucesso imediato. De repente, o nome e o rosto de Lila estavam em toda a parte, impossíveis de ignorar. A Lila de vinte e oito anos continuava idêntica à Lila de antes — radiante, com o mesmo frescor, universalmente admirada pelos olhares masculinos. Ainda extraordinária, inacreditavelmente linda. À medida que a fama dela aumentava, Jonah se obrigava a conter o impulso de mencionar seu encontro com a queridinha da América; sabia que dividir a lembrança perfeita daquela noite só a macularia. Mas, apesar da aparente onipresença de Lila, Jonah estava determinado. Havia se esforçado muito para tirá-la da cabeça. Agora, era devotado a Maggie e não cederia.

Sete meses antes, porém, o destino havia agido novamente, esfregando na cara dele suas intenções. Lila e Kurt iam se mudar para Nova York para dar início à produção de um novo projeto, um remake de *Suave é a noite*, de Fitzgerald. Com um google rápido, Jonah descobriu que eles haviam comprado um apartamento no Village, a poucos quarteirões de onde morava com Maggie — uma distância menor do que a da largura da baía que separava a propriedade de Gatsby da luz verde no cais de Daisy.

A princípio, Jonah disse a si mesmo que estava apenas curioso: o tipo de curiosidade que as pessoas sempre têm em relação a paixonites juvenis. Só ia ver como ela estava — uma indulgência inocente, um pouco de escapismo. Tratava-se de um comportamento comum, afinal; e estava consciente disso. Conhecia-se bem o bastante para acreditar ser capaz de manter seus hábitos sob controle.

Quem nunca teve alguém por quem era um pouco obcecado, por quem ficava um tantinho maluco? Quantos não procuraram na internet sobre a tal pessoa, se permitiram ver como estava? Principalmente quando se tratava de um ícone americano, cujo nome e rosto eram quase impossíveis de evitar, já que estavam por todo canto? Não era apenas Jonah; o mundo inteiro estava encantado com ela. Lila Crayne era o sonho americano concretizado; ninguém resistia a seu apelo extraordinário.

Alguns meses antes, a oportunidade caiu no colo dele. Durante uma sessão, sua paciente, uma executiva do mundo do cinema chamada Brielle, mencionou que uma grande amiga, Lila, havia acabado de se mudar e procurava um terapeuta. Perguntou se podia indicar Jonah.

Ele mal conseguia acreditar em sua sorte. Com o coração acelerado, disse que não tinha como aceitar novos pacientes, mas, tudo bem, como se tratava de uma grande amiga de Brielle, daria um jeito.

E as sessões tiveram início.

Ele sabia que estava sendo irracional, que seu comportamento era autodestrutivo. Conhecia os riscos, compreendia que estava colocando a carreira — e toda sua vida — em risco. Falsificou suas anotações das sessões, claro, de forma a esconder o conflito de interesse óbvio e seu profundo envolvimento emocional. Nunca gravava as sessões, embora tivesse dado a entender que sim (criar voluntariamente provas da adulteração de suas anotações seria abusar da sorte). Ainda assim, não era tão iludido a ponto de acreditar que não havia outras maneiras de a verdade ser descoberta. Mas por Lila estava disposto a arriscar tudo.

A força da conexão de ambos nas sessões veio de imediato. À medida que ela se abria, ávida pela orientação de como desemaranhar o fio cheio de nós de sua vida, Jonah se perguntava se as estrelas finalmente estavam se alinhando. Tudo se encaixava sem esforço. Ela estava em crise, desesperada para escapar da realidade que havia construído. E seu progresso havia sido rápido — depois do avanço da sessão anterior, quando destravaram a lembrança de seu trauma de infância, Jonah estava certo de que era questão de tempo até conseguir salvá-la de sua situação. E aí... seria possível que herói e heroína finalmente ficassem juntos?

Jonah observou Maggie mover a omelete com a espátula para depois virar aquela lua fofinha, as pontas tostadas pela manteiga, e então recheá-la com queijo, coentro, *pico de gallo* e *pancita*, transferindo-a para um prato azul-cobalto. Mags sorriu para ele — uma trégua? — e lambeu um dedo com gosto. Como era possível amar duas pessoas ao mesmo tempo? Estava noivo de uma mulher maravilhosa, uma artista talentosa, uma companheira incrível e, algum dia, uma bela mãe. Ainda assim, sua maior falha sempre foi o romantismo incorrigível. No fundo, Jonah estava convicto de que Lila Crayne era o amor que havia deixado escapar. E, se ela se tornasse uma opção, sabia que não haveria disputa. Nem as maiores lufadas de fogo e vento seriam capazes de competir com aquilo que um homem pode guardar em seu coração etéreo.

Em menos de três horas, a próxima sessão dela teria início. Sentiu a pulsação acelerar ao pensar em que perfume Lila passaria na pele, que roupa escolheria para destacar sua forma elegante — qual lingerie estaria escondida sob o tecido. E Jonah se perguntou se aquele seria o dia em que ela perceberia que tinha sentimentos por ele — em que o amor, surgindo como a fênix das próprias cinzas, nascesse novamente de forma insondável e misteriosa.

"Podemos conversar?"

Jonah voltou a si. Maggie o olhava, esperançosa.

"Desculpa por ontem à noite", ela disse. "Sei que você só estava pensando em mim... em nós. E você tem razão: o lançamento me consumiu muito, e é culpa minha que o planejamento do casamento não andou.

"Mas, Jonah, *mi amor*..." Ela tocou seu cabelo e instintivamente ele inclinou ao toque. "Sei que posso dar conta de tudo. É o que eu *quero*. Faz tanto tempo que quero me casar com você... não posso mais adiar. É importante pra mim e pra minha família. Minha avó não vai viver pra sempre. Quero que ela me veja casando com o homem que amo."

"Também quero, Mags. Também quero." Ele suspirou e coçou a testa, como se pudesse tirar a imagem de Lila da cabeça. Depois pegou as mãos de Maggie e a olhou nos olhos. "Só que, mais do que isso, quero o melhor pra você. Sua carreira está prestes a explodir, e quando acontecer quero que você possa se concentrar só nisso. Não quero que nosso casamento te distraia do que é mais importante. Você se arrependeria."

"Não é justo", ela disse, ficando vermelha. "Estou dizendo o que é mais importante pra mim, Jonah, você não está ouvindo? Minha opinião não conta?"

"Não quis te chatear", ele falou, e soltou a mão de Maggie. "Olha, agora não é um bom momento. Tenho paciente em cinco minutos. Desculpa", acrescentou, quando ela abriu a boca para protestar.

Jonah deu uma última mordida na omelete perfeita antes de afastar a cadeira e deixar o que restava para Zelda. Deu um beijo na cabeça de Maggie e sussurrou que precisava trabalhar, mas que voltariam àquilo depois. Em breve, prometeu. Enquanto ia em direção às escadas para descer, sentiu o olhar da noiva, confuso, consternado. Mesmo assim, com a promessa de ver Lila em algumas horas, Jonah não conseguia tirar o sorriso do rosto.

Diário de terapia da Lila
para Jonah Gabriel

18 de julho

Querido diário,
    Primeira confissão: fico muito feliz de voltar a escrever um diário, como Gloria fazia em Os belos e malditos. (Continuo estudando Fitzgerald.) Ao chamar você de "diário", sou imediatamente transportada para minha pré-adolescência. (Acho que foi a última vez em que escrevi num diário de verdade, com chave e cadeado em forma de coração. Nota para mim mesma: procurar meu diário antigo para redescobrir o maravilhamento da infância. Preciso achar a chave.) Imaginando minha vida como um filme, eu estaria de bruços na cama sobre um edredom florido, enrolando o rabo de cavalo no dedo, enquanto ouvia Britney e balançava as pernas para cima, meus pés esticados.
    Na vida real, no entanto, sou apenas Lila Crayne, a versão que o mundo nunca vê. A seu pedido, Jonah, este diário será uma tentativa de documentar minha vida privada e meu relacionamento complicado com Kurt para que possamos aprofundar nosso trabalho juntos.

    São quase duas da manhã, e o mundo está em silêncio. Depois da reviravolta de acontecimentos desta noite, me recolhi à minha poltrona preferida: a confortável, que fica no canto, rodeada pelas paredes de vidro dos dois lados e com vista para as luzes da cidade. Em momentos assim, queria ter um gato. Me disseram que gatos são animais noturnos (como eu), criteriosos no afeto e econômicos na confiança. (Nota para mim mesma: ser mais parecida com gatos.) Seria bom ter um aninhado no meu colo agora, com seu rosto pontudo, seu ronronar suave e tranquilizador. Infelizmente, estou por conta própria e desisti de tentar dormir, por isso imaginei que seria o momento ideal para escrever aqui pela primeira vez, e talvez a última.

Hoje foi um dos raros dias que, de início, parecem gloriosamente vazios. Nenhuma cena minha estava marcada para ser filmada. Eu tinha grandes planos de cuidar de mim mesma, algo que desesperadamente preciso (ah, dormir até tarde, fazer a unha, ou até mesmo ler um livro, que loucura!). Mas de manhã minha liberdade já era coisa do passado: tinha prova de três figurinos e maquiagem, depois minhas duas horas de treino diário e outra entrevista com a imprensa. Ao fim do dia, tudo o que queria era tomar um drinque e ir dormir.

Sabia que Kurt ficaria no set até tarde. Duvidava que voltaria antes das onze (... e talvez ficasse até bem mais tarde, considerando o caso com nossa Rosemary). Então ali estava eu, me arrastando como uma coitadinha até nosso elevador, pronta pra tirar a roupa, pegar uma garrafa de qualquer coisa forte e me enfiar debaixo das cobertas, quando as portas se abrem e revelam... Kurt (?!), com a camiseta salmão que adoro, a que fica ligeiramente apertada nos músculos do seu peito.

"O que está fazendo em casa?", pergunto.

"Uma surpresa pra você. Terminei cedo e pensei em fazer algo especial pra você. Lembra disso?"

Ele me passa um drinque louro-escuro, com cubos de gelo enormes e um ramo de hortelã. Tomo um gole, saboreando a picância.

"Não acredito", digo.

"Pode acreditar. Você lembra?"

Como poderia esquecer? O Pepper Smash. Descobrimos esse drinque anos atrás, em um restaurante de Los Angeles com cardápio modorninho. É o melhor que já bebi. E Kurt conseguiu recriá-lo para mim.

"Vai vestir algo mais confortável. E leva a bebida com você. O jantar está quase pronto."

"Você cozinhou?"

Ele balança a cabeça. "Eu não te torturaria desse jeito. É muito melhor: Pierre passou o dia aqui com a mão na massa."

Pierre! Conhecemos o querido Pierre alguns anos atrás, quando fomos de jatinho até Paris dar uma fugidinha durante o fim de semana. Nos hospedamos bem no coração da cidade, no Saint James Albany (que, claro, você deve saber, Jonah, foi onde Scott e Zelda ficaram ao visitar a cidade). Em nossa primeira noite lá, um amigo de Kurt recomendou um restaurante recém-aberto na Île Saint-Louis, que, boatos diziam, seria o próximo point da cidade: Le Petit Perchoir (pois é, *o* Le Petit Perchoir!). O chefe era nosso adorado Pierre Dufrene, cuja fama explodiria meses depois. Naquela noite, quando veio nos cumprimentar à mesa, gostamos tanto dele que o convidamos para tomar uma tacinha conosco. Essa tacinha virou uma garrafa e depois duas... ao fim da noite, tínhamos nos comprometido a investir no próximo empreendimento dele. No ano seguinte, ajudamos Pierre a abrir o L'œuf du Perchoir, aqui em Nova York.

"Vocês se desencontraram por pouco", Kurt me diz. "Pierre teve que voltar pro restaurante. Eu sei, eu sei, meu amor. Mas queria garantir que esta noite fosse só nossa. Estou te devendo um bom tempo juntos."

Achei muito fofo. Kurt é o completo oposto de mim, adora as luzes da ribalta. Eu nunca admitiria em voz alta, mas a insistência das câmeras, a publicidade que nunca acaba e o reconhecimento constante me esgotam. (Sei, *coitadinha* da estrela de cinema...) A verdade, que só vou admitir aqui, Jonah, é que, mais do que tudo, me preocupo em fazer uma contribuição significativa para o mundo — e sinto que estou enfim fazendo isso. Quanto a toda a bagagem que vem com ser quem sou, às vezes acho que daria praticamente qualquer coisa para começar uma vida nova e abandonar o título de queridinha da América.

Estou divagando. Enfim, subo com meu drinque delicioso, coloco um vestido boho aberto nas costas, depois me dirijo à sacada.

A mesa externa está aberta e posta, chamas de velas dançam no centro. Em volta, lanternas de metal foram espalhadas. Kurt com sua postura de corredor se inclina contra o parapeito, observando a água. Quando saio, ele se vira e abre os braços, e eu sinto um friozinho na barriga. Me permito mergulhar na segurança de seu abraço. Por apenas um momento: algodão macio, seu perfume almiscarado, minha respiração abafada, o coração dele batendo. Não tinha percebido o quanto estava magoada, como vinha me esforçando para tentar manter as coisas sob controle. Então me desfaço.

Desfrutamos da refeição generosa preparada por Pierre. A equipe dele trabalha silenciosamente do outro lado do vidro à prova de som. Dividimos uma garrafa de tinto que tínhamos guardado — um Côtes du Rhône que descobrimos no mesmo fim de semana em Paris. E é quase como se estivéssemos no início de novo. Para variar, não falamos sobre trabalho, o que faz com que a conversa flua um pouquinho menos e seja só um tantinho desconfortável. Estou nervosa, de um jeito juvenil, bom. É bem gostoso, na verdade.

Depois que terminamos de comer, a equipe limpa tudo e vai embora. Ficamos em silêncio, no escuro, nosso humor abrandado pela lua refletida na água diante de nós. Ambos temos que acordar cedo, mas permanecemos ali, encantados com a simplicidade do momento.

Estou recostada no peito de Kurt quando o sinto respirar fundo.

"Amor." Ele passa o dedo por baixo da alça fina do vestido. "Sei que tenho sido um cuzão. É a pressão do filme. Você sabe como fico."

Assinto, embora meu coração comece a martelar.

"Mas sei que não é desculpa. Ando descontando a frustração em você, a última pessoa que eu queria machucar. Me perdoa?"

Meu coração bate num ritmo militar, preparando-se mais uma vez para a batalha eterna. Não consigo evitar, Jonah: sou uma eterna romântica. Mas, com nosso trabalho juntos, estou começando a entender que esse romantismo incorrigível me deixou repetidamente exposta à dor. Então, muito embora meu impulso seja dizer "sim, claro que eu perdoo você", dessa vez, algo me impede.

"Preciso te contar uma coisa. Estou fazendo terapia. Já faz um tempinho."

O rosto dele se fecha, sombrio de uma maneira que arrepia toda a minha pele.

"Com quem?", ele pergunta, baixo.

Hesito. "Alguém recomendado por uma amiga."

Kurt afasta a cadeira e vai até o parapeito.

"Kurt? O que foi?"

"Por que está me contando isso?"

Abraço meu próprio corpo. "Tenho conversado com ele sobre nós dois."

"Você o quê?"

Sigo em frente. "Ele está preocupado com nossa dinâmica. Acha que não é saudável."

Kurt bate no trilho da varanda. "Onde você tava com a cabeça, porra?" Ele se vira para mim. "Você sabe o que pode acontecer comigo se isso vazar."

"Não vai vazar, Kurt. Ele nunca faria isso. É obrigado a respeitar o sigilo profissional..."

"Não se ele achar que você está em risco. Meu Deus, Lila."

"Desculpa", sussurro.

"O que ele sabe?"

"Como assim?"

"Toda história tem dois lados. Você contou o meu?"

"Na verdade, eu tenho defendido você..."

"Até parece. Conheço você, Crayne. Apesar de se dizer toda feministinha, você adora fazer o papel da mulher inocente, da vítima. É assim que atrai as pessoas. Como está claro."

Ele sabe que isso vai me magoar, mas mesmo assim está sorrindo ao dizer aquilo. Abro a porta de vidro e volto para dentro. Mas Kurt me segue de perto, agarra meu pulso.

"Olha só." Relutante, eu me viro para o encarar. "Quer que isso funcione? Quer que o filme saia sem um escândalo? Então o que é nosso precisa ficar entre nós dois. Entendido?"

Assinto, mal conseguindo falar. "Não vou mais falar da gente pra ele."

"Não é o suficiente. Você não pode mais ir."

Tento puxar a mão, mas ele segura com força, me machucando. "Kurt, por favor..."

Ele inclina a cabeça. "Ou tem mais alguma coisa rolando entre vocês?"

Hesito. E é nesse momento que Kurt me empurra contra a coluna central da escada. Sei o que vai acontecer, muito antes que ele suba meu vestido e seus joelhos separem minhas pernas. Não adianta resistir agora. Aprendi há tempos que é melhor fingir que isso é normal, que está tudo bem. Ele abraça minha cintura, e me apoio com força nos balaústres de ferro que tilintam em seus lugares. Fecho os olhos e penso: *O que fiz pra merecer isso? Por que ele quer tirar a única pessoa da minha vida em quem confio? Como vou sobreviver sem Jonah?*

Conforme ele se aproxima do fim, exige uma resposta, e eu digo o que quer ouvir. Sim, não vou mais fazer. Sim, prometo. Kurt termina, depois me coloca com cuidado no chão. Volta a ser carinhoso, bonzinho. Logo vai tropeçando até o quarto. E, embora eu também esteja exausta, o sono não vem.

Por isso vim me sentar para escrever, mesmo que seja a única vez que vá fazer isso. Preciso terminar antes que o sol nasça, antes que eu tenha a oportunidade de mentir por ele, de fingir que está tudo bem. Porque não está. Preciso sair dessa, de uma vez por todas.

Me ajuda.

Três

Jonah passou a cometer erros.

Não conseguiu pensar direito o dia todo. Retornou da corrida aquela manhã para quase derrubar o cappuccino de Maggie quando viu o nome de Lila na tela acesa do seu celular. Já desconfiava que havia algo de errado: embora tenha esperado quase meia hora, ela não saiu para a sacada, como era seu costume. Quando enfim apareceu, ficou na janela por um momento, sua expressão escondida pelo vidro; e então, para perplexidade de Jonah, ela deu as costas e voltou para dentro.

Quando o nome de Lila apareceu na tela, Jonah teve o pensamento absurdo de que foi flagrado stalkeando. Mas logo afastou essa preocupação irracional enquanto se atrapalhava para desbloquear o aparelho e deparar com as primeiras anotações dela.

Um padrão cíclico se revelava na dinâmica sexual abusiva de Kurt e Lila, que precisava ser quebrado. Ah, como desprezava Kurt. No fundo, um narcisista, chauvinista, mulherengo crônico. Como Lila podia pensar que aquele bruto era um feminista?

Perdido em pensamentos, ele seguiu para o chuveiro, tomou café distraído com Maggie e correu para o consultório. Assim que fechou a porta, impaciente demais para aguardar o computador ligar, digitou uma resposta no celular:

Lila,

Obrigado por me enviar isso. Vamos discutir na sua sessão de amanhã. Mas, se precisar conversar antes, por favor, me avise. Fique bem. Cuide-se.

Atenciosamente,
Jonah

Os atendimentos daquele dia passaram em um borrão. Sua concentração infalível estava arruinada, e ele não estava totalmente presente enquanto cada paciente sua revelava as próprias intimidades. Jonah não controlava a movimentação do calcanhar — não conseguia evitar olhar para o reloginho que ficava atrás da cabeça das pacientes, desesperado pelos breves momentos entre as sessões em que poderia checar o celular rapidinho.

No começo da tarde, mesmo convencido de que ela não ia responder, decidiu verificar mais uma vez. Tinha recebido uma mensagem de um número desconhecido.

Obrigada pelo e-mail. Talvez precise ser antes.

Seria possível que Jonah tivesse inconscientemente passado seu número? Nunca fazia aquilo. Sempre tomou medidas extremas para proteger sua privacidade. Mas para Lila? Não conseguia lembrar. Com o coração acelerado, respondeu:

Claro. Quando?

Os atendimentos vespertinos pareceram uma tortura interminável. A cada hora que passava, Jonah sentia o desespero crescer com a ausência de uma resposta.

Ao fim do dia, ele se forçou a mudar sua postura. A sessão

do dia seguinte continuava marcada, cada vez mais próxima, inclusive. Em pouco tempo, veria Lila novamente.

Encerrou o dia atendendo a amiga de Lila, Brielle. Depois de anos trabalhando juntos, ela enfim havia conseguido terminar um relacionamento abusivo de longa duração. Duas semanas antes, havia assinado escondida o contrato de aluguel de um estúdio só para si, depois tirou um dia de folga e saiu do apartamento do namorado enquanto ele estava no trabalho. Na sessão da semana anterior, Jonah havia se preocupado com uma recaída — o término era recorrente, mas ele sempre implorava para ela voltar, jurava que ia mudar, e Brielle voltava atrás. Daquela vez, no entanto, havia prometido a Jonah que seria diferente.

"Não consigo parar de pensar naquilo que você me disse. *Pessoas magoadas magoam pessoas.*"

Jonah assentiu e falou com delicadeza: "Continuar com o relacionamento só possibilitava que ele continuasse com esse comportamento, reforçando isso".

"Me sinto uma idiota", Brielle disse. "Voltei tantas vezes, pra mais do mesmo."

"Porque você o amava. Claro. E ele amava você de volta. O *amor* é o que torna os relacionamentos abusivos muito diferentes de qualquer outro delito." Ele balançou a cabeça. "Eu entendo, Brielle. De verdade. É muito difícil se reconciliar com o fato de que a pessoa que você ama, talvez mais do que qualquer outra na sua vida, também é a que mais pode te machucar."

Jonah repassou as medidas de proteção habituais com ela: como mudar a configuração do celular para o ex não conseguir rastreá-la, cancelar os cartões de crédito, trocar todos os logins e senhas para que ele não entrasse nas contas dela. "Se você faz sempre o mesmo caminho ou segue uma rotina, mude. Remarque qualquer compromisso que ele venha a saber. Faça compras em lugares diferentes, experimente novos cafés..." Os olhos dela se arregalaram. "Sei que parece exagero, mas acredite em mim: conheço homens assim. Já vi acontecer muitas e muitas vezes. A coisa pode ficar feia. É melhor prevenir do que remediar."

Ainda naquela semana, Brielle pegaria um trem e iria para a casa da família no norte do estado, escapando assim da cidade e do ex. Seria cuidada pelos pais por um tempinho. Mas prometeu que, caso sentisse qualquer recaída, entraria em contato. E quando voltasse à cidade retornariam as sessões.

"O principal a ter em mente é: nada disso é culpa sua. Se em algum momento se vir pensando em entrar em contato com ele, lembre-se que você merece estar segura. Merece ser tratada com respeito. E merece ser feliz."

"Eu nunca teria conseguido se não fosse por você. De verdade. Nem consigo pensar onde estaria se não fosse por você. Bom, consigo, sim. Mas não quero." Ela enxugou os olhos e se levantou. "Lila está em boas mãos."

Acompanhou Brielle até a porta da frente, onde ela lhe deu um abraço sincero. Jonah a observou descendo o quarteirão e virando a esquina. Então olhou para cima, para as folhas balançando com o vento. As nuvens pareciam pesadas, densas — uma tempestade estava por vir. Então teve a sensação de que estava sendo vigiado. Olhou rapidamente para a direita e...

Viu Kurt Royall do outro lado da rua, com o braço apoiado em uma árvore. Olhando para ele.

Jonah se assustou, os lábios entreabertos. Tentou pensar rapidamente em qual seria o melhor plano de ação.

Mas Kurt já estava atravessando a rua em sua direção com seu jeito alerta e agressivo de andar, as mãos um pouco afastadas do corpo, como se para evitar qualquer interferência.

"Dr. Gabriel?", Kurt disse, estendendo a mão.

"Jonah", ele o corrigiu automaticamente, cruzando os braços. A reação de Kurt foi tranquila, enfiando a mão no bolso e atravessando o portão para alcançar os degraus da entrada.

"Sou Kurt Royall..."

"Eu sei quem você é", disse ao mesmo tempo.

Kurt sorriu — presumindo que Jonah era um fã de seu trabalho.

"Desculpe incomodar, só preciso de alguns minutos." Kurt apontou para a porta. "Posso entrar?"

"Sinto muito, mas estou sem tempo", Jonah disse. "Posso passar meu e-mail, se quiser..."

"Por favor", Kurt insistiu. "Gostaria de falar com você pessoalmente. É sobre Lila."

Isso o fez hesitar. "Ela está bem?"

Kurt franziu a testa. "Até onde sei, *fisicamente*, sim. Mas aconteceu uma coisa que me deixou preocupado."

Jonah prendeu a respiração. "O quê?"

Kurt inclinou a cabeça, reflexivo. Ao redor deles, uma brisa fresca soprou, as nuvens iminentes pareceram mais baixas. "Topei com o diário de Lila hoje de manhã."

"Como assim? O diário é particular. Deveria ficar entre mim e Lila."

"Eu sei", Kurt disse, balançando a cabeça. "E entendo, de verdade. Mas li e preciso te dizer que ela está mentindo."

Jonah fechou os olhos. "Esta conversa é inapropriada. Lila é minha paciente, e estamos violando o sigilo..."

"Entendo, mas o que quero dizer anula qualquer obrigação de sigilo profissional que vocês têm. Ela está obviamente desvirtuando o que aconteceu entre a gente, insinuando que eu..."

"Esta conversa acabou."

"Quer me ouvir, porra?" Por um momento, ouviu-se apenas as folhas estremecendo. Então Kurt cerrou o maxilar, levou os nós dos dedos aos lábios. "Desculpa. Não quis gritar. Só estou..." Ele soltou o ar. "Furioso. Está claro que ela está tramando alguma coisa, só não sei o quê." Kurt ficou em silêncio. "Olha, a natureza do nosso relacionamento e tudo o que está acontecendo entre a gente... vamos dizer que é uma situação incomum. Não acho que você vá querer se meter nisso, de verdade."

"Isso é uma ameaça?"

"Uma ameaça? Não, cara." Ele soltou uma risada triste. "Só é um absurdo do caralho ela agora querer envolver um terapeuta aleatório..."

"Eu não diria que sou um terapeuta aleatório", Jonah o cortou. "Sou especializado nisso."

"Tá bom, tá bom. Se você quer ajudar Lila, talvez até possa. Estou te dizendo: ela está mentindo. Talvez seja até uma mentirosa compulsiva. Lila é instável e precisa seriamente de ajuda. Você e sua 'expertise' conseguiriam internar ela?"

"O quê?"

"Não estou de brincadeira, cara", Kurt disse. "Acho mesmo que é desse nível de ajuda que ela precisa."

À distância, um trovão retumbou. "Você precisa ir embora. Agora", Jonah disse. "Ou vou chamar a polícia."

Kurt ficou em silêncio, com uma expressão intrigada. Então balançou a cabeça. "Você não sabe com o que está lidando."

Jonah perdeu a paciência. "Pode acreditar em mim, sou um profissional muito bem credenciado e tenho muita experiência em situações como a de Lila. Não acho que isso esteja fora da minha alçada. E certamente não me deixarei ser intimidado por você."

Com isso, Jonah se virou e entrou pisando firme.

Era muita cara de pau! Em menos de vinte e quatro horas, ele a violentou, invadiu sua privacidade ao ler o diário, e então apareceu na casa do terapeuta dela em uma tentativa de salvar a própria pele, chegando ao ponto de recomendar que Lila fosse internada! Não havia dúvidas: Kurt estava tentando afastar dela seu único aliado, sua única possibilidade de fuga, assim Lila continuaria prisioneira dessa relação enquanto a reputação dele permaneceria intacta.

Jonah subiu as escadas numa agitação distraída e febril. Mags, de costas para ele — ocupada picando vegetais, algum tubérculo duro —, como sempre perguntou sobre seu dia. Jonah evitou mencionar a discussão que havia acabado de acontecer, se lançando a uma crítica feroz sobre uma paciente da manhã.

Caso estivesse mais atento, teria notado os sinais. Maggie preparava o caldo de *pollo* da mãe, um prato que Jonah adorava, mas que exigia horas na cozinha. Ela só o fazia quando estava lidando com algo muito difícil; e nunca no verão, quando o cômodo ficava um forno. Havia talos de coentro e cascas de limão espremido espalhados por todo lado; Maggie picava cada vez mais rápido, batendo o cutelo violentamente contra a tábua de madeira.

"Minha agente ligou hoje. Parece que, com todo o burburinho sobre a abertura, uma galeria de Washington quer expor meus trabalhos no outono."

"Nossa, isso é incrível." Ele tirou uma cerveja IPA da geladeira e a abriu com a faca de bolso; então se virou e observou a cozinha. Em algum momento, as telas, os pincéis, as paletas e as tintas de Maggie tinham migrado do estúdio para lá. Notou então que havia raspadores sujos, panos úmidos e papel-toalha amassado espalhados pelo chão, além de manchas grossas de tinta vermelha sobre a mesa. Jonah se sentou com um suspiro, cuidadosamente apoiando uma tela úmida na cadeira ao lado.

"Parece que a coisa está tão quente que estão pensando em colocar minhas obras pra vender antecipado. Acham que vai vender tudo antes da abertura."

"Hum." A bagunça o deixava louco. Jonah fechou os olhos. Respirou. Disse a si mesmo que um pouco de bagunça não tinha importância. O que importava era a exposição e fazer com que Maggie se sentisse apoiada.

Ele levou a mão atrás da cabeça e inclinou a cadeira nas pernas traseiras, inspirando fundo enquanto olhava o cozinhar lento do frango no fogo. Levantou a garrafa até os lábios. Bem quando a espuma amarga descia por sua garganta, Maggie se virou para encará-lo.

"Você está tendo um caso?"

A cadeira caiu sobre as pernas da frente com um pouco de força demais. "Quê?"

"Você prometeu, lembra?" Ela cruzou os braços, a mandíbula tensa. Estava se esforçando muito, Jonah notou, para ser firme, para se manter forte. "Anos atrás, depois daquela garota de Yale, você prometeu que não aconteceria de novo."

"E mantive a promessa. Não estou tendo um caso, Mags. De onde veio isso?"

Lágrimas de alívio se acumularam nos olhos dela. Maggie jogou os braços para o alto e expirou com o corpo todo. "Você esteve distante esse verão todo. Não é mais carinhoso. Nem quer mais fazer sexo."

"Eu quero..."

"Não como antes. A gente mal se vê, e você está sempre distraído. É como se sua mente estivesse em outro lugar." Ela deu de ombros. "Com outra pessoa."

Jonah a ouviu com o coração acelerado, decidindo o que fazer.

"Jo." Maggie enxugou as mãos no short jeans, depois se aproximou e as apoiou nos ombros dele. Sentou em seu colo, olhou em seus olhos.

"Me fala", ela disse, baixo. "Eu te conheço. Não está aqui comigo. Cadê você, *mi amor*? Pra onde foi?"

Lá fora, o barulho grave e metálico de um trovão. Jonah fechou os olhos. Não era para ser daquele jeito; não estava pronto, não tinha certeza do que queria e mesmo assim estava acontecendo, quando ele menos esperava. Maggie sempre tinha sido totalmente honesta; ela merecia saber.

Mas contar a verdade... correr o risco de perdê-la, sua futura esposa, seu amor? Os dois combinavam, faziam sentido juntos. A mente analítica e a ambição imperturbável dele deixavam os dois pés de Mags no chão; e ela era leve, o ensinava a rir de si mesmo. Maggie amava a curiosidade insaciável dele, seus devaneios românticos e intelectuais; e Jonah amava o espírito impetuoso dela, seus sonhos mais loucos. Juntos, satisfaziam todos os gostos: longas explorações da psique, debates existenciais sobre arte, a dança, a culinária e o riso, o sexo gostoso e apaixonado. Poderiam dar certo, *iriam* dar certo, no longo prazo.

Ainda assim...

Jonah inspirou fundo e pôs as mãos na cintura dela. "Estou em uma situação difícil", ele disse, e sentiu Maggie tensionar. "Desenvolvi sentimentos por uma paciente."

Ela se virou de costas. Ouvir aquilo era difícil.

Com delicadeza, ele passou os polegares pelo cós do short jeans dela. "Não senti necessidade de discutir o assunto porque é algo muito comum na terapia."

"Não me banca o terapeuta agora, Jonah", ela disse, levantando-se. "Estou pouco me lixando se é comum ou não. Não é desculpa."

"Entendo que você esteja brava."

"Ah, muito obrigada!", exclamou, jogando as mãos para o alto. "Muito obrigada por validar meus sentimentos. Me sinto muito melhor agora."

"*O que* faria você se sentir melhor?"

"Quero saber tudo." Maggie se apoiou na bancada atrás dela, os nós dos dedos se tornando esbranquiçados. "Quanto tempo faz?"

Aqui, Jonah hesitou. "O tempo que você disse. Uns meses, acho."

Ela assentiu. "Quem é?"

Ele balançou a cabeça. "Não importa."

"É claro que importa. Importa pra mim, Jonah. Quem é ela?"

Girou a garrafa devagar, a condensação formando um anel na mesa. "Você sabe que não posso dizer."

"Não estou nem aí!", ela gritou. "Foda-se o sigilo. Quero saber quem é!"

Ele tamborilou os dedos, cruzou as pernas. Aguardou.

"Você ama essa mulher?", Maggie sussurrou.

"Amo *você*, Mags."

Ela balançou a cabeça e lhe lançou um olhar firme. "Você ama essa mulher?"

Jonah suspirou. "Não sei."

"Puta merda", Maggie disparou, com lágrimas nos olhos. "Como pôde fazer isso?"

Ele se inclinou para a frente. "Eu não queria te magoar."

"Mas magoou." Ela balançou a cabeça. "O dano está feito."

Jonah procurou as palavras certas, desesperado a atenuar a dor dela. "Mags, eu sinto muito."

"Você já contou pra ela sobre isso?"
"Não, claro que não. Isso não seria profissional."
Maggie riu. "Ah, tá. Porque bater uma no chuveiro pensando nela é muito profissional."
"Como assim?"
"Acha que não notei?" Ela ficou em silêncio por um momento. "E essa mulher sente o mesmo por você?"
Jonah hesitou.
"Meu Deus." Maggie virou de costas para ele e se debruçou sobre a bancada.
"Não tenho certeza."
"Mas acha que talvez sim." A cabeça dela pendeu, cachos caíram sobre o rosto. "Que grande merda."
"Mags. Juro que não fiz nada."
"Mas está pensando a respeito." Ela se virou para encará-lo. "Não é? O que você vai fazer?"
Outro trovão, agora mais alto. "Como assim?"
"Você sabe exatamente do que estou falando. O que você quer?"
"Não sei."
Ela riu, perplexa, os olhos fixos nele. "Você simplesmente não ia me contar? Ia começar a ter um caso pelas minhas costas?"
"Isso não é justo."
"Jonah. Seja sincero comigo. Você quer isso? Você quer que funcione? Ou quer ficar com ela?"
Lá fora, caiu a cortina súbita de uma tempestade de verão. As árvores pareciam guardas do outro lado da janela. Então:
Uma batida na porta.
"Quem é?", Maggie perguntou.
Ele balançou a cabeça. "Não faço ideia."
Zelda entrou na cozinha, enroscando o rabo nas pantur-

rilhas de Maggie ao passar. Outra batida. A gata pareceu ficar em alerta, os olhos arregalados, os pelos prateados de seu queixo refletindo a luz.

Mags a pegou no colou e enfiou o rosto em seus pelos.

"Não vai ver quem é?"

Jonah deixou a garrafa de lado, foi até a noiva e levou as mãos aos seus braços sob o olhar esmeralda atento de Zelda. Ele se inclinou pra dar um beijo em sua testa.

"Não faz isso", ela disse, baixo, e lhe deu as costas.

"Mags." Jonah aguardou, mas ela não olhou para ele.

"Vamos continuar conversando, tá?", disse, com delicadeza.

"Já volto."

Ela deu de ombros, depois assentiu.

Jonah desceu as escadas e seguiu para a porta da frente. As batidas insistentes continuavam. "Estou indo!", ele gritou. Atrapalhou-se com o trinco, mas conseguiu abrir. "Lila."

Ela apertou os braços contra o corpo, ensopada e tremendo em um casaco com capuz. Olhava de relance para trás, nervosa. "Desculpa incomodar, mas eu precisava te ver..."

"Entra." Jonah abriu espaço para que ela o obedecesse, depois deu uma olhada lá fora, onde a chuva caía em uma cortina prateada constante. Ele fechou a porta, abafando o barulho. O silêncio repentino no corredor era alarmante.

"Você está bem?"

Lila balançou a cabeça. "Podemos conversar?"

Jonah olhou para a escada. Sabia que Maggie estava esperando, ouvindo. "Infelizmente, não é a melhor hora. Se você tivesse ligado..."

"Eu sei. Desculpa. Não queria incomodar você e Maggie assim. Mas é uma emergência. Não tinha mais pra onde ir, por isso corri pra cá." Ela tirou o capuz, revelando o hematoma roxo que começava a se formar em seu olho.

Ele prendeu o ar. "Tá. Certo. Não posso demorar muito, mas vamos pro consultório."

Lila baixou os olhos. "Obrigada."

Jonah a seguiu pelo corredor com as luzes baixas e os diplomas enfileirados nas paredes, depois passou na frente dela para abrir a porta, e o ombro dos dois roçaram. Sentiu que Lila o observava enquanto enfrentava certa dificuldade com a fechadura. O piso deve ter se desfigurado pela infiltração de água, concluiu, e provavelmente a porta expandiu e emperrou com a umidade da noite; quando enfim a madeira cedeu, a base arrastou nas tábuas do chão, produzindo um ruído desagradável. Jonah se encolheu. Havia aprendido a aceitar a casa como um mundo independente. Mas, ao vê-la pelos olhos de Lila, não conseguia evitar se sentir triste.

Ele acendeu a luz e abriu passagem para que ela entrasse. "Só um minuto", e enviou uma mensagem breve para Maggie:

Atendimento de emergência. No consultório. Vai ser rápido. Desculpa, Mags.

Jonah guardou o celular no bolso e levantou a cabeça. Lila estava à janela, olhando para fora.

"Quer sentar?"

Ela balançou a cabeça. "Você leu o que mandei?"

"Li." Ele se sentou no braço do sofá. "Recebeu minha resposta?"

Lila manteve os olhos na rua. "Pensei que, se tivesse lido mesmo, teria percebido a urgência."

Ele inspirou fundo. "Espero que com minha mensagem você tenha entendido que sempre pode adiantar a sessão numa emergência."

"Bom, a coisa piorou muito." Ela tocou a pele em volta do olho e se encolheu.

Jonah se inclinou para a frente. "O que aconteceu?"

"O que parece que aconteceu?" Sua respiração ficou presa na garganta, e ela balançou a cabeça. "Desculpa. Estou morrendo de medo. Vi Kurt na rua quando estava vindo pra cá. Não sei se ele me viu também. Não sei se me seguiu até aqui."

Jonah engoliu em seco, em dúvida se deveria contar a ela sobre Kurt ter aparecido de repente nem meia hora antes. Mas não era o momento, acabou decidindo. Lila estava fragilizada demais. Contar agora só a assustaria ainda mais.

"E se eu fechar as cortinas?" Ele checou a rua e as baixou, depois conduziu Lila gentilmente ao sofá. "Você está segura aqui. Procure respirar."

"Temos que parar. Não posso mais vir." Ela tirava mechas molhadas de cabelo da frente do rosto.

Jonah se sentou à sua frente. "Olha, Lila, pra mim está muito claro que você corre perigo. Precisamos te afastar dele."

Ela balançou a cabeça. "Se eu deixar Kurt agora, o filme vai desmoronar. Não posso arriscar."

"Mas prefere arriscar sua segurança?"

Ela fechou os olhos e afundou no sofá. "Todo mundo perderia o emprego. Milhões de dólares iriam pelo ralo. Minha reputação estaria arruinada. Ninguém nunca mais financiaria um filme comigo." Lila suspirou. "*Suave é a noite* é tudo pra mim, Jonah. Tenho que ir até o fim."

Ele a observou. "Quando terminam as filmagens?"

Lila deu de ombros. "Acho que em umas três semanas."

"Tá." Ele foi se sentar ao lado dela no sofá. Lila abriu os olhos e o fitou.

"O que eu acho que devemos fazer. Vamos continuar com as sessões em segredo nessas três semanas. Pode ser em outro lugar, se você preferir. Um lugar onde se sinta segura. Vamos usar esse tempo e ir te preparando pra deixar esse relacionamento abusivo. Não é uma coisa pontual, é um processo. Vai ser muito difícil pra você, então é melhor não fazer isso sozinha. Me deixa ajudar."

Lila hesitou. "Não posso vir amanhã. Kurt sabe que é o dia da sessão. Mudou meus horários de filmagem pra poder ficar de olho em mim."

"Vamos arranjar outro horário. A gente dá um jeito." Com delicadeza, levou uma mão ao ombro dela. "E, daqui pra frente, se puder garantir que ele não leia seu diário..."

Ela levantou a cabeça e estreitou os olhos. "Então... você acha que...?"

Jonah hesitou. Não podia contar naquele momento, quando o progresso deles juntos estaria em risco se ela passasse a temer Kurt ainda mais. "Só quero que você seja supercuidadosa", disse, ao que Lila hesitou e assentiu. "Não deixe rastros pra que ele não descubra que continuamos a terapia."

"Estou com tanto medo", ela sussurrou.

"Entendo." Com cuidado, Jonah passou o braço pelos ombros dela. "Mas vou te ajudar a superar isso. Talvez seja a coisa mais difícil que você já fez, mas também a mais corajosa."

Lila se aninhou nele, pousando o nariz em sua clavícula e o movendo para a base de seu pescoço, e então inspirando de maneira trêmula. "Obrigada, Jonah."

Devagar, ela olhou para cima. No momento em que os olhos deles se encontraram, a mente de Jonah retornou àquela noite tanto tempo antes: os mesmos olhos assombrados que brilhavam para ele na escuridão. Lila estava tão perto agora. Ele se inclinou muito pouco...

Mas ela já tinha se afastado e vestia o casaco, por sorte, alheia ao limite que, em um momento de imprudência, Jonah quase havia permanentemente cruzado.

"É melhor eu ir. Ele vai desconfiar se eu demorar."

Jonah se levantou. "Você não tem outro lugar onde passar a noite? Um lugar seguro?"

Ela abraçou o próprio corpo. "Vou ficar bem. Isso só pioraria as coisas, o deixaria mais bravo."

"Lila, eu não..."

"São só mais algumas semanas, não é? Eu sobrevivo." Ela forçou um sorriso.

"Promete que vai conseguir dar um jeito de continuarmos com as sessões?"

Ela confirmou com a cabeça. "Desculpa o caos todo."

"Não é culpa sua." Jonah tocou o braço dela. "Nada disso é culpa sua."

Lila olhou para ele, e de novo Jonah teve que lutar contra o instinto de pegá-la nos braços e dizer que a amava, de jurar que, com ele, ela estaria sempre protegida. Deixou o braço cair. "Se você tem certeza de que está bem, é melhor..." Jonah apontou para cima.

Lila assentiu. "Claro."

Acompanhou-a até a porta da frente e a abriu. Lá fora, a chuva havia se transformado numa garoa quente. "Quer que eu chame um carro pra você?"

"Não, tudo bem. É uma distância curta." Lila passou por ele. "Você sabe onde moro."

Jonah prendeu o ar. "Como?"

Lila se virou para ele. "Acho que te falei, não? É só alguns quarteirões de distância. Somos praticamente vizinhos." Ela olhou por cima do ombro de Jonah e acenou. "Oi, Maggie. Desculpa incomodar."

"Não tem problema", Maggie disse e, por seu tom monocórdio, Jonah soube que ela havia descoberto que a mulher em questão era Lila Crayne.

"Bom." Os olhos de Lila se alternaram entre os dois. "Boa

noite. E obrigada de novo, Jonah." Ela abriu um sorriso tenso, depois se virou e desceu os degraus.

Jonah fechou a porta, procurando se recompor antes de se virar para a noiva.

Lá fora, uma rajada de vento repentina, depois uma chuvarada rápida. As luzes piscaram.

"Acaba com isso, Jonah", Maggie disse, baixo. "Acaba com isso, ou eu juro que vou embora."

Ele inspirou e se percebeu incapaz de responder. Em silêncio, Maggie subiu as escadas, deixando-o sozinho no corredor bruxuleante.

Diário de terapia da Lila
para Jonah Gabriel

25 de julho

Querido diário,
 Quero que me visualize: agachada no armário do corredor segurando uma lupa, com um tweed espinha de peixe, iluminada por uma única lâmpada pendurada por um fiozinho. Escrevo furtivamente, com garranchos levados pela inspiração, prendendo a respiração quando ouço passos lá fora, uma ameaça em que finalmente irão me descobrir — e descobrir você.
 É claro que não é esse o caso. Não tenho um armário no corredor, não tenho lupa (e, infelizmente, não tenho nada de tweed. Nota para mim mesma: corrigir essa falha grave). Mas na versão cinematográfica da minha vida, é assim que imagino: uma história de detetive, cheia de sombras, puxada para o sépia.
 Na verdade, estou gravando mensagens de voz no celular sempre que tenho a oportunidade (mas não tema, Jonah: segui suas instruções e mudei todas as senhas), depois transcrevo e edito os pensamentos dispersos em uma narrativa mais coesa (ou assim espero).
 Antes que você diga alguma coisa: sei que é tudo meio melodramático. Mas se eu não puder escrever aqui a verdade sobre meus sentimentos, então onde? Tenho pensado tanto

na mamãe ultimamente, no pesadelo que ela viveu com papai, e me pergunto como aguentou por tanto tempo. Ela era prisioneira dele, vivia com medo. Com papai vivo, nunca se sentiria segura. Acho que estou começando a entender por que ela fez o que fez naquela noite terrível.

Pelo lado positivo, tenho quase certeza de que Kurt acredita que parei com a terapia. Nossa agenda está tão apertada para terminar as filmagens que mal temos um momento a sós. Quando estamos sozinhos no mesmo cômodo, ele me trata com uma apatia fria, totalmente concentrado em sua jovem atriz, que continua a perseguir de maneira obstinada. Dois meses atrás (ora, duas semanas atrás), eu talvez ainda me iludisse achando que nosso relacionamento poderia se recuperar. Agora, graças à sua ajuda, Jonah, compreendo melhor as ações de Kurt e vejo o padrão. Estou decidida:

Preciso fugir disso.

Hoje, gravamos a penúltima cena do filme, quando Nicole decide ficar com Tommy e põe um fim no casamento com Dick. (Como você é o verdadeiro estudioso de Fitzgerald, Jonah, vai com certeza notar que se trata de um panorama compilado do livro, cenas reunidas para aumentar a tensão.) Sou grata por Kurt ter esperado a produção estar assim avançada para gravar justamente essa. É bastante difícil e exige uma boa base para fazermos jus a ela.

Só que tem um ponto fundamental que continuo remoendo (e que nunca me pareceu certo no livro): quando Tommy e Nicole confrontam Dick ao pedir o divórcio, por que quase só Tommy discute? Por que ele insiste em falar por Nicole? O que você acha, Jonah? Se, a essa altura, Nicole está de fato curada, não seria muito mais satisfatório ela mesma confrontar seu abusador e dar um fim ao casamento? Fico preocupada que, se o clímax for dois homens negociando a liberdade de uma mulher enquanto ela assiste em silêncio, a máxima do filme cai por água abaixo. Mas estou me precipitando.

Chego uma hora adiantada no casarão de Montauk para ter tempo de perambular pelo set. É nossa primeira cena no quarto de Dick e Nicole, e preciso me familiarizar com ele. O cômodo é perfeito — exatamente como Nicole o descreve quando ela e Tommy dormem juntos pela primeira vez (*como as mesas nuas em tantos quadros de Cézanne e Picasso*). É arejado, aconchegante, pontuado de luz. As paredes onduladas com camadas grossas de tinta e as portas em arco, a colcha disposta em flor sobre o emaranhado de lençóis, o movimento preguiçoso do ventilador de teto, uma única cadeira de madeira disposta no canto, o tapete colorido mexicano sobre o piso de terracota. O local me deixa com vontade de me deitar como um gato e tirar uma *siesta* deliciosamente longa.

Entro debaixo dos lençóis, absorvendo meu entorno. Aos poucos, encho o quarto de lembranças, recorrendo ao meu próprio passado para pontuar a história de Nicole de verdades específicas. Passo os dedos pela costura da colcha, decoro as rachaduras no teto, olho através da porta de vidro para as ondas quebrando à distância. Torno tudo meu.

Quando faltam quinze minutos, membros da equipe começam a chegar, se esforçando ao máximo para não incomodar a maluca na cama (corta para mim de olhos fechados, braços cruzados, chorando em silêncio... é uma doida mesmo). Dez minutos depois, e o set está começando a ficar movimentado, então me levanto e sigo para o trailer para fazer o cabelo e a maquiagem.

Nadia me deixa corada e com um brilho de alguém que acabou de fazer sexo, meu cabelo bagunçado e ondulado pela brisa do mar. Grudo os protetores de mamilo e o tapa-sexo, ambos terrivelmente desconfortáveis, e me cubro com um robe de algodão para estar minimamente decente antes de voltar ao set. Fico sabendo que Kurt está preso em uma reunião de última hora; felizmente, meu parceiro de cena já chegou e espera por mim.

"Lila." Freddie se encontra no meio do quarto, seu peito liso e dourado exposto sob um robe igual ao meu. Abre os braços e eu me atiro nele, sentindo seu aroma familiar, uma mistura de protetor solar e perfume. Um verdadeiro espertinho de Fitzgerald, atraído por costas mais selvagens e ensolaradas.

"Como você está?"

"Sobrevivendo." Tento sorrir, mas Freddie me conhece bem demais.

"Fala comigo. O que está acontecendo?"

Por apenas um momento, penso em confessar todos os segredos guardados fundo dentro de mim. Mais que qualquer outra pessoa, Freddie compreenderia, dado o pesadelo que viveu com o ex. *É claro que posso confiar em Freddie*, digo a mim mesma. *Freddie nunca me trairia.*

"Crayne", Kurt me chama da porta. "Vem aqui um minuto."

Minhas deliberações se esvaem enquanto sigo até meu (futuro ex) noivo.

"Quer saber onde eu estava?", ele pergunta, com um sorriso perigosamente tenso. "Em uma reunião com a equipe inteira de produção, sendo repreendido como uma criança. Parece que você ficou perambulando pelo set sem autorização desde cedo."

Só de olhar a cara dele, Jonah, já sei o que está por vir. "Eu queria me acostumar com o espaço."

"Bom, e você fez o pessoal do cenário trabalhar dobrado, arrumando tudo o que você bagunçou."

"Desculpa. Achei que tinha colocado tudo de volta como estava antes."

"Achou errado. Agora estamos atrasados, o que significa mais dinheiro jogado no lixo."

Freddie olha para mim na mesma hora, sua expressão inquisitiva. Mordo o lábio e balanço a cabeça. Dizer qualquer coisa só irritaria mais Kurt.

"Bom dia, pessoal", Kurt diz para os presentes no cômodo. "Como imagino que saibam, estamos um pouco atrasados, graças à srta. Crayne aqui, mas com sorte logo começaremos a filmar. Enquanto isso... Lila, Freddie. Vamos passar a cena."

Um silêncio toma conta do set. Tento desacelerar meu coração, ignorar a presença enervante de Kurt. Freddie esfrega o rosto e estala as costas, se virando para a parede oposta a fim de se recompor.

Eu, como sempre, me volto para dentro. Levo as mãos às orelhas, fecho os olhos, faço o mundo externo desaparecer. Me concentro no meu mundo interno, nos sons do mar como o interior escorregadio de uma concha, na minha respiração como areia banhada pela água, nas batidas distantes do meu coração. Digo a mim mesma que sou todos os segredos dentro de mim. Digo a mim mesma que contenho multidões.

Realinho os ossos, meus músculos se alongando à compleição física de Nicole, com sua postura de bailarina: a coluna uma fileira de pérolas, os ombros para trás e abaixados, os quadris abertos como pétalas, o abdome um punho fechado, os braços como água na lateral do corpo. A graciosidade cuidadosamente planejada é um mapa de seu trauma, um atlas da turbulência interior.

Freddie e eu sorrimos um para o outro de lados opostos da cama, depois desamarramos nossos robes, deixando que caiam no chão, e entramos debaixo dos lençóis. Ele estende o braço, e eu me aninho na dobra familiar. Então toca meu queixo, e eu olho para seus olhos suaves.

"A partir de agora vou olhar muito para você." Seus dedos traçam minha bochecha, seu sorriso é curioso. "Achei que conhecia o seu rosto, mas parece haver algumas coisas que eu nunca vi. Desde quando você tem olhos de bandida?"

Ofendida, me afasto. "Se meus olhos mudaram, é porque agora estou bem de novo." Me sento. "E, estando bem, talvez tenha voltado a ser quem na verdade sempre fui — imagino que meu avô tenha sido um bandido e que eu tenha herdado essa condição, e pronto."

Ele se apoia em um cotovelo, me admirando. "Por que não deixaram você no seu estado natural? Tanto esforço para domar as mulheres!"

Então me puxa para si, depois desce pelo meu corpo plantando beijos suaves. Estendo as pernas, e ele segura meus pés com reverência. Quando começa a subir, toco seu rosto. "Beije-me, nos lábios, Tommy."

Ele olha para mim com tanto amor, então se ergue. Ficamos apoiados nas canelas, sorrindo com timidez um para o outro. É nesse momento que me sinto completamente nova, como se tudo fosse possível.

"A porta bate. Dick chegou", Kurt diz, e nos afastamos sobressaltados, olhamos para a porta, depois um para o outro. Depressa, em silêncio, começamos a nos vestir.

Kurt volta a falar: "A presença de Dick faz você retornar à sua versão problemática. Freddie, você nota isso e segura a mão dela pra que não aconteça".

"Diga que me ama", ele sussurra, e eu hesito, volto a olhar para a porta.

"Ah, sim", digo, balançando a cabeça. "Mas agora não posso fazer nada." Começo a me afastar. Ele me segura.

"Claro que pode."

Então me dou conta: chegou a hora. Inspiro, assinto e sigo para a porta.

"Muito bem, pessoal, vamos pra segunda metade da cena", Kurt anuncia. "O Dom está pronto?"

"Estou aqui, Kurt!", Dom grita do corredor.

"Excelente. Pode ir, Lila. Você vai seguir a câmera pelo corredor até a sala de estar. Ela vai se manter fechada no seu rosto. Ótimo, está ótimo. Depois que você passar pela arcada, pode parar bem atrás dessa poltrona. Isso, pode usar como apoio. Dom, você está no piano? Isso, começa a tocar 'Thank Your Father'. Pode apertar, tiramos o som. O seu uísque está aí em cima pra você. Toma um gole quando quiser."

Kurt se aproxima pelas minhas costas e sussurra no meu ouvido. "Observa bem ele. O mau humor. Você já sabe que vai ser uma batalha perdida."

"Pelo seu bilhete, achei que ia passar vários dias fora."

"Ainda mais submissa, Crayne. Quero você se debatendo."

Aperto com força as costas da poltrona, observando-o tocar o piano mudo. "Se divertiu?"

"Na medida em que alguém pode se divertir quando foge das coisas."

"Ótimo, Dom. Agora torce a faca com a próxima fala."

Seu olhar relanceia na minha direção um brilho malicioso. "Levei Rosemary até Avignon e a embarquei no trem lá."

Ele vira a página da partitura e continua tocando. Percebo que não consigo respirar, meu coração é uma cacofonia em contraste com a suavidade perfeita das teclas abafadas, o leve bater de suas unhas contra o marfim.

Engulo em seco. "Fui dançar ontem à noite — com Tommy Barban. Fomos—"

Ele bate nas teclas. "Não me conte." Pega o copo e o vira de uma vez. Depois o deixa de lado e volta a tocar.

Ah, Dick. Vou até ele, toco seu ombro. Mas ele se afasta com um tranco.

"Não me toque!"

"Isso, Crayne", Kurt sussurra. "Você sabe exatamente onde isso vai acabar. O que ele está prestes a fazer com você, de novo."

Ele se vira para mim, com um olhar cínico. "Só estava pensando no que eu pensava de você..."

"Acaba com ela, Dom. Não guarda nada."

Volto a me encolher, dou um sorriso triste com os olhos fechados. "E por que não acrescenta essa nova categoria ao seu livro?"

"Pensei nisso", ele diz, com frieza. "E além do mais, como complemento de todas as psicoses e neuroses —"

"Você já deveria estar recuando", Kurt sussurra pra mim. "Não tem a menor chance. Deveria estar desmoronando."

Ainda assim, cerro os dentes. "Não vim aqui para ser desagradável."

"Então *por que* veio, Nicole?"

"Ataca com mais força, Dom. Ela é o verdadeiro inimigo, não é?"

Ele balança a cabeça, com força. "Não posso mais fazer nada por você. Estou tentando salvar a mim mesmo."

Sorrio, as lágrimas correndo soltas. "Do meu contágio?"

"Acaba com ela, Dom!"

Ele olha para mim, com ódio nos olhos. "Minha profissão às vezes me obriga ao contato com péssimas companhias."

Uma pausa.

"Cadê o Tommy?", Kurt explode.

Silêncio.

"Alguém pode ir buscar Freddie? Ele perdeu a porra da entrada!"

"Hum... Na verdade, Kurt..." Eden. A sola de borracha de seus coturnos guincham contra o piso, uma pilha de papéis na mão.

"Desembucha, Eden", Kurt diz, com os olhos em chamas. Ela estende os papéis para ele, que joga as mãos para o alto. "Quê?", Kurt solta. "O que é isso?" Eden se encolhe. "É do Rupert."

"Rupert?", Kurt desdenha. "O que tem ele? Achei que o quatro-olhos não tinha aguentado o tranco de ficar no set com os adultos e resolveu fugir pra Los Angeles." Ele olha em volta, com as sobrancelhas erguidas em desafio.

"Bom, é que ele acabou de mandar um novo fim pra você aprovar", Eden diz. Com o silêncio de Kurt, ela prossegue: "No e-mail ele diz que tirou uma fala de Tommy do livro e uma passagem da perspectiva de Dick e transferiu tudo pra Nicole. Disse que as mudanças são cruciais pra adaptação. É melhor você dar uma olhada." Ela aponta com a cabeça para os papéis. "Tommy nem volta a aparecer."

"Isso é ridículo", Kurt diz. "Já estamos atrasados, e agora nosso querido fujão manda um e-mail com mudanças de último minuto pra aprovação, cortando um personagem da cena que estamos prestes a filmar? É um absurdo. Nunca ouvi falar numa porra dessas. Então, não, Eden, na verdade *não vou* dar uma olhada."

"Mas eu quero", digo. "O final não está funcionando, Kurt, você sabe disso. Nicole não pode continuar vítima dele no confronto final. Precisa enfrentar Dick, de uma vez por todas. Talvez essas alterações deem um jeito nisso."

Kurt cerra o maxilar, sua têmpora pulsando. Mas sabe que estou certa, então assente rápido, e Eden distribui as páginas entre os presentes. Olho para as falas novas, em vermelho, depois para Dom e então para Kurt. "Vamos ler em voz alta?"

"À vontade, Crayne", Kurt diz, com um movimento amplo do braço. "De onde paramos."

Começo a ler. "Você se lembra do que escreveu sobre mim, Dick, em seus estudos sobre a minha doença? Aqui, vou ler para você, diretamente do seu livro: 'Escreve-se muito sobre as cicatrizes que se fecham, um paralelo impreciso com a patologia da pele, mas esse tipo de coisa não existe na vida de um indivíduo. Existem feridas abertas que às vezes encolhem até o tamanho de picadas de alfinete mas nunca deixam de ser ferimentos. As marcas do sofrimento são melhor comparáveis à perda de um dedo, ou da visão de um olho. Podemos sentir sua falta por um único minuto em todo um ano, mas, quando a sentimos, não há nada que possa ser feito'."

Encaro Dom. "Você sempre me tratou como uma paciente, só porque um dia estive doente. De acordo com você, eu sempre carregaria minhas feridas comigo, e não deveria alimentar nenhuma esperança de me curar.

"Mas você está errado, Dick: minhas feridas se fecharam. Não estou mais doente. Estou curada. E finalmente consigo ficar sozinha, sem você."

Olho de relance para Kurt, depois para a página. "Quando você me deu este anel, disse que eu era 'o começo e o fim de tudo'. Na época, me pareceu uma noção romântica. Mas agora? Quando escuto essas palavras, ouço nossa ruína."

Engulo em seco no silêncio. "Você não está mais feliz comigo, não é verdade? Também não estou feliz." Estendo o anel a ele. "Então liberto você."

"O que é isso, a porra de uma piada?"

Hesito, então ouso olhar para Kurt. Ele está me encarando, furioso.

"Lá fora. Agora."

Kurt abre a porta que dá para o terraço. Eu o sigo, relutante, e a fecho atrás de mim. Ele mantém os olhos fixos no horizonte, os braços firmemente cruzados. Uma brisa vem do mar. Apesar do calor escaldante, um arrepio me percorre.

"O que você disse pra ele?"

Balanço a cabeça com o coração acelerado. "Como assim?"

"É óbvio que você contou pra ele sobre a gente. Por qual outra razão o seu cachorrinho colocaria aquela fala sobre o anel?"

Sinto a cabeça girar enquanto vasculho uma resposta.

"É uma citação famosa, Kurt, sobre o amor de Fitzgerald por Zelda. Faz todo o sentido..."

"Mentira." Ele tira o anel do dedo e o segura a centímetros do meu rosto. "Vou te perguntar uma última vez: como Rupert sabe sobre a inscrição da porra desse anel que você me deu? Por que ele escreveu aquilo?"

Antes que eu consiga me deter, a verdade me escapa, uma verdade que tenho vergonha de admitir que escondi até mesmo de você, Jonah.

"Não foi ele que escreveu."

Kurt balança a cabeça. "Quê?"

Crio coragem. "Fui eu que escrevi."

"Como assim, foi você que escreveu? Escreveu esse fim?"

"Kurt, eu que escrevi tudo." Me forço a encará-lo nos olhos. "Fui eu que escrevi o filme inteiro."

Kurt recua, me olhando com perplexidade. Então solta uma risada meio engasgada e atônita.

"Você deve achar que eu sou um idiota, não é? Deve achar que sou burro pra caralho. A história de como descobriu o cara, a voz de sua geração... O que você fez, contratou o imbecil pelas minhas costas, como uma espécie de laranja?"

Não consigo responder. Kurt bate a mão espalmada contra a parede, bem ao lado do meu rosto.

"Somos só peões nesse caralho de joguinho seu, não é?" Ele pressiona um dedo contra minha têmpora, com fúria nos olhos. "É o mundo de Lila Crayne, nós só vivemos nele. E você lá precisa de um diretor, meu amor? Você pode escrever, dirigir e produzir essa porra toda. Divirta-se fazendo essa merda desse filme sozinha. Eu tô fora."

Preciso de um momento para me recuperar. Contenho as lágrimas e volto para dentro, comunicando a Eden que Kurt foi embora, mas revelando o mínimo possível. Ela anuncia para o elenco e a equipe que encerramos pelo dia. A caminho dos trailers, Dom pergunta a Freddie e a mim se topamos beber alguma coisa.

Escolhemos o Montauket, longe o suficiente do set para reduzir as chances de trombarmos com conhecidos. O sol está baixo no horizonte, o lugar está começando a lotar. Para nossa sorte, ninguém se aproxima pedindo fotos ou autógrafos.

Pegamos cervejas no bar e nos dirigimos para a área externa. Vamos até o extremo do parapeito de madeira para nos apoiar e nos voltamos para a baía cintilante diante de nós. Penso no que Fitzgerald escreveu sobre Montauk. Será que você conhece, Jonah? Ele disse: "Gosto daqui, onde tudo é escarpado, rude e áspero, como o fim do mundo".

A princípio, Dom tenta falar de trabalho, mas então caímos num silêncio exausto e sorumbático. Os dois logo terminam suas cervejas, e Freddie se oferece para pagar a próxima rodada. Enquanto ele entra e abre caminho pela multidão, ouço Dom dizer:

"Quer me contar sobre o hematoma?"

Merda, penso. Na pressa de ir embora, eu havia coberto o hematoma do olho, mas acabei esquecendo o do pulso, machucado por Kurt na semana passada quando...

Bom. Não preciso me explicar. Você sabe.

"Ele fez isso com você. Não é?"

Só consigo encarar minha bebida, prendendo o fôlego. Poderia negar, inventar alguma coisa, qualquer coisa!, e depois mudar de assunto, como fiz tantas vezes... mas dessa vez — pela primeira vez — simplesmente não consigo.

Por um momento, ficamos assim, em silêncio. Então Dom diz: "Sabe por que quase não aceitei o papel?".

Balanço a cabeça.

"Quando Kurt e eu trabalhamos juntos em *Intrusão*, centenas de anos atrás, ele fez algo horrível. Imperdoável. A protagonista do filme, uma jovenzinha, muito bonita... acho que você sabe de quem estou falando. Era o papel que faria a carreira dela decolar, mas até então ela não era ninguém. Não tinha poder nem influência. Sabe o que Kurt fez?"

"Chantageou ela", sussurro.

"Isso mesmo. Kurt a obrigou a transar com ele antes de dar o papel para ela. Era uma jovem incrível, de muito talento. E numa noite, não muito diferente de hoje, Kurt ficou puto com sabe-se lá o quê, e ela não aguentou mais e acabou me contando o que ele tinha feito. Tentei convencer a garota a botar a boca no trombone, mas as coisas eram diferentes naquela época. Foi antes do Harvey Weinstein, antes do Me Too. Kurt ameaçou ela dizendo que se contasse pra alguém nunca mais conseguiria trabalho. Ela me fez jurar segredo.

"Me senti culpado todos esses anos por não ter defendido aquela atriz. Tentei dizer pra mim mesmo que estava fazendo a coisa certa, respeitando a vontade dela. Mas sabia que era mentira. Porque, ficando em silêncio, permiti que ele se safasse, várias e várias vezes."

Por cima do ombro de Dom, vejo Freddie vindo na nossa direção. Balanço a cabeça para que ainda não se aproxime.

"Os boatos rolam, sabe? De que vocês duas não são as únicas. Mas Kurt é excelente em fazer com que as coisas fiquem no sigilo. Todo mundo que ele encurrala fica morrendo de medo de fazer alguma coisa. Só que isso precisa mudar."

Dom põe uma mão sobre a minha. Ouso, enfim, olhar para ele.

"Uma palavra sua e eu vazo alguma coisa, anonimamente. Então tudo vai vir à tona. Seria o fim dele. E você estaria livre."

Lágrimas fazem meus olhos arderem. "Obrigada, Dom. Mas não precisa fazer isso por mim."

Ele balança a cabeça. "Não quer acabar com essa loucura toda?"

Engulo em seco. "Preciso terminar o filme."

"Como pode ficar com esse cretino? Como consegue amar um cara como esse?"

"Eu não amo." Um alívio me inunda quando percebo que essa é a verdade. "Não mais. Só que preciso ir até o fim. E depois tenho um... plano de fuga."

Ele me encara com firmeza e baixa a voz. "Se precisar de ajuda, qualquer coisa mesmo, pode contar comigo. Você tem a minha palavra."

Enquanto o sol se põe diante de nós, Dom passa um braço pelos meus ombros, e eu me permito relaxar ao toque.

"Ah, que fofos", Freddie diz, atrás de nós. Eu me viro e sorrio ao perceber que ele acabou de tirar uma foto nossa. Por impulso, dou um beijo na bochecha de Dom, e Freddie tira outra.

"Temos que proteger nossa amiga, Freddie", Dom diz, enquanto as cervejas são distribuídas. Freddie dispara um olhar rápido para mim, e tento sorrir.

"Ah, não precisa se preocupar com ela", ele diz, bagunçando meu cabelo com ternura. "Lila Crayne pode parecer frágil como uma flor, mas é a mulher mais forte que conheço."

O sol mergulha no horizonte e, embora o apoio deles devesse me reconfortar, ainda estou reticente. Sei que Freddie me ama, mas não tem ideia dos horrores da minha vida. Por mais que queira confiar nele, seria tolice arriscar. E mesmo que Dom tenha prometido me ajudar, não sei se é confiável de verdade. Ele promete muita coisa para alguém que optou pela saída fácil na época de *Intrusão*. E, apesar de tudo, concordou em trabalhar de novo com Kurt.

Meu único conforto é saber que tenho alguém em quem realmente posso confiar, alguém que tem um significado maior para mim do que ele próprio poderia imaginar. Tenho você.

Cinco

Crepúsculo: a silhueta da cidade iluminada por trás, as ruas borradas com a vermelhidão do fim do dia.

Era quinta-feira, e a tarde começava a cair, quando, por algumas horas preciosas, o bairro de Chelsea diminuía o ritmo, tornava-se sua própria idiossincrasia de vilarejo. Diretamente acima, a flora verdejante explodia através dos trilhos de ferro suspensos do Highline, bistortas vermelhas, flores-leopardo e sumagre liso se encontrando e despontando como as madeixas coloridas de criaturas mágicas flamejantes contra o céu iluminado. Abaixo, estendendo-se por alguns quarteirões a oeste, as galerias de Chelsea abriam suas portas, oferecendo taças de Chardonnay gelado para atrair o público para dentro. Pedestres dispersos vagavam pelas ruas sombreadas, indo de uma galeria a outra. Ali, diferente do restante da cidade, desconhecidos se conheciam e até socializavam. O vinho desacelerava o tempo, que de alguma forma se tornava mais significativo. Mesmo que apenas por uma ou duas horas, parecia que não havia nada mais importante, mais sagrado, que a arte.

Descendo por uma dessas ruas, Jonah e Maggie avistaram seu destino: um cubo iluminado branco ao fim do quarteirão. Diante dele, uma multidão começava a se formar. Maggie ficou tensa, a ansiedade empertigando sua coluna.

Jonah se virou para ela. "Como está se sentindo?"

Maggie umedeceu os lábios e os apertou, seus olhos fixos diante de si. "Bem." Assentiu, como se tentasse convencer a si mesma.

Jonah pegou sua mão e a beijou. O toque a fez estreitar os olhos. "Estou orgulhoso de você, Mags", ele disse. "Aproveita a noite. Você merece."

Por um momento, Maggie hesitou, depois engoliu em seco sua resposta. Disse então: "Como estou?".

Jonah a observou. Usava um top vermelho-sangue que envolvia luxuriosamente seus seios, combinando com a saia de cintura alta, os saltos altos e finos, os brincos que apareciam brevemente em meio aos cachos, a boca destacada e vívida.

"Perfeita. Sou um homem de sorte."

Mas pareceu que Jonah havia dito a coisa errada. Maggie ergueu uma única sobrancelha e não disse nada.

Ele tentou de novo. "Muito obrigado por me deixar te acompanhar esta noite. Estou muito feliz por estar aqui com você."

O fato de que ela quase não havia deixado não era bem uma surpresa. Jonah tinha se esforçado muito para convencê-la, numa noite tão importante para ela.

Era a noite de abertura da galeria ExE, e Maggie havia sido selecionada como uma das artistas em destaque. A ExE era a menina dos olhos de duas colegas de Maggie de Yale, gêmeas idênticas. Emmy e Elle eram deslumbrantes e morbidamente magras. Tinham nascido e crescido em Manhattan, vindas de uma família endinheirada, e eram figurinha carimbada na alta sociedade. E, embora Maggie tivesse confidenciado a Jonah que lhes faltava talento artístico, elas certamente sabiam compensá-lo com bom gosto. Depois da universidade, ambas haviam seguido para a curadoria, como se viver como artistas miseráveis nunca tivesse sido uma opção real. Fizeram carreira nas casas de leilão Christie's e na Sotheby's, respectivamente. No âmbito privado, eram colecionadoras de notáveis artistas promissores.

Agora, com a ExE, faziam sua primeira incursão pública. Um ano antes, tinham comprado um depósito vazio em meio às galerias e despejaram dinheiro em uma reforma chique que as colocou no mapa. Em novembro, convidaram Maggie para um drinque e a chamaram para expor junto com outros quatro artistas na abertura. Embora não fosse a estreia que sonhava para si — Mags se preocupava que o status de socialite de Emmy e Elle pudesse precedê-las e que a galeria não seria levada a sério pelas pessoas que de fato importavam —, Jonah a convenceu a aceitar. O evento sem dúvida atrairia atenção, como ele apontou, o que sem dúvidas ajudaria sua carreira. Fora que a qualidade do trabalho de Maggie falaria por si só.

Nas semanas anteriores ao lançamento, a galeria fez mais barulho do que o esperado. Acreditava-se que pesos-pesados da indústria compareceriam, e, assim que os convites foram enviados, a lista de RSVP estava completa. Ia ser um grande evento.

Portanto, quando Maggie tinha dito naquela manhã que queria ir sozinha, Jonah ficou bastante chateado, mas não surpreso.

"Mags, por favor. Sei que as coisas andam meio estranhas..."

"*Meio* estranhas? Até onde eu sei, o casamento está cancelado até você descobrir o que quer. Na verdade", Maggie disse, tirando a aliança do dedo, "me sinto meio idiota usando isso. Não significa nada."

"Não fala assim", Jonah respondeu, pegando a mão dela. "É claro que significa. Quero que você continue usando."

Maggie se soltou, com delicadeza. "Vou usar quando você me escolher de vez. O que ainda não aconteceu." Ela deixou a aliança na palma dele.

"Por favor, Maggie." Jonah tocou o ombro dela. "Estou aqui, não estou? Se estou aqui, com você, é porque escolhi estar."

Ela hesitou. Ficou quieta. "O que isso quer dizer?"

"Que eu sinto muito." Jonah fechou os olhos. "Ela é só uma paciente, Mags, nada mais. Sei que preciso lidar com isso, e vou lidar. Mas ela está em uma situação muito difícil."

Maggie riu, com desdém.

"É sério. Uma situação péssima. Você sabe que eu contaria se pudesse. Está no meio de uma crise, por isso apareceu aquela noite. Não posso abandonar uma paciente nesse estado."

"Você não precisa ser o salvador de todas as mulheres, Jonah. Não são todas a sua mãe."

"Sei disso, de verdade", ele respondeu depressa. "Só preciso fazer com que ela sobreviva às próximas semanas, depois vou recomendar que seja atendida por outra pessoa. Talvez Lee, ou Kenneth. Sei que não posso continuar atendendo ela. E nem quero", Jonah acrescentou, ao notar a reação de Maggie. "Só preciso que você aguente mais algumas semanas. Então tudo estará terminado, e poderemos voltar à vida que construímos juntos. Eu escolho você, Mags, tá? Te amo."

"Não sei se gosto disso", ela disse, baixo, mas deixou que ele voltasse a colocar a aliança em seu dedo.

"Maggie, querida!", Elle está dizendo com os braços abertos enquanto eles subiam os degraus da entrada. Ou seria Emmy? Jonah nunca sabia ao certo. Quem quer que fosse, vestia o que parecia ser uma lona amarela gigante que comportaria as duas irmãs. Também usava pulseiras por toda a extensão dos braços magros, que batiam ruidosamente umas contra as outras quando ela deu um abraço ossudo em Maggie.

"Já temos alguns fotógrafos circulando, por isso esteja sempre impecável. Mas você sabe como é, né?" Ela abriu um sorriso sedutor para Jonah. "Vamos receber a nata hoje. A *New Yorker* confirmou, e a *New York Magazine*. Talvez venha alguém do *Wall Street*. Não recebemos resposta do *Times*, mas estamos de dedos cruzados! Aqui." Ela digitou alguma coisa no celular. "Acabei de te encaminhar uma lista dos convidados com fotos pra você ficar por dentro."

"Ah, Em, você sempre se supera", Maggie disse. (Então aquela era Emmy.) "O lugar ficou maravilhoso."

"Me deixa guardar seu casaco, Jonah. É verão, pelo amor de Deus! Você não pode sair nas fotos carregando isso." Emmy pegou o casaco do braço dele e o jogou alegremente para o assistente que pairava atrás dela.

"E olha só!" Ela pegou Maggie pelo cotovelo e a puxou para o salão principal. "Adivinha quem escolhemos pra ficar em destaque!"

Jonah perdeu o ar. Ali, na frente, e bem no centro, estava o quadro de Maggie. Ele o conhecia bem: era o retrato dele que Maggie havia começado na noite em que se conheceram. Embora o resultado fosse espetacular, talvez o melhor trabalho dela, olhar para ele o apavorava.

Era um quadro horizontal enorme, com mais de três metros e meio de comprimento; uma combinação pesada de tinta acrílica e a óleo. A obra era abstrata, cabendo a interpretação a quem a via. Mas ele sabia que havia sido influenciada pela foto escura e embaçada de um porta-retratos em seu consultório: Jonah em um baile de máscaras em Princeton.

As cores vibrantes que Maggie havia escolhido contrastavam fortemente para criar as linhas nebulosas da silhueta de Jonah. O contorno nítido da máscara, um braço sendo aberto, o cabelo ondulado, o colarinho apertado no pescoço.

A pintura parecia ter movimento com suas manchas de cor se deslocando e pulsando vívidas. Apesar de toda aquela névoa selvagem, a atenção parecia ser o ponto mais brilhante, no terço à esquerda: um redemoinho ofuscante de movimento, uma silhueta de luz dourada e branca. Mags havia empregado a técnica trompe l'oeil para dar a impressão de que a porção à direita da tela, a figura de Jonah saturada de vermelho, parecesse mais próxima do observador; e a parte dourada para a qual o retratado inconscientemente se virava, parecesse mais distante.

Ele estava relendo *O último magnata* enquanto ela pintava — último romance de Fitzgerald, não finalizado. Agora, emoldurando a pintura em uma caligrafia pequena e delicada, estava a passagem que Jonah leu alto para Maggie enquanto trabalhava, que acabou inspirando o título da obra:

Ainda muito jovem, com asas fortes, ele havia voado bem alto, de onde pôde ver. Lá de cima avistou todos os reinos com o tipo de olho com que se pode mirar diretamente o Sol. Batendo as asas tenazmente — freneticamente, afinal — e sem parar, permaneceu no ar por mais tempo do que a maioria de nós, e então, lembrando tudo que vira de como são as coisas daqueles píncaros, aos poucos se acomodara de volta à terra.

O título: *Ícaro.*

"Ah, Em", Maggie disse, com os olhos brilhando. "Não consigo acreditar."

"Bom, pode acreditar. Você merece. É uma obra-prima do caralho. Não acha, Jonah?"

"Com certeza", ele confirmou. "Acho esse o trabalho mais assombroso dela."

Jonah sentiu os olhos de Maggie nele e se virou. Ela o observava com atenção — como se tivesse acabado de reconhecê-lo como alguém que havia conhecido muito tempo atrás.

Um tumulto repentino atrás deles — saltos batendo rápido contra o concreto, então vozes se sobrepondo, o barulho de câmeras.

"Emmy!" O rosto de Elle surgiu a um canto. Ela tentava ser sutil, mas gesticulava freneticamente para a irmã.

"O dever me chama!" Emmy deu uma piscadela. "A gente fala mais depois. Divirtam-se!"

"Alguém importante deve ter chegado", Maggie murmurou, seus olhos voltando nervosos para o quadro.

Jonah desdenhou. "Quem poderia ser mais importante que a artista da noite? Nossa, mas aquelas duas parecem caricaturas de si mesmas." Ele tocou a pele exposta das costas dela.

Maggie se encolheu. "As gêmeas estão me fazendo um favor enorme. E têm boas intenções. Queria que você não fosse condescendente desse jeito. Elas obviamente fizeram um ótimo trabalho."

"Desculpa. Só quis dizer... Antes a gente ria delas juntos."

"Bom, talvez a gente estivesse errado." Maggie fechou os olhos. "Pode só ficar feliz por mim hoje, por favor? Pode tratar isso como algo importante, em vez de tirar sarro?"

"Tem razão. Claro que sim. Parece que essa lista delas deu certo..."

"Para com isso, Jonah." Ela se afastou.

"Mags..."

"Só... me deixa ter esta noite. Pode ser?"

Ele assentiu, ainda confuso, mas pegou a mão dela. "Vem. Vamos atrás dos seus outros quadros."

Assim que os dois saíram do lugar, o barulho se tornou ensurdecedor quando uma multidão passou da entrada para o cômodo onde eles se encontravam. A turba foi entrando — as vozes tilintantes de Emmy e Elle se destacavam do zunido geral —, e na visão periférica, flashes de câmeras disparavam.

"O que está acontecendo?", Jonah perguntou. De repente, a multidão se abriu.

Lila.

"Maggie!", ela gritou.

Jonah observou, a respiração presa na garganta, Lila se aproximando de sua noiva para lhe dar um abraço. Ela não o olhou nem pareceu reconhecer sua presença enquanto acariciava os braços da estupefata Maggie e sussurrava algo em seu ouvido. Jonah observou, com o coração a toda, a noiva passar de indignada a confusa, depois — *como era possível?* — um sorriso relutante se abrir, enquanto suas bochechas coravam. Ele se esforçou ao máximo para ouvi-las, mas a acústica do lugar não permitiu.

Jonah sentiu um cheiro forte de perfume. "Você é amigo da artista?"

Ele se virou e deu com Freddie James, com o queixo vistosamente erguido, olhando para as duas no centro do salão. As pessoas em volta não tiravam os olhos dele, deslumbrados com seu brilho elusivo.

Jonah pigarreou.

"Sou noivo dela, na verdade."

Freddie o olhou de cima a baixo, com certo ceticismo, depois ergueu uma sobrancelha em aprovação. "Bastardo sortudo." Deu um sorriso conspiratório. "Sou um ignorante em se tratando de arte. Minha bela acompanhante praticamente me arrastou até aqui. Não parava de falar no trabalho da sua noiva." Um sorriso pesaroso. "E, quando Lila se envolve, Deus sabe que ela gosta de causar."

Jonah se virou para as duas, ainda mergulhadas em sua conversa inaudível. Enquanto as câmeras trabalhavam, Lila apontou para o quadro, com uma radiante admiração no semblante, e o sorriso de Maggie se ampliou ainda mais.

"É muito... dramático, não?"
Jonah voltou a olhá-lo. "O quê?"
Freddie inclinou a cabeça e sorriu. "O quadro."
"Ah. Imagino que sim."
Jonah se perguntou o que Lila teria contado a Freddie. Saberia a seu respeito e o estaria provocando? Ou estava sendo paranoico?

Em seguida — tão brevemente que quase lhe passou despercebido —, Lila olhou para Freddie e assentiu, sem nunca reconhecer a presença de Jonah. Era como se ele não existisse.

"Essa é minha deixa." Freddie ergueu o copo e deu uma piscadela. "Um brinde ao lindo casal." Ele virou o vinho de uma vez e jogou um aceno alegre ao passar por entre seus fãs para chegar a Lila. Ela se despediu de Maggie, e Freddie a levou para outro cômodo da galeria; com eles, foram a equipe de guarda-costas e os persistentes fotógrafos.

A multidão pareceu se dispersar. Jonah foi até Maggie, lembrando a si mesmo de respirar.

"Maggie, sua bandida! Você não me contou que conhecia Lila Crayne!", Elle exclamou, com um sorriso travesso. (Sim, aquela com certeza era Elle. Embora as gêmeas estivessem vestindo sacos de lixo amarelos parecidos, Elle calçava botas de couro, e Emmy saltos.)

"Não conheço", Maggie respondeu, perplexa. Seus olhos voaram para Jonah. "Quer dizer, não muito bem."

"Bom, então quem foi que convidou Lila e Freddie James? Sou *obcecada* por esses dois."

"Elle, querida!", alguém gritou.

Ela se virou pra Maggie. "Vem comigo, amada. Seus admiradores estão loucos pra te conhecer. É uma boa hora de se apresentar, hum?" Ela abriu outro sorriso travesso e puxou a artista consigo. Ainda em transe, Maggie lançou um olhar indecifrável para Jonah antes de desaparecer.

O que Lila estava fazendo ao aparecer ali? Depois de enviar a anotação do diário no dia anterior, ela mandou uma mensagem avisando que logo entraria em contato, sugerindo uma maneira de fazerem a sessão em segredo. E então sumiu. Afinal, o que era aquele encontro por acaso? Uma maneira de atormentar Jonah, ou pior: magoar Maggie? Estaria Lila tentando forçar o término dos dois?

"É muito emocionante, não acha?"

Jonah se sobressaltou ao som da voz dela, tendo acabado de testemunhar sua saída. Então se virou para encará-la, observou-a bem. Ela usava camisa branca masculina com as mangas dobradas e saia justa de couro, os dedos cheios de anéis de ouro. Aquela Lila — com o cabelo penteado para trás, os olhos bem delineados — não era com a qual estava acostumado. Aquela Lila parecia ousada, quase andrógina.

"Tem algo de inescrutável nele", ela prosseguiu, avaliando o quadro. "Eu disse a Maggie que talvez o comprasse." Lila se virou para Jonah, com um sorriso no rosto. "O que acha?"

Ele olhou em volta. "O que está fazendo aqui?", sussurrou.

Lila estranhou. "Vim apoiar Maggie", disse. "Me senti supermal por atrapalhar vocês na semana passada. Queria compensar, chamando atenção pro trabalho dela." Lila deu de ombros. "É uma das poucas vantagens da fama. Acho que ela gostou."

Claro. Lila só estava demonstrando consideração. Por que ele logo tinha pulado para conclusões irracionais, absurdas?

Ela olhou para Freddie, que vinha tolerando a bajulação de Emmy a alguns passos de distância. "Preciso ir. Não podem ver a gente juntos. Mas queria que você soubesse que arranjei um lugar, um *pied-à-terre* pra mim. Pode me encontrar lá na sexta às oito?"

"Esta sexta?" Com a cabeça girando, Jonah tentou pensar. Lila olhou pra Freddie outra vez, que, em resposta, ergueu uma única sobrancelha em indagação. "Acho que sim. Mas como eu...?"

Ela mordeu o lábio e sorriu. "No seu casaco."

Então Lila foi até Freddie e deu um beijo na bochecha dele. Juntos, deixaram o salão. Num piscar de olhos, ela tinha sumido.

Duas horas depois, eles estavam se despedindo. Mags foi a estrela da noite; cada pessoa com quem haviam conversado se desfez em elogios ao trabalho dela. Passaram por entre as pessoas ainda presentes e saíram para a noite de verão, um pouco tontos do vinho que não parou de ser servido a noite toda.

Jonah sentiu que sua única escolha era sobreviver à noite bebendo; mesmo assim, foi incapaz de se concentrar, sentindo os nervos à flor da pele. Se manteve à margem das conversas, bateu papo quando necessário, na tentativa de ser um bom companheiro naquela noite tão importante para Maggie. No entanto, não conseguia parar de pensar em Lila.

A irritação de Maggie havia evaporado. Enquanto atravessavam o West Village na volta para casa, ela bocejou, espreguiçando-se. "Ah, fazia muito tempo que eu não tinha uma noite tão boa assim", Maggie disse, sorrindo. "Acho que não poderia ter sido melhor, não acha?"

"Todo mundo adorou você. Nem dá pra acreditar em quanta gente apareceu." Ele hesitou. "Foi muita consideração de Lila vir dar um apoio.

Maggie fez uma careta à menção do nome. "Os quadros venderiam de qualquer maneira." Ela balançou a cabeça. "Meu trabalho fala por si só, Jonah. Não preciso da bênção de Lila Crayne."

"Tem razão. Você merece todo o sucesso que teve esta noite."

Ela assentiu, parecendo satisfeita, então pegou o casaco do braço de Jonah e jogou por cima dos ombros. O estômago dele se revirou; não teve tempo de verificar os bolsos para ver o que Lila tinha deixado ali. Jonah engoliu em seco e procurou afastar a preocupação ao ajudar Mags a ajeitar as mangas; por fim, deu um beijo na têmpora dela. "Você foi incrível. E está deslumbrante. Não consegui tirar os olhos de você."

Maggie sorriu, parecendo uma menininha com o casaco dele, o cabelo caindo na frente do rosto. "Estou uma gata, não estou?"

"Está, sim", Jonah disse, sentindo um desejo florescer.

Havia alguma agitação dentro dele — algo que não tinha a ver com a noite brilhante, com a vivacidade triunfante do vermelho de Maggie... Então subitamente compreendeu: era a ameaça repentina e iminente da separação, a compreensão de que poderia perdê-la em breve. Já estava acontecendo: o ar preenchendo o espaço entre a mão dos dois, o trecho de calçada escura se alongando entre eles... e, à distância, sempre, o borrão suave e convidativo da cidade. Mas, naquele momento, Jonah queria parar tudo, queria que os dois congelassem exatamente como estavam. Naquele momento, ele sentiu de uma forma cruel que amava Maggie ainda *mais*.

Jonah pegou a mão dela e a puxou para um canto. Maggie soltou um gritinho surpreso. "Acho que precisamos comemorar", ele disse, sem fôlego. "Não acha?"

Maggie soltou uma risadinha nervosa, mas deixou que

ele a puxasse para a lateral da garagem de uma casa. A trepadeira que subia pela parede mal os protegia; quem quer que passasse e decidisse espiar os descobriria ali.

"Jo", Maggie sussurrou, e ele afastou seu cabelo, mordeu com força sua orelha. Ela gemeu baixo, e Jonah pensou: *Ah, Mags, o que estou fazendo? O que eu fiz?* Naquele momento, tudo o que queria era se fundir a ela, voltar a como eram antes. Naquele momento, desejava que Lila nunca tivesse reaparecido em sua vida.

Jonah a levantou e a apoiou contra a parede. As pernas de Maggie enlaçaram sua cintura, seus dedos ávidos para abrir o botão da calça dele. Ela inspirou fundo quando a mão de Jonah encontrou seu pescoço e pressionou os músculos delicados e quentes ali. Quando entrou nela, Jonah sentiu como se nada mais existisse, como se nunca fosse existir, desde que os dois permanecessem unidos, para sempre entrelaçados. Desde que o mundo consistisse apenas nos dois, sem nada que pudesse se colocar entre eles.

Uma dor aguda o trouxe de volta, uma pontada forte logo abaixo do quadril. Os dedos de Maggie estavam em seu cabelo, a boca dela no pescoço dele, sem perceber nada. Ainda a segurando, Jonah baixou uma mão e procurou a fonte. Esbarrou os dedos no próprio casaco e traçou a abertura do bolso de fora. Às cegas, enfiou a mão dentro e sentiu o metal aquecido pelo calor de Maggie, sua forma irregular inconfundível.

Uma chave.

Diário de terapia da Lila
para Jonah Gabriel

27 de julho

Queridíssimo diário,
 Primeiro, quero pedir desculpa. Jonah, não parei de pensar no mal-entendido de ontem na galeria. Só agora percebo a impressão que devo ter passado: na melhor das hipóteses, sem-noção; na pior... traiçoeira? Percebi que Maggie me pareceu um pouco fria de início. Espero que não a tenha ofendido sem querer. Não a conheço, claro, mas gosto muito dela pelo pouco que conheço. Com sua permissão, gostaria de apoiar Maggie comprando *Ícaro*. Tudo bem por você? Uma coisa é verdade: embora meus meios sejam um pouco atrapalhados, minhas intenções sempre foram genuínas.
 Agora a manchete principal: meu noivo desapareceu.
 Ele já fez isso antes. Quando Kurt fica realmente puto, ele some. Esse comportamento não é só um gatilho para mim como sabe que, nesse momento, é a maneira mais eficaz de me machucar. O filme não tem como seguir sem ele (já conto mais). Até que apareça, a produção está parada, e, a cada minuto perdido, um dinheiro que não temos se esvai. Kurt está colocando *Suave é a noite* em risco deliberadamente.
 Faz quarenta horas que ele abandonou o set e ainda não tenho nenhuma notícia sua. Por isso, recorro à única pessoa no mundo a par de toda a verdade sobre a minha situação, a única com poder suficiente para persuadi-lo a voltar.

Mamãe.

Eu a encontro de pantufa, robe e máscara de lama à porta de seu apartamento no Upper East Side. Assim que saio, o ascensorista fecha a grade de ferro e o elevador inicia sua descida barulhenta. Mamãe segura o celular longe do rosto empapado. Mesmo de onde estou, ouço a gritaria do outro lado da linha.

"Quer me contar o que aconteceu?", mamãe pergunta, com falsa doçura.

Aponto para o celular e levo um dedo aos lábios, mas ela dispensa minha preocupação com um gesto. "Filha, tenha dó, está no mudo."

Ainda assim, falo baixo (mamãe não é dada à tecnologia, então nunca se sabe). "Quem é?"

"Bobby Starr e o pessoal da Olympus, subindo nas tamancas. Eles brigaram com todos os investidores russos, que nas últimas vinte e quatro horas abandonaram o barco um a um. Agora é oficial: a Olympus está ameaçando cortar todos os laços com *Suave é a noite*."

Isso não me surpreende e mesmo assim meu estômago se revira. A Olympus (uma espécie de fraternidade do mundo cinematográfico, cem por cento constituída de homens machistas e conservadores) não hesitou nem por um minuto rejeitar a produção da nossa adaptação feminista. Kurt precisou reunir um grupo de investidores russos por conta própria, todos dispostos a entregar seu primeiro filho para participar de um filme de Kurt Royall. Assim que o financiamento estava garantido, depois de doses de uísques, charutos e outros tantos estimulantes, a Olympus concordou em ser a distribuidora, dependendo da versão final. Agora, os investidores estão se opondo a fazer os últimos pagamentos até que Kurt ressurja das cinzas. Sem eles, o filme não será concluído e a Olympus abandonará a distribuição. Em outras palavras: sem Kurt, é o fim de *Suave é a noite*.

"Entra, entra. Você chegou bem na hora do *grand finale*, o dramático sermão do Starr. Como eu coloco no viva-voz?"

"*... com os representantes de Kurt. Mas ou eles estão segurando a informação ou não fazem ideia de onde ele está também. Como todo mundo aqui sabe muito bem, o filme já está atrasado e estourou o orçamento em dois milhões. E agora, por causa dessa ausência misteriosa de Kurt, a produção já perdeu dois dias e meio e segue contando. A Olympus foi bastante paciente com o processo amador desse projeto, mas esse comportamento não será mais tolerado. Comunicamos aos representantes de Kurt que precisamos ter notícias dele até o fim do dia ou rescindiremos o contrato pra parar de perder dinheiro. Então, se algum de vocês tem alguma ideia de onde Kurt Royall foi parar, se têm contatos, ou favores a cobrar, essa é a hora.*"

"Meu Deus." Mamãe encerra a ligação e guarda o celular no bolso. "Quer uma bebida?", ela pergunta, já a caminho do bar.

"São dez da manhã."

Mamãe me lança um olhar aguçado. "E desde quando isso é um problema pra qualquer uma de nós duas?"

Dou de ombros. "O que você vai beber?"

"Ah, tenha fé na mamãe." Ela parece Ginger Rogers dando a volta no barzinho, o robe esvoaçando atrás de si, então começa a colocar gelo em uma coqueteleira. "Quando foi que decepcionei você?"

Mamãe prepara algo adstringente e forte, e preciso admitir que é exatamente o que preciso. Nós nos sentamos uma de frente para a outra nos sofás aconchegantes que dão para os janelões com vista para a Quinta Avenida e a copa das árvores mais além.

"Então. Vai me contar como você fodeu com tudo?"

Olho para a bebida e me preparo. "Ele sabe que eu escrevi."

Ela se mantém bem parada.

"Me esforcei ao máximo pra manter a farsa. Tentei mesmo. Mas acabou ficando tão óbvio. Sinceramente, a essa altura todo mundo já deve saber. Rupert não era o cara certo. Achei que fosse convencer como um escritor jovem e ambicioso, mas ele era mole demais. Não sabia como confrontar Kurt, mesmo quando eu passava o que ele tinha que dizer palavra por palavra."

"Ainda estou esperando a grande revelação." Mamãe estende o braço sobre as costas do sofá. "E daí que ele descobriu que você quem escreveu. Ainda é um roteiro bom pra caralho. Uma mentirinha não deveria mudar a vontade dele de dirigir o filme."

"Só que o roteiro é *meu*, mamãe. Por isso tive que inventar essa história toda. Pra Kurt, nunca passei da doce e indefesa Lila. Foi o que achou de mim ao me conhecer e é como quer que eu permaneça." (Nem sei dizer quantas vezes eu quis invocar a fala de Eleanor em Este lado do Paraíso, Jonah: *Podre... podre o velho mundo. E a coisa mais infeliz de todas... Por que nasci mulher?*)

"O ego do Kurt nunca ia aceitar que eu sou capaz de criar algo inteligente e potente, algo revolucionário", prossigo. "Eu sabia que o único escritor capaz de fazer com que ele se entusiasmasse com uma adaptação feminista seria alguém jovem e fraco, e um *homem*, que ele poderia dobrar enquanto se considerava seu mentor. Se Kurt soubesse que eu era a roteirista de *Suave é a noite*, nunca teria lutado pelo filme. E ele nunca seria feito."

Preciso voltar a te pedir desculpas, Jonah. É de você, entre todas as pessoas de quem guardei segredo, quem tenho mais vergonha por não ter sido honesta. Mas, como vê, eu estava tão desesperada para ver esse filme ser feito que concluí que não podia arriscar a contar a verdade, nem mesmo a você. É claro que agora sei que deveria ter sido honesta desde o começo. Então, por favor, me permita corrigir meu erro agora, contando toda a verdade.

Alguns anos atrás, um estudante de cinema chamado Rupert Bradshaw assistiu a *Jogo da espera* pela primeira vez e, em suas palavras exatas, "o filme abalou as estruturas de seu mundo de celuloide". Ele escreveu uma carta a Kurt e mandou junto um roteiro terrível, afirmando que estavam destinados a trabalhar juntos. É claro que Kurt nunca abriu a carta. Mas eu abri. Não era uma novidade. Kurt sabia que às vezes eu abria a correspondência dos fãs dele e respondia pessoalmente qualquer jovem fofo e impressionável que estava precisando de um incentivo. Mas ao ler a carta de Rupert acabei tendo uma ideia.

Entrei em contato e perguntei se poderíamos nos encontrar para um café; lá expliquei uma importante lição que havia aprendido da pior maneira: às vezes, a maior dificuldade para fazer carreira em Hollywood é encontrar uma porta de entrada. Sugeri que, pelo momento, Rupert deixasse de lado seus sonhos quixotescos para se concentrar em encontrar sua porta. Então, com um acordo de confidencialidade e uma soma generosa em dinheiro, ofereci a ele um trabalho que não apenas asseguraria sua entrada no mundo cinematográfico como faria sua carreira decolar, servindo como catapulta para que os trabalhos com que se importava recebessem aprovação imediata. Rupert aceitou na mesma hora.

Mamãe tira um pouco da máscara com o dedo e o leva à boca. "Salgado."

"Isso é comestível?"

"Eis o que eu não compreendo." Ela mexe a bebida com o dedo sujo, e os cubos de gelo tilintam. "Você é uma ótima atriz. Como deixou que ele descobrisse?"

"Eu não aguentava mais os abusos", digo, balançando a cabeça. "Perdi o controle. Meu ego levou a melhor na hora."

(O que *você* acha, Jonah? Talvez, lá no fundo eu queira que o mundo saiba que Lila Crayne — atriz *e* mulher! — é capaz de escrever. Estou cansada de homens ficando com todo o crédito. Talvez Zelda tenha se sentido dessa mesma forma ao descobrir que Fitzgerald tinha roubado as palavras dela no nascimento da filha deles, quando ele ficou com o crédito pela famosa frase de Daisy: "Espero que ela seja uma grande tonta: é o melhor que uma garota pode ser neste mundo, uma belíssima tonta".)

"Eu me arrependi assim que contei, claro", acrescentei depressa. "Kurt ficou furioso. E me atingiu como sabia que mais ia doer: foi embora, sabendo que levaria a Olympus e os investidores com ele."

"Então agora você veio implorar para a mamãe salvar o dia." Ela vira o restante da bebida e volta para o bar. Molha uma toalha e começa a tirar a lama do rosto. "Me diga, querida, o que exatamente você quer?"

Engulo em seco. "Você é a única que sabe a história toda, de tudo o que aconteceu entre mim e Kurt. Preciso que ele volte pra terminar o filme. Sem ele, é o fim. Kurt sabe disso. Sabe que não tenho saída."

"Uma oferta que ele não possa recusar." Ela começa a preparar outro drinque. Por alguns momentos, o único som é o de metal mexendo o gelo.

Não aguento mais a expectativa. "No que está pensando?"

Mamãe finaliza o drinque com uma cereja marasquino e avalia minha expressão. "Por que essa cara, querida? Não importa quantas vezes você se meta em confusão com um homem, mamãe sempre vai dar um jeito.

"Onde estão meus óculos?", murmura, antes de encontrá-los espetados numa poltrona. "Muito bem." Ela pega o celular e se acomoda, abrindo um pouco o robe com um floreio para mostrar melhor as pernas. "Isso vai ser divertido."

Enquanto mamãe delibera, me concentro no movimento da copa das árvores, nas folhas farfalhando ao sol da manhã. Então me dou conta: é isso. É o fim do meu relacionamento com Kurt. Em duas semanas, o pesadelo terá acabado e eu poderei ter uma vida melhor, uma vida normal, uma vida em que me sinto, enfim, segura.

O ruidinho baixo e arrebatador. Mamãe puxa os óculos para a ponta do nariz. "Enviado."

Meu coração dispara. "Você já escreveu? O que disse?"

"Ah, querida, não confia em mim?" Ela pega o drinque. "Se eu fosse você não me preocuparia. Tenho a sensação de que as coisas vão se desenrolar exatamente como você quer."

"Mas como?"

"Pensa, Lila. O que Kurt Royall mais quer no mundo? Ambas sabemos a resposta. Agora pensa no seu desfecho. Depois de todos esses anos, você está tão perto de conseguir o que sempre quis... Como Kurt pode ajudar a encaixar a última peça do quebra-cabeça?"

De repente, a ficha cai. Sei exatamente o que ela pediu para Kurt fazer e o que lhe ofereceu em troca. É brilhante e assustador. Talvez pelo alívio de saber que o plano vai funcionar, talvez pela exaustão depois de todo o esforço para me manter de pé enquanto minha vida ruía, não consigo mais me conter: começo a chorar.

Mamãe vem se sentar ao meu lado e acaricia minha cabeça como fazia quando eu era pequena. Desabo em seu colo, enterro o rosto no calor de seu robe, sinto o cheiro do perfume de verbena que sempre usa. Ela não diz nada, só continua a alisar meu cabelo caindo sobre as costas.

De repente, uma lembrança da noite da batida vem à tona. Uma lembrança que devo ter esquecido há muito tempo...

Sangue escorrendo do meu couro cabeludo, a doçura quente encontrando minha boca; com a língua testando a gengiva mole, descubro que acabei de perder um dente. A chuva caindo de todos os lados, como um rugido capaz de devorar tudo, e a mão de mamãe sendo lentamente estendida na escuridão para verificar se papai tem pulso. Quão *quieta* ela estava e como instintivamente entendi que deveria ficar também. Por fim, seus dedos deixaram o pescoço dele, seu rosto cintila (de sangue? das lágrimas?) e um sorriso calado se espalhando pela umidade. Então, finalmente, ela parece se lembrar: da filha, ah, sim, eu estava lá também, bem ao seu lado! Sua *filha* estava lá com ela, mas não fazia nenhum som. Eu tinha...? Eu estava...? Enfim, ela se vira e estende a mão para mim...

"Meu bem", mamãe diz agora, baixo. "Seu olho."

Me apresso a escondê-lo.

"Aquele monstro." Ela balança a cabeça e seu rosto se avermelha como acontece comigo quando estou nervosa. Penso como deve ser para ela, ter que assistir à própria filha cometendo os mesmos erros. Apesar de todo o sofrimento, de todos os riscos que correu para nos tirar daquela situação, eu havia acabado recriando o pesadelo do meu lar de infância.

Sei que agora é a hora de perguntar sobre a noite do acidente, sobre o que de fato aconteceu. Porque, percebo, não somos muito diferentes, mamãe e eu. E o medo desesperado que ela deve ter sentido antes de se libertar me é muito familiar. Estou louca para perguntar, para enfim lidar com o trauma daquela noite e me reconciliar com a verdade, como você pacientemente me incentivou a fazer. Também quero encarar minha própria jornada com a visão desimpedida e encontrar de uma vez por todas uma maneira de reassumir o controle da minha vida.

Enxugo as lágrimas do rosto e me sento. "Mamãe..."

Talvez eu esteja imaginando, mas sinto que ela sabe o que estou prestes a perguntar. E vejo medo em seus olhos. Então percebo que, sim, quero ouvir a verdade, mas a que custo? Já não a conheço, bem lá no fundo? De alguma maneira, mamãe conseguiu reenquadrar os eventos daquela noite de modo a convencer as autoridades de sua inocência. Encontrou uma maneira de deixar o trauma para trás, de se curar. Pedir que confesse tudo agora não apenas seria egoísta, como poderia ameaçar a existência paciente que mamãe havia conquistado. Era melhor deixar o passado no passado. Era melhor protegê-la, manter seu segredo a salvo.

"Lila." Mamãe pega minhas mãos nas suas. "Você sabe tanto quanto eu que não é fácil ser mulher neste mundo. Para a maioria, envolve sofrer milhões de pequenas traições, engolir tudo em silêncio e suportar a dor sozinha. Essa vida não é nada mais do que uma morte lenta. Mas algumas sortudas encontram outro caminho, uma maneira de abrir a barriga do monstro e sair por conta própria. Sou uma dessas mulheres. E você também é.

"Vivemos no mundo dos homens. Sempre vai ser assim. Mas sei que você é capaz de criar seu próprio caminho porque já está fazendo isso. Só você pode mudar seu próprio destino."

Um toque baixo. O brilho azulado da tela do celular de mamãe atravessa o bolso do robe. Ela ajeita os óculos, desbloqueia o aparelho e lê. Então olha para mim.

"Meus parabéns", diz apenas. "Kurt aceitou a oferta. Está voltando. Agora é hora de fazer sua parte. Termine o que começou, Lila, e liberte a si mesma."

Sete

Jonah estava atrasado. Aquilo nunca acontecia.

Como havia chegado à Charles Street, 12, alguns minutos adiantado, tentou enfiar a chave de Lila na fechadura — para descobrir que não encaixava. Então passou quinze minutos do lado de fora, como um idiota, à espera de uma resposta para sua mensagem perguntando em qual apartamento tocar.

A simples estranheza das circunstâncias o abalava. Muito embora Jonah dissesse a si mesmo que seria uma sessão normal para preparar a partida de uma paciente de seu relacionamento tóxico, ele sabia que era mentira, que havia muito mais naquilo. O presente íntimo da chave que abria o novo apartamento de Lila — um apartamento que ninguém mais sabia que existia — tornava o encontro ilícito por si só.

Porque o que eles ainda não haviam reconhecido diretamente, e teriam que reconhecer naquela noite, eram os sentimentos não expressados de Lila em relação a Jonah. Ele tentava dizer a si mesmo que estava lendo coisas demais na linguagem cuidadosa e tortuosa das anotações dela, procurando implicações diversas em vez de aceitar a verdade simples e plausível. Mas sua conclusão era sempre a mesma: Lila queria que ele tomasse a iniciativa, que admitisse seus sentimentos por ela, para que assim tivesse permissão de confessar os seus também.

    Jonah desbloqueou o aparelho e retornou à mensagem que ela havia enviado mais cedo naquele dia, com o endereço do apartamento. Sua barriga gelou. Charles *Lane*, 12. E não Charles Street, a famosa rua do West Village. Charles *Lane*.

    Xingando baixo, ele digitou o endereço certo no celular. Seria uma caminhada de dez minutos, uma corrida de cinco. Enviou uma mensagem rápida a Lila, explicando a confusão e pedindo desculpa, depois começou a correr na direção oeste, com o celular firme na mão.

    Enquanto trotava pela Charles, notou que as mulheres bonitas e solitárias que caminhavam pela rua arborizada ouviam seus passos urgentes e se viravam para observá-lo passar. Em sua mente inquieta, entrava na vida de cada uma delas, acompanhando-as quando viravam em ruas tranquilas e escuras, convidando-o a segui-las com um sorriso curioso.

    A sensação da brisa na pele gerada pela corrida era agradável, um alívio do calor do verão; Jonah sabia, no entanto, que assim que parasse, o suor já começaria a escorrer, e todos os seus esforços para estar o mais apresentável possível não valeriam de nada.

    Apesar de suas tentativas de normalizar a situação, Jonah havia trocado de roupa inúmeras vezes antes de optar por uma combinação que parecia atemporal e elegante. Era melhor que suas roupas de sempre, mas ainda casual o suficiente, não *tão* arrumado: calça Brunello Cucinelli de corte ajustado, camisa de linho azul-marinho da Armory, mocassins de couro caramelo da Frye. Era um belo upgrade, uma boa opção para um encontro (*não é um encontro*, lembrava a si mesmo).

    Jonah ficou diante do espelho de corpo inteiro, avaliando o próprio reflexo e tentando se convencer de que sua aparência havia melhorado, e não piorado, ao longo dos anos desde aquele primeiro encontro romântico; que talvez seu rosto tivesse até assumido certo ar tangível de tragédia, em um contraste romântico com sua personalidade equilibrada e imaculada.

Mags tinha feito planos com seu grupo de amigas naquela noite e provavelmente ficaria pulando de bar em bar até a madrugada; mas, ao passar pela porta do quarto a caminho da saída, acabou parando para enfiar a cabeça lá dentro.

"Está se arrumando todo pra jantar com Kenneth?"

Jonah se sobressaltou ao ouvir sua voz. "Você conhece Kenneth. Faz com que eu sinta necessidade de impressionar."

Ela abriu um sorriso triste e apoiou a cabeça na moldura da porta. "Você está bonito, dr. Gabriel." Antes que ele pudesse responder, Maggie tinha desaparecido no corredor.

Aos dezoito anos, nossas convicções são colinas de onde contemplamos o horizonte, Jonah recitou para si mesmo; *aos quarenta e cinco, são cavernas em que nos escondemos.* Tinha apenas trinta e cinco, no entanto, a cada hora que passava, via-se sacrificando os princípios nos quais havia construído a própria estima, se enterrando cada vez mais fundo em uma caverna de hipocrisia. A consciência culpada em virtude dos limites pouco claros de seus papéis conflitantes na vida de Lila deixava a verdade dolorosamente clara: independente do que aconteceria com Lila aquela noite, Jonah sabia que não tinha intenção de ser fiel a Maggie.

Lila, por outro lado, ainda representava o oposto: nela, alma e espírito eram uma coisa só. A pureza de suas intenções, a *bondade* genuína, pareciam a ele irradiar de dentro, fazer sua pele gloriosa cintilar. A vida toda, ele havia sentido uma sede insaciável e romântica de beleza, que confluía à maneira kantiana no símbolo do que era moralmente bom.

No entanto, enquanto inspecionava seu reflexo uma última vez, na esperança de aperfeiçoar a própria imagem ao mesmo tempo que se despedaçava pela traição que poderia cometer naquela mesma noite, Jonah se deu conta de que aquela congruência era enganosa, uma mentira descarada. Ainda que a beleza pudesse ser vista como símbolo de moralidade, de modo algum indicava a existência de moralidade em si. Tudo o que ele precisava fazer era olhar no espelho para atestar que, de fato, podia ser o oposto.

Jonah deixou de lado a ruminação obsessiva e apertou o ritmo, passando trotando pelo Wilson's, fechado horas antes. Do outro lado da vitrine, uma cidade fantasma em miniatura. Cadeiras de madeira viradas sobre as mesas, as pernas para cima em rigor mortis. As luzes do teto estavam apagadas, o chão varrido. A única evidência de vida: a mesma lâmpada suspensa, com sua luz fraca, balançado misteriosamente, como sempre.

Ele virou à direita na Washington, depois diminuiu o ritmo e virou à esquerda em uma ruazinha escondida. Enquanto avançava pelos paralelepípedos, perguntou-se por que Lila escolheria um apartamento ali, a poucos passos de onde morava com Kurt. Não fazia sentido; com certeza se cruzariam, e não seria difícil para Kurt descobrir o abrigo dela. Mas talvez revolucionar sua vida talvez só parecesse possível em doses homeopáticas, o pânico tão opressivo a ponto de nublar suas decisões...

Aquela sem dúvida era uma das partes mais complicadas de seu trabalho; mas Jonah sabia que, como terapeuta dela, tinha a obrigação moral de deixar Lila cometer os próprios erros — incluindo um tão absurdo quanto aquele. E, embora fosse doloroso para ele acompanhar aquilo, precisava se lembrar de que reservar seu julgamento para si era uma questão da eterna esperança. Jonah se reconfortava em saber que estaria ali para apoiar Lila depois.

    Parou quando chegou ao endereço, dessa vez tomando o cuidado de ter certeza de que estava no lugar certo. Não era um apartamento, era uma *casa*. Era enorme, na verdade, com garagem e — Jonah olhou para cima — terraço. Um lugar daqueles devia custar uma fortuna; por outro lado, por que Lila Crayne se contentaria com menos que isso? Se tratava de um lugar mais interessante em termos estéticos do que o primeiro destino dele — um prédio residencial onde imaginava que jovens do mercado financeiro recém-saídos da universidade alugavam porque só se importavam com localização. Mas aquela casa... era a personificação do romance, o tipo de lugar com o qual uma pessoa sonhava quando falava em um *pied-à-terre*.

    Jonah verificou o celular. *Vinte e dois minutos de atraso*, pensou. *Que maravilha, Jonah, agora ela deve estar se sentindo muito tranquila, sabendo que se encontra em mãos capazes e confiáveis.* Uma delicada constelação de gotas de suor se formava em sua pele. Ele tirou a chave do bolso, hesitou. Deveria bater? Já estava tão atrasado. Mas se Lila tinha lhe dado a chave era porque queria que usasse, não? Umedeceu os lábios, inseriu a chave na fechadura e a girou.

    Entrou e parou por um momento, aguardando que seus olhos se ajustassem à escuridão. "Lila? Sou eu, Jonah."

    Sua visão começava a ficar mais nítida, a névoa se desdobrando em sombras acinzentadas. "Lila?"

    Uma intuição. Pegou o celular do bolso, o brilho repentino ofuscante. Uma mensagem de Lila, enviada três minutos antes.

Me encontra no terraço.

Relaxa, Jonah, disse a si mesmo. Aquilo explicava o silêncio e a escuridão, certo? O sol havia acabado de se pôr, e ela estava do lado de fora; ainda não tinha considerado acender as luzes. Não é? Tateou as paredes em busca de um interruptor. Não encontrou nenhum e recorreu à lanterna do celular para seguir pelo que parecia ser um corredor. Enquanto passava pela bocarra escura de portas abertas, teve a estranha e distinta sensação de que era observado. Jonah estava determinado a não tentar enxergar o que havia além das soleiras escuras, a tentar descobrir o que se escondia ali, no silêncio. Mais alguns passos e uma escada se revelou à sua esquerda, velas altas acesas a cada dois degraus. O brilho trêmulo que lançavam fez Jonah lembrar da noite que os dois passaram juntos, tantos anos antes. Com o coração acelerado, desligou a lanterna, deixou o celular no silencioso e começou a subir.

O topo da escada dava para um salão. A parede mais ao sul era completamente ocupada por uma cozinha moderna e refinada, ao estilo escandinavo. O restante do amplo cômodo serviria de sala de estar e de jantar, que por enquanto permaneciam vazios, a não ser por uma quantidade generosa de velas tremeluzindo nos cantos, e um lustre suspenso enorme, que lembrava uma roda de tortura e lançava sombras por toda parte. À direita, uma escada escura dava para os quartos. A parede oposta era toda de vidro; além dela, ficava o terraço.

Jonah abriu a porta e sentiu o estômago se revirar ligeiramente ao ver Lila equilibrada em uma borda de pedra contígua à construção, recostada na parede exterior. De repente, ocorreu-lhe o pensamento absurdo de que bastava um leve empurrãozinho para que ela caísse. Conseguia até visualizar: os olhos dela se arregalando para ele, seu inconcebível traidor. O estalo silencioso de seus lábios, a queda final, repentina demais para um grito. E então, lá embaixo, no crepúsculo: o impensável.

Jonah fechou os olhos para se recompor, reconhecia aquela voz como o diabinho feio e perverso dentro de si; respirou, o impulso desapareceu. Ainda assim, certa frieza permaneceu nos cantos silenciosos de sua mente e se perguntou: caso perdesse o controle, caso se perdesse em um único momento crucial, seria capaz de tais horrores?

Quando abriu os olhos, Lila o observava com um sorriso curioso no rosto.

"É a *l'heure bleu*", ela disse, e Jonah sorriu, impressionado com a referência a um dos contos mais desconhecidos de Fitzgerald.

"*Quando tudo fica muito azul*", ele completou. Por um momento, os dois ficaram apenas se olhando. Então Jonah pigarreou. "Desculpe que demorei para chegar", começou a dizer, mas Lila dispensou explicações com um gesto.

"Imagina. Foi bom ter tido esse tempo pra mim. É tão tranquilo aqui." Ela pegou uma garrafa de vinho do chão. "Quer se juntar a mim?"

Ele hesitou por um momento. Lila sorriu. "Vai, Jonah. Isso aqui já não é um pouco subversivo? Uma tacinha não vai fazer diferença."

Jonah inspirou fundo. "Uma tacinha."

"Desculpa a falta de móveis", ela disse, levantando os olhos enquanto servia. "Ainda não tive a chance de mobiliar o lugar. É a primeira vez que venho, aliás. Você está me ajudando a deflorar minha nova casa."

Aquilo fez o coração dele acelerar, mas Lila apenas lhe passou a taça e seguiu em frente. "Estou superansiosa para deixar minha antiga vida para trás, minha identidade passada, e começar do zero."

"Então... a recomeços", Jonah disse, e os dois brindaram e beberam. Ele se permitiu observá-la, notando mais uma vez como ela parecia diferente das várias versões que conhecia: recém-saída do banho, sem maquiagem, com o cabelo ainda molhado e brilhante. Estava descalça, as unhas dos seus pés de um tom de coral, e usava short atoalhado e uma camiseta branca de algodão; não estava de sutiã, como Jonah notou com certa excitação, as pontas de figos que eram seus mamilos mal aparecendo através do tecido. Lila lhe parecia extraordinariamente limpa — e o lembrou, naquele momento, de Maggie.

Engoliu em seco e se distanciou um pouco para se recompor. Então apoiou a taça na pedra.

"É agradável, não acha?" Ela abarcou com um gesto a vista diante deles. "Minha porção de água exclusiva. Embora a vista não seja tão dramática quanto à do apartamento, claro."

"É verdade", ele concordou, então prendeu o ar. "Você mencionou que mora bem na rodovia à beira-mar, não foi?

"Mencionei?" Um sorriso se insinuou em sua voz. Estaria Lila o provocando?

"Acho que sim, no diário." Jonah tomou um gole generoso, desfrutando da mineralidade do vinho. Então voltou a beber — de repente com sede —, mas deixou o copo de lado, decidido a ir mais devagar.

Lila puxou as pernas para si e abraçou sem firmeza a parte de trás das coxas, de modo que Jonah agora conseguia ver a curva de sua bunda. Ele pigarreou e se recostou à parede.

"Preciso admitir que é a primeira vez que atendo em domicílio."

Ela apoiou o queixo nos joelhos. "Imagino que isso seja contra todas as regras. Obrigada por aceitar. Pareceu mais seguro assim. Kurt não sabe deste lugar. E não sei se Maggie gostaria que eu aparecesse de novo."

"Não se preocupa com isso, por favor. Ela ficou muito grata pelo que você fez na galeria e pela compra de *Ícaro*. Na verdade", ele disse, se ajeitando no lugar, "eu queria pedir desculpa. Minha reação foi inapropriada, não fui justo com você."

"Ela balançou a cabeça. "Não, você estava no seu direito. Eu que devo pedir desculpa. Imagino que tenha lido minha última anotação no diário."

"Sim, temos muito a discutir." Jonah pigarreou. Estava ansioso para direcionar a conversa a Karen e a mensagem misteriosa que ela tinha enviado após o sumiço de Kurt.

"Parabéns por ter convencido Kurt a concluir o filme. Você deve ter ficado aliviada."

"Fiquei." Lila suspirou e se esticou para encher a taça. "Bom, não que a raiva dele tenha passado. Kurt está ainda mais cruel agora que voltou. Mas eu aguento mais cinco diazinhos, se for pra terminar o filme."

"Cinco dias", ele repetiu. "Só isso? Incrível."

Ela assentiu e o olhou. "Então estarei livre."

Jonah tentou ignorar a sensação tremulante no peito e pensou em perguntar de uma vez o que o queimava por dentro.

"Me conta mais sobre a conversa com sua mãe", disse, no lugar. "Estou curioso pra saber o que te fez mudar de ideia quanto a confrontá-la sobre o acidente."

"Ah, Jonah, não sei." Lila pegou a garrafa e se levantou. Antes que ele pudesse impedir, ela voltou a encher sua taça. "Está tudo no diário. Sou muito grata a você por ter me ajudado a desbloquear essa lembrança. Sei que é verdade, sei que foi ela. E acho que entendi que dizer em voz alta não traria nada de bom. Não é obrigação dela garantir que eu me sinta bem. Tenho que fazer minhas pazes com isso sozinha. E, depois de tudo que passei com Kurt, acho que entendo a razão de ela ter feito o que fez. Por que sentiu que não tinha escolha."

"Você sente raiva dela?"

Lila franziu a testa. "Você já me perguntou isso. Não sou uma pessoa raivosa. Por que ficaria com raiva dela?"

Por que ficaria com raiva da mãe? Como poderia não ficar? Jonah via muito claramente, havia concebido a cena inúmeras vezes. Tal qual em *Gatsby*, as coisas não aconteceram como o mundo havia logo presumido. Não foi o homem que dirigia com firmeza, e então tinha apertado o acelerador em direção à morte no frescor do crepúsculo. O homem imediatamente foi presumido como o culpado; mas, na verdade, havia sido a outra testemunha, a ignorada, a verdadeira assassina. Havia sido a mulher.

"Se sua memória não estiver traindo você", Jonah começou a dizer com cuidado, "sua mãe foi a responsável pela morte do seu pai. Mesmo que ele tenha lhe causado muita dor, ainda era seu pai."

Lila balançou a cabeça. "Ele abusava dela, Jonah. Estuprava minha mãe."

"Eu sei." Jonah virou a taça no lugar, lentamente. "Mas e quanto a você?"

Ela hesitou.

"Você também estava no carro, Lila. E era só uma criança." Uma pausa. "Além de ter colocado a própria vida em risco, ela colocou a sua também."

Lila arregalou os olhos, que brilharam de dor. Então piscou e desviou o rosto, se esforçou para se recompor no escuro.

Por fim, ela engoliu em seco. Balançou a cabeça. E disse, quase para si mesma: "Mamãe fez o que precisava para sobreviver. Que é exatamente o que estou fazendo agora".

Jonah assentiu. "Parece mesmo que ela compreende pelo que você está passando agora."

Mas o enigma permanecia: o que Karen havia dito que Kurt sentiu que não tinha escolha a não ser voltar?

"Eu queria perguntar algo a você. Desde que se sinta confortável em discutir o tema, claro."

Lila se sentou ao lado dele. "Acho que sei do que vai falar."

Jonah parou por um momento. "Do que vou falar?"

Ela olhou para as mãos dos dois, lado a lado na pedra, os dedos tão próximos que Jonah quase sentia o toque. "Dos meus sentimentos em relação a você. Não é?"

Ele engoliu em seco.

"Por favor, não vai me dizer de novo que é só transferência. É muito mais que isso. Me senti uma menininha deixando dicas no diário, na torcida pra que notasse. E acho que notou. Sei que sim. Foi por isso que reagiu daquele jeito na exposição de Maggie, não foi? Porque sabe como me sinto em relação a você, e isso não foi justo com Maggie. O que agora eu entendo, claro."

Lila se levantou e começou a andar de um lado para outro. "Me sinto tão culpada por me sentir assim. Você tem Maggie, sei disso. E ela parece... bom, ela parece a mulher perfeita. Fico dizendo a mim mesma que vocês estão apaixonados e felizes. Que direito tenho de me meter? Mas... não consigo abandonar a sensação..." Ela parou e olhou bem nos olhos dele. "Não consigo abandonar a sensação de que você se sente como eu. Se eu estiver errada, é só dizer e nunca mais toco no assunto. Mas se estiver certa..."

Ela deu um passo na direção dele. "Estou totalmente exposta aqui. Talvez esteja prestes a quebrar a cara, mas é um risco que me disponho a correr. Sei que não tenho o direito de fazer mais do que já fiz. Mas se você também se sente assim... e, nossa, como eu espero que sinta... por favor, me diz agora."

O coração dele tamborilava no peito. Era o momento com o qual havia sonhado, a oportunidade que parecia estar para sempre perdida. Lila Crayne tinha dito com todas as letras que queria Jonah, que estava entregue a ele!

A mente dele girou com as refutações imediatas. Estava noivo de Maggie e havia jurado acabar com aquilo; Lila era sua paciente (embora tivesse perdido a conta dos limites que havia ultrapassado); ela estava em crise, vulnerável, era vítima de um trauma terrível; agir agora seria antiético; tirar vantagem da fragilidade dela poderia colocar a cura em risco. Mas ele e Lila se amavam, não é? E mesmo assim...

Ela abraçou o próprio corpo. "Isso é tão humilhante."

"Lila, só estou tentando fazer a coisa certa. Estou tentando pensar..."

"Não!", ela gritou. "Não pense! Conheço você, Jonah, e sei que se pensar... você é correto demais, *bom* demais, pra deixar acontecer. Sei o que é o apropriado, o que é o certo. Mas não é isso o que eu *quero*. Só por uma noite, será que pode deixar sua razão de lado? Só por esta noite, não seja meu terapeuta, por favor. Seja você. O que você quer?"

Ela ficou diante de Jonah — trêmula, exposta. O que ele queria o dilacerou com tamanha ferocidade que Jonah soube que na verdade nunca teve uma escolha. Soube que, quando a beijasse, a realidade imperfeita e mortal substituiria o sonho reluzente de Lila, mantido por tantos anos. Mas não conseguia se impedir, não conseguia esperar mais. Ele cruzou o terraço, a puxou pela lombar e pressionou sua boca quente contra a dela...

A corporalização estava completa.

Foi exatamente como Jonah pensava que seria, exatamente como havia guardado na mente. Inúmeras vezes sua mente havia retornado àquela noite muito tempo antes, até que cada filamento, cada ângulo, cada respiração e faísca momentânea formassem a própria valsa sagrada. Jonah havia memorizado tudo com tanta perfeição que poderia até recriar aquela conexão, e Lila, ao senti-la outra vez, talvez se entregasse por completo. A garota de que se lembrava continuava a mesma, delicada, hesitante. A mão dele deslizou pelo pescoço dela, segurou sua nuca com certeza, trouxe-a firme para si, como havia feito antes. Lila reagiu da mesma maneira, quase com medo, o que só fez com que ele se sentisse mais forte, mais certo de seu desejo, ao puxar os cabelos dela e beijar sua boca curiosa e encantadora. Lila perdeu o ar, e a confiança de Jonah inchou. Ele a puxou ainda mais contra seus quadris, e as mãos suplicantes dela se espalmaram em seu peitoral. *Nossa* — ela era dele, finalmente dele! Jonah poderia possuí-la, sabendo que era o que ela mais desejava. Ele abriria mão de Maggie, de seu trabalho, de sua liberdade — abriria mão de tudo —, se aquilo significasse poder amar Lila Crayne pelo resto da vida.

Lila estremeceu de leve, e ele a pegou pela mão e a levou para dentro, as velas parecendo olhos brilhando nos cantos. Jonah se virou para encará-la, e Lila mais uma vez hesitou, pareceu nervosa. Por isso a puxou com brusquidão, o que a fez cambalear um pouco, depois ir ao chão. Jonah a acompanhou, louco para provar cada parte sua, para consumi-la por inteiro mais uma vez. Primeiro mordiscando as uvas doces que eram seus dedos dos pés, então deslizando a língua pela extensão de suas pernas, os dedos beliscando a barra do short, os dentes roçando as costelas; em seguida, imobilizando-a pelos ombros, ele começou a redescobrir seus mamilos delicadamente franzidos sob o algodão fino da camiseta. De repente, ela gritou.

Jonah levantou a cabeça, com a mão no pescoço dela.

"Está tudo bem. Pode confiar em mim."

Lila o encarou com os mesmos olhos assombrados de muito antes. "Eu sei", ela sussurrou.

Devagar, ela entrelaçou os dedos com os de Jonah sobre o próprio pescoço.

"Você gosta disso?", ele murmurou.

Com uma repentina força, muito excitante, Lila apertou a mão de Jonah contra seu pescoço sem tirar os olhos dele.

"O que você quer?", Jonah perguntou, com os lábios pairando sobre a pele dela.

Mas algo mudou, e Lila pareceu desaparecer em si mesma, de repente muito distante. Ela fechou os olhos e sua voz se reduziu a um sussurro, tão baixo que Jonah mal a ouviu. "Quero fazer isso direito. Preciso deixar Kurt, e você precisa deixar Maggie."

Ele gemeu, pressionou o próprio corpo contra o dela. Como poderia parar agora?

"Por favor, Jonah", Lila insistiu. Ele fitou seus olhos. "Em pouquíssimo tempo estará tudo acabado. E poderemos ficar juntos de verdade. Você promete que vai terminar de vez com Maggie? Jonah?"

Ele fechou os olhos. "Prometo."

Ele se inclinou para beijá-la, e Lila o mordeu com força. Jonah recuou de repente e tocou o lábio. Olhou os dedos. Sangue.

"Agora vai", ela disse, empurrando-o com delicadeza, para se sentar e abraçar os joelhos. "Nós dois temos muito o que fazer."

Jonah se levantou e inspirou fundo. Ela parecia tão vulnerável, tão só, ali no chão, na escuridão. "Você vai ficar bem?"

Seus olhos pareciam distantes. "Sei o que estou fazendo. Já tenho tudo planejado."

Ainda assim, ele hesitou. "Lila..."

Finalmente, ela o encarou. "Só vai", Lila sussurrou.

Ele assentiu, ainda a contragosto, mas beijou sua cabeça, desceu a escada e saiu para a noite.

As ruas estavam estranhamente quietas, o ar de repente frio. Jonah sentiu um puxar interno, o beliscar de uma corda fibrosa, avisando que alguma coisa não estava certa. Talvez devesse parar por um momento, pensar a respeito. Mas não, ele havia prometido a Lila que não faria aquilo. Pensar só o afastaria da única coisa que sempre quis.

Uma nuvem passou na frente da lua, escurecendo o mundo um pouco mais. Jonah nem notou; ou, se notou, estava contente em não enxergar. Seu passado recente havia se desfeito, e o seio de um novo mundo, verde e fresco, se fazia visível diante dele, quase seu. Ela era seu destino — no fundo, ele sempre soube daquilo. Para Jonah Gabriel, sempre foi, e sempre seria, Lila.

Diário de terapia da Lila
para Jonah Gabriel

10 de agosto

Querido Jonah,
　Querido Jonah, Jonah, Jonah! Parece um sonho escrever diretamente a você afinal. Fitzgerald disse em *Gatsby* que a vida recomeça com o verão, mas só agora compreendo plenamente tais palavras.
　Antes de mergulhar, aconteceu algo que me deixou um pouco perturbada. Fiquei dividida se devia contar a você (você, a pessoa que mais confio no mundo!), porque não quero que pense que estou te questionando. Mas... porque quero ser totalmente sincera e provar que confio em você, não esconderei a semente que germinou em mim. Mas já volto a isso.
　Uma boa notícia: hoje encerramos as filmagens de *Suave é a noite* de uma vez por todas! É claro que agora começa a fase de montagem e publicidade, mas o trabalho mais importante para mim, aquele que realmente me encanta, é o de dar vida à história diante das câmeras. Agora esse capítulo se encerrou, um tanto agridoce. Meu único consolo é que isso também implica o fim de meu relacionamento com Kurt e o início de uma nova vida com você.
　É nossa última noite em Montauk, e como sempre, a mera ideia de partir já me deixa com saudade. Vou sentir falta desse lugar: as praias como bolos brancos, a areia carregada pelo

vento parecendo açúcar, o vaivém das ondas do mar. Os dias aqui são feitos de calor, sal e luxúria, marcados apenas pelo sol se arrastando devagar pelo céu, seu mergulho esplendoroso e úmido, seu beijo demorado, de corpo inteiro.

A festa oficial de encerramento é no Duryea's, o cenário perfeito para o fim de *Suave é a noite*. Mesas iluminadas por velas se estendem pelo comprimento da doca, parecendo flutuar como fantasmas sobre a superfície da água. Diretamente acima de nós, o sol em sua descida flamejante. E o restante do mundo dividido em dois. Água escura e cintilante, céu infinito sangrando.

Chego com meu querido Freddie, meu parceiro no crime, meu guarda-costas infalível, e ainda por cima um colírio para os olhos. À medida que abrimos caminho pelos grupinhos de atores e membros da equipe, sou impactada pela alegria, pela verdadeira felicidade no ar. As últimas semanas foram um martírio, a fúria de Kurt deixando todo mundo para baixo. Mas hoje, percebo, está tudo mais leve porque ele não vem. A Olympus exigiu que fosse para Los Angeles imediatamente após a conclusão das filmagens, para uma palestrinha com Bobby para explicar seu desaparecimento. Sob quaisquer outras circunstâncias, pareceria errado fazer uma festa de encerramento sem o diretor. Hoje, no entanto, na ausência de Kurt, o mundo de repente parece esperançoso.

Depois que cumprimentamos todo mundo, Freddie consegue para nós uma garrafa de vinho sancerre geladinho e um canto confortável no extremo da doca. Não consigo evitar sorrir enquanto olho para o brilho constante da luz do poste sobre a água. Nós nos acomodamos em meio ao burburinho abafado à nossa volta, o sol mergulhando aos poucos.

Quando estou finalmente começando a relaxar, noto a atriz que interpreta Rosemary perto de nós, meio perdida.

Apesar de tudo o que aconteceu com Kurt, fico com pena e a chamo.

"O que está fazendo? O método de atuação dela se mostrou um pouco excessivo quando roubou Kurt de você, não acha?"

Balanço a cabeça e abro um sorriso simpático. "Quer vir ficar com a gente?"

Ela hesita, mas se aproxima. "Parabéns, Lila. Você também, Freddie."

"Parabéns, querida", Freddie diz, com o tom inconfundível de quem vai ser simpático, mas manter distância. Ela não parece perceber. Seu sorriso se amplia, e ela se senta ao meu lado. Do meu outro lado, sinto Freddie beliscando meu quadril.

"Nem consigo acreditar que finalmente acabou", ela diz, depois se vira para mim. "Como está se sentindo?"

"Bom..." Olho para Freddie. "Estou muito satisfeita com o filme. Você fez um excelente trabalho. Tenho certeza de que vai ser o ponto de virada na sua carreira."

Ela abre o sorriso que é sua assinatura, e eu perco o fôlego. Ela me lembra muito de mim mais nova, da menina doce e inocente que eu era antes dos traumas. Apesar de tudo, apesar da dor e da traição, não consigo evitar: gosto dela.

"Você foi muito generosa comigo, Lila. Obrigada." Então ela se inclina para sussurrar: "Eu só queria dizer, agora que todo mundo sabe e você vai ser creditada como roteirista, que acho incrível o que você fez. Você é uma verdadeira defensora das mulheres. Nem consigo expressar o quanto te admiro. Espero ser igualzinha a você quando for mais velha".

Ao meu lado, Freddie reprime uma risadinha. "Isso é muito gentil da sua parte", digo. "Então você tem intenção de escrever?"

Ela balança a cabeça. "Ah, acho que não. Só quis dizer... acho que gosto de pensar em mim mesma como uma feminista. E fico grata por você ter usado sua voz pra fazer tanto pelas mulheres." Ela olha para a água. "Tenho certeza de que não foi fácil. Mas você lidou com tudo com muita dignidade."

Com isso, Freddie solta uma risadinha de desdém. Ela o encara, sobressaltada. Então fica vermelha e parece hesitar.

"Eu queria mesmo falar com você antes de nossos caminhos se separarem. Sobre o que aconteceu com Kurt." De novo, ela olha para Freddie.

"Não se preocupa. O que quer que você queira dizer sobre Kurt, pode ser na frente de Freddie." Freddie inspira fundo e cerra o maxilar.

Ela assente. "Não sou inocente a ponto de achar que você não percebeu. Mas eu..." Ela hesita, vira o rosto. Quando volta a me olhar, me assusto ao perceber que está chorando. "Sinto muito, Lila. Fiquei péssima por causa disso. Senti que estava traindo você, a pessoa que mais admiro! Mas me senti..." Ela balança a cabeça. "Sem saída. Entendo totalmente se você me odiar."

Toco o ombro dela. "Eu não te odeio."

Ela espalma o rosto, borrando um pouco a maquiagem. "Você sempre foi tão boa pra mim. Eu queria te contar logo no começo, da primeira vez que aconteceu. Mas é que... o filme, tudo o que estávamos fazendo... parecia importante demais. Eu não queria que nada atrapalhasse. Não estou tentando justificar o que aconteceu, dar algum tipo de desculpa. Só espero que compreenda como aconteceu... por que aconteceu."

Ela esboça um sorriso, depois enterra o rosto nas mãos. As pessoas ao redor passam a notar.

"Vamos, vamos", digo, massageando as costas dela. "Acho que você está se dando crédito demais. Tenho uma boa ideia do que aconteceu entre você e Kurt, do tipo de pressão que ele fez."

Ela ergue o rosto. "É?"

Ofereço um sorrisinho. "Já estive no seu lugar, sabia?"

Ela pisca, arregala os olhos. Então congela.

Freddie pigarreia, e com isso sei que acha que estou revelando demais, que não posso confiar nela. Mas não consigo evitar. Quero protegê-la. Conheço Kurt: assim que eu o deixar, vai correr atrás dela. Quero protegê-la dele.

"Olha", digo, me inclinando em sua direção. "Estou do seu lado. Sei que não foi culpa sua. É uma pena eu não ter podido ajudar. Sinto muito pelo que teve que passar."

"Então o tempo todo...", ela diz, baixo, então olha para mim, "... você sabia?"

Balanço a cabeça. "Ele fez o mesmo comigo. Nessa indústria, é o preço que as mulheres muitas vezes pagam para iniciar uma carreira."

Ela me avalia por um momento, perdida. O único som é o bater lento da água abaixo de nós.

"Ei." Pego sua mão na minha. "Vamos deixar isso pra trás, tá bom? Temos muito a comemorar! Esse projeto incrível está quase pronto. Esta é uma noite muito especial." Aperto de leve. "Hoje se encerra um capítulo muito longo e difícil, pra mim e pra você. Mas amanhã... amanhã virá o ajuste de contas." Sua expressão se altera ao compreender minhas palavras. "Um novo começo", digo, baixo. "A chance de reescrever a narrativa da nossa vida."

Minha versão mais jovem sorri para mim, seus olhos se enchendo de maravilhamento, de esperança...

Eu sorrio de volta, e tudo em que consigo pensar é em você, Jonah, porque, amanhã, estaremos finalmente juntos.

Nós três olhamos para o horizonte — para além da luz

forte em nossa ponta da doca, que parece mais brilhante agora, mais brilhante contra a escuridão que cai. Inspiro fundo e me despeço em silêncio de Montauk, do filme, da minha vida como era antes. E então, em um piscar de olhos, o sol escaldante mergulha e a água se enche de sangue.

Muito mais tarde, na escuridão da noite, Freddie e eu nos acomodamos no nosso carro privado e começamos a longa viagem de volta para a cidade. Ainda estamos agitados por causa da festa enquanto passamos por cada uma das cidades aconchegantes dos Hamptons, discutindo nossas esperanças relacionadas ao futuro do filme. Peço a opinião de Freddie quanto às duas opções de final que filmamos: a que se mantém fiel às palavras de Fitzgerald, na qual Dick entra lentamente na obscuridade; e a mais dramática, que concebi dias antes.

"Não consigo evitar", digo. "É tão decepcionante Nicole ver Dick na beira do precipício e sentir o impulso de ir até ele mais uma vez, só para ser contida por Tommy. É a visão *masculina* dos eventos." Balanço a cabeça. "Fitzgerald teve a ideia da luz verde de *Gatsby* na Riviera Francesa, onde *Suave é a noite* acontece originalmente. E acabamos de filmar nossa adaptação aqui, *naquela estreita e conturbada ilha que se estende a leste de Nova York*, pertíssimo da casa de Gatsby. A fusão desses mundos implora por reconhecimento. Pensa só: lá está Dick, perdido e sozinho, na beira do precipício... Não seria difícil Nicole fazer sua morte parecer suicídio, não acha?"

Discutimos as implicações dos dois finais possíveis, mas tenho uma clara preferência. Qual será a sua, Jonah, o verdadeiro especialista? É suficiente Dick cair no esquecimento? Ou assim deixamos que escape fácil demais? Na verdade, não seria uma sorte dele de ter a chance de desaparecer? No fim, qual é o pagamento justo pelos crimes que cometeu, o pagamento que permitiria a Nicole se tornar uma mulher livre? Nossa adrenalina começa a esvair e subimos o vidro que nos separa do motorista, para ter privacidade. Então, baixinho, revelo a Freddie os preparativos para minha fuga secreta, que só fui capaz de realizar sob sua orientação. Meu entusiasmo deve ter ficado evidente, porque Freddie logo conclui que não estou apenas escapando da vida *com* Kurt, mas *para* ficar com alguém. Então revelo que o homem misterioso é o mesmo que ele conheceu na galeria. Conto tudo sobre você, Jonah, sobre nós (*nós!*), sobre nossa intenção de ficar juntos. Desando a falar sobre você, sobre nossas sessões, sobre sua reputação sem igual de salvador de sobreviventes de violência doméstica. Para minha surpresa, a reação de Freddie não é a que eu esperava.

"Deixa ver se entendi. Ele é especialista em mulheres agredidas. Faz você confessar todos os seus segredos sobre Kurt, te deixa no seu estado mais vulnerável, depois trai a noiva para ficar com você e promete ser seu protetor?"

Fico na defensiva. "Do jeito que você fala, ele parece um manipulador."

"E não é?"

"*Claro* que não! Fui a primeira a confessar meus sentimentos. Se alguém seduziu o outro, fui eu."

"Ah, Lila, por favor. O cara já tinha identificado seus sentimentos por ele como transferência. O que é obviamente o caso. Mas escolheu não agir de forma profissional. Não te impediu. Só esperou até que você estivesse desesperada, indefesa, sozinha, na sua casa nova, da qual ninguém mais sabe, e aí praticamente se forçou sobre você. Não foi isso?"

Fiquei quieta por um momento. "Não pareceu assim."

"Tá. Que nem você se convenceu de que Kurt não era um predador sexual." Freddie suspira. "Desculpa, mas sua visão está distorcida. Você deixa que esses caras duvidosos te convençam a confiar neles e fica às cegas."

Freddie entrelaça os dedos aos meus e aperta minha mão de leve. "Estou falando como alguém que acabou de sair de um relacionamento abusivo. E, se eu consegui, foi por sua causa. Agora me deixa te ajudar como você me ajudou. Posso te levar pra longe disso. Podemos viajar juntos, pra onde você quiser. Você pode passar um tempo sozinha. Esperar a poeira baixar, clarear os pensamentos."

Quando fico em silêncio, Freddie acrescenta: "No mínimo, ele está sendo antiético. O cara devia perder a licença. Não deveria poder chegar perto de uma mulher abusada pelo resto da vida".

"Você não o conhece! Faz parecer que ele é um predador, quando não é! Estou apaixonada por ele!"

"Você só acha que está." Freddie fica em silêncio por um momento. "Quem é esse cara, afinal? O que você sabe sobre ele? Do histórico dele?"

"Não muito." Dou de ombros. "Ele também estudou em Princeton."

Freddie pisca. "Não ao mesmo tempo?"

"Acho que coincidimos um ano. Mas só percebemos isso depois de fazer as contas."

"Lila, você acredita demais nas pessoas. Sempre vê o melhor nos outros. Mas tem um monte de sinais negativos. Estou com uma sensação ruim..."

"Ai, Freddie!", exclamo. "Não pode ficar contente por mim? Estou *feliz*. Finalmente, estou feliz de verdade. E sei que posso confiar em Jonah. Então me deixa ser feliz, por favor."

Ele suspira. "Todo mundo é inocente até que se prove

o contrário", Freddie diz, depois balança a cabeça. "Só me preocupo com você. Minhas intenções são boas, você sabe." Ele hesita, mas não consegue evitar: "Me deixa pesquisar um pouco. Talvez eu esteja errado. Talvez ele tenha uma ficha impecável e intenções tão puras quanto você acredita. Aí te dou todo o meu total apoio, prometo".

... E foi isso. Torço para que você não pense mal de Freddie, a quem amo tanto. Ele está errado a seu respeito, não é, Jonah? Confesso que estou tão desesperada para escapar da minha situação e confiei tanto em você que nunca questionei sua integridade. Espero que não pense que é o que estou fazendo agora. Por outro lado, queria que você me garantisse que foi totalmente transparente comigo, desde o começo. Então posso afastar a sementinha de dúvida que foi plantada e seguir em frente, com uma confiança absoluta em você, em nós. Pode me ajudar com isso?

Agora chega. Freddie está dormindo ao meu lado, e no horizonte vejo as luzes brilhando da cidade e o dia começando a nascer. Sempre que faço esse caminho para casa penso em um trecho de *Gatsby* que aposto que você ama tanto quanto eu: *A partir da ponte Queensboro, a cidade é sempre vista como pela primeira vez, em sua primeira e louca promessa de todos os mistérios e belezas do mundo.* Tudo pode acontecer, qualquer coisa...

Até mesmo Gatsby pode acontecer.

Até mesmo você.

Tenho pensado em você sem parar desde que me escreveu sobre Maggie. Espero que a separação não tenha sido horrível demais. Parte de mim odeia o fato de eu ter feito isso com vocês. Mas sempre retorno à sensação profunda e verdadeira de que estamos destinados a ficar juntos.

Me encontre no meu *pied-à-terre* amanhã, ao pôr do sol. Tenho uma surpresa para você. E então, finalmente, como seu autor preferido escreveu, olharemos um para o outro com esperança infinita ao adentrar uma nova, doce e quente escuridão.

Lila

Nove

Jonah acordou com um sorriso no rosto e se sentindo aquecido por dentro como acontecia quando era criança e o Natal chegava. Na época, pulava da cama e ia procurar a mãe ainda de pijama vermelho combinando — ela podia estar na cama, com o rímel borrado, mesmo nesse dia especial. Ou colocando um último presente debaixo da árvore. Ou ainda na cozinha, com uma xícara de café quentinho entre as mãos, a estação de rádio de músicas natalinas tocando baixo, olhando para algum lugar tão distante que Jonah nunca soube onde era. De qualquer modo, corria até ela, a abraçava pela cintura, enterrava a cabeça em seu corpo e dizia: "Feliz Natal, Birdie". Ela se sobressaltava, enxugava uma lágrima que não passava despercebida a ele e lhe dava um beijo na cabeça. Sussurrava "Feliz Natal, querido".

Mas aquilo tinha sido há muito tempo. Jonah balançou a cabeça, procurou afastar a leve tristeza que se insinuava com um suspiro e se acomodou, deixando que as palavras de Fitzgerald servissem como um bálsamo para sua mente inquieta. *Toda a desgraça que conhecera, o sofrimento e a dor tinham sido provocados pelas mulheres.*

Jonah piscou os olhos para a realidade, para as folhas roçando sua janela, o trecho de céu claro mais além. O dia finalmente havia chegado. O dia em que enfim se comprometeria a amar Lila Crayne completamente.

Ele se espreguiçou na cama vazia, alongando braços e pernas, sentindo um tremor satisfatório quando os membros chegaram ao limite, depois seguiu os pontos pretos em sua visão pelo teto até que sossegassem e sumissem. Restava um único dia, um dia como qualquer outro em que garantiria às pacientes um espaço seguro para revelar seus sofrimentos secretos. Enquanto isso, seus próprios pensamentos nadariam contra a corrente das palavras dele, na direção de Lila.

A última semana havia se passado em um borrão agitado, insignificante a não ser pela ferida recente da saída de Maggie de sua vida. Depois de retornar da casa de Lila aquela noite, havia corrido para a cama, torcendo para que o sono viesse logo. Mas a adrenalina ainda tomava conta dele, e sonhos envolvendo Lila e seu futuro juntos se revelavam deslumbrantes, pontuados pelas batidas aceleradas de seu coração.

Jonah ainda estava acordado quando Maggie chegou de sua noitada, por volta das três, com as pernas trançadas, xingando baixo e dando risadinhas. Com os olhos semicerrados, a viu tirar os sapatos e segurá-los pendurados nos dedos enquanto procurava algo no escuro. Jonah a ouviu através da porta do banheiro escovando os dentes e lavando o rosto, então se virou de costas e fechou os olhos, para que Maggie, depois de apagar a luz e entrar na cama, enlaçasse a cintura dele, o beijasse na nuca e o segurasse daquele jeito que ela sabia que Jonah adorava. Sentiu o cabelo dela acariciar sua pele, e em poucos minutos a leve expiração de Maggie se tornou constante e fresca contra o osso na base de seu pescoço. Era capaz de visualizar a serenidade de sua expressão enquanto adentrava o mundo dos sonhos. Tentou capturar aquilo, gravar na mente o momento final de proximidade entre os dois, quando Maggie ainda era feliz, acreditando que se tratava de uma noite qualquer, apenas outra noite indigna de nota no fluxo infinito de noites que teriam à frente pelo restante de sua vida juntos.

Em algum momento, devia ter pegado no sono, porque quando percebeu, Mags subia e descia a mão por seu corpo, os dedos traçando as curvas suaves do abdome e indo mais além, alcançando a cueca de algodão, entrando por debaixo do elástico grosso, roçando o tufo de pelos ali e se fechando pela extensão dele, satisfeita em como ele estava pronto antes mesmo de despertar.

Estava exausto, ainda não era o momento de deixar o sono para trás, e sentia uma secura que ia da língua até a garganta. Sua pele parecia esticada sobre os ossos, os músculos moles, os olhos embaçados; mesmo assim, os dedos dela fluindo por ele, o calor de seu toque e a sede de seu desejo o conduziram de volta à superfície, fizeram com que adiasse o futuro para se perder em Maggie uma última vez.

Jonah inspirou fundo e se espreguiçou, ao que ela soltou um murmúrio de alegria, puxando a cueca dele para baixo e engatinhando até ele. Tentou não a beijar — estava com um gosto amargo, azedo na boca —, mas os lábios insistentes dela o fizeram ceder. Maggie abriu as pernas e montou nele, prendendo-o na cama, enquanto beijava seu pescoço e os cachos roçavam a pele dele. Jonah tirou a camiseta dela e a jogou para o lado, aproveitando a visão desimpedida dos seios pendendo acima dele à luz fraca da manhã.

Passou os dedos pelo próprio cabelo, coçando a cabeça para acordar enquanto ela o colocava para dentro. Pelo visto, naquela manhã ela queria conduzir. Assim, Jonah apoiou as palmas nas laterais do corpo dela, seus polegares pressionando os ossos dos quadris, e observou, como num sonho,

Maggie se movimentando devagar em cima dele, com os olhos fechados de prazer. Só os abria de vez em quando para olhar nos de Jonah e sorrir.

Aquilo era paz, não era? Aquele quarto silencioso, cheirando aos lençóis e ao xampu que compartilhavam, a mão dela leve no cabelo dele, o gentil movimento dos seios de Maggie. Por um momento, foi como se Lila estivesse ali, como se Jonah estivesse descansando em um lar doce e seguro como nunca havia conhecido...

Com uma ligeira pontada, ele se deu conta de que logo tudo aquilo seria destruído. Maggie nunca mais o olharia daquela maneira. A culpa voltou a inundá-lo. Sentiu o desejo começar a diminuir, e tentou afastar a sensação, a se concentrar no momento, mas uma onda repentina de tristeza veio, e ele soube que estava a momentos de perder a ereção. A única maneira de seguir em frente, ele sabia, era afastar seus pensamentos de Maggie e direcioná-los a Lila.

Jonah fechou os olhos para se dedicar melhor à fantasia. Agarrou os pulsos de Maggie e os prendeu com força atrás das costas dela, que arqueou a coluna violentamente em resposta. Passou a se movimentar com mais força para se estimular. Estava quase lá quando sentiu Maggie recuar um pouco.

"Jo", ela disse, baixo, e ele abriu os olhos. "Aonde você foi agora?"

"Estou bem aqui", Jonah disse, mas Maggie balançou a cabeça.

"Não está, não." Ela soltou os pulsos, apoiou os antebraços no peitoral dele e buscou seus olhos. "O que está acontecendo?"

Ele hesitou, e Maggie recuou mais um pouco, começando a entender. "Mags..."

Mas aquilo pareceu afastá-la ainda mais. Ela se desvencilhou de Jonah e pegou a camiseta, lutando para virá-la do avesso e a vestir. Jonah observou tudo em silêncio, seu coração martelando de medo, depois se sentou, com as costas apoiadas na cabeceira, enquanto Maggie cruzava os braços e o encarava.

"É ela, não é?"

"Mags..."

Ela o encarou, sem piscar.

Jonah fez uma careta, então disse: "Não posso mais".

"Não pode mais o quê", Maggie repetiu, devagar, perigosamente.

Jonah a encarou, odiando a si mesmo. Por fim, conseguiu falar. "Não posso ficar com você, Mags. Acabou."

Era como se ela tivesse levado um tapa na cara. "Quê?"

"Eu queria fazer funcionar. Mas aqueles sentimentos que eu tinha... eles não foram embora. Ela quer ficar comigo." Ele balançou a cabeça, com dificuldade de se expressar. "Sinto que não tenho escolha."

"Que não tem *escolha*?"

"Tenho que dar uma chance, ver no que vai dar", Jonah falou, baixo. "E, pra fazer isso, preciso ser justo e liberar você."

"Não, não vem com essa. Isso não tem a ver comigo. Tem a ver com você, Jonah, e com o que você quer."

Ele concordou com a cabeça, envergonhado. "Tem razão. Não posso não tentar. Eu me arrependeria pelo resto da vida."

Maggie hesitou. "Quando foi que isso aconteceu?"

Ele fechou os olhos, baixou a cabeça.

Ela soltou uma risadinha. "Vocês se encontraram ontem à noite, né? Você mentiu pra mim."

Jonah assentiu.

"Você transou com ela?", Maggie perguntou, incrédula.

Ele balançou a cabeça.

"Não acredito em você." Ela abriu um sorriso triste. "Mas acho que não importa."

"Sinto muito mesmo. Sei que posso estar cometendo um grande erro. E quero que você saiba que não tem nada a ver com você. Tem a ver comigo, com minha bagagem." Ele suspirou, coçou a testa. "Acho que, de certa maneira, é fruto do trauma relacionado à minha mãe..."

"Ah, chega da porra da sua mãe!", ela exclamou. "Você sempre faz isso. Sempre se esconde atrás da sua psicanálise pretensiosa pra se proteger. Você não pode colocar a culpa de tudo na sua mãe, Jonah. Tá, ela era problemática. E quem não é?! Alguma hora você vai ter que começar a assumir a responsabilidade sobre seus erros."

Maggie apertou a base das mãos contra os olhos e as manteve assim por um momento, sem respirar. "Então é isso", ela falou. "Você está pulando fora. A gente acabou. Todos esses anos, a vida que construímos juntos. Nosso futuro inteiro. Você vai jogar tudo fora por causa da porra de uma paixonite, porque está *curioso* pra ver o que acontece. Eu significo assim tão pouco pra você?" Maggie baixou as mãos para encará-lo. "Meu Deus, Jonah! Sou tão fácil assim de descartar? Você ao menos se importa? Você sente alguma tristeza por nós? Ou só está empolgado porque vai ficar com Lila Crayne?"

"Claro que eu me importo." Jonah estendeu a mão para tocar o joelho dela. "Eu te amo."

"Não toca em mim." Maggie se encolheu e enrolou o lençol em volta do corpo. Se levantou e ficou ao pé da cama. "Eu soube no dia da nossa mudança. Lembra? Soube que tinha alguma coisa errada, que alguma coisa te segurava. E te dei a chance de desistir. Mas você me prometeu." Lágrimas se acumulavam em seus olhos. "Você prometeu que eu era tudo o que você queria. Disse que tinha certeza de que eu era a pessoa certa. Aí eu me entreguei por completo. Mas era mentira, não era? Você não tinha certeza nenhuma. Estava só esperando por algo melhor."

Zelda miou da porta e irrompeu no quarto, o rabo roçando nos tornozelos de Maggie ao passar. Ela inspirou fundo diante do toque inesperado, depois olhou em volta, parecendo cair na real de repente. "Preciso sair daqui."

Pegou o celular e começou a digitar. Lágrimas escorriam por seu queixo e caíam na tela.

"Você não precisa ir agora, Mags. Não tem pressa. Posso te ajudar a encontrar outro lugar. Quero ajudar."

Ela soltou uma risada sombria. "Claro que sim. Obrigada, Jonah, por toda a sua generosidade, por não correr para me botar na sarjeta. Mas não se preocupa: vou sair do seu caminho pra abrir espaço pra ela. Mas não sei por que você se dá ao trabalho. Tenho certeza de que a casa dela é muito melhor."

Maggie se movimentou rápido pelo cômodo, pegando roupas e jogando coisas aleatórias em uma mala. Jonah ficou deitado e fechou os olhos, procurando se manter o mais imóvel possível, com os ouvidos atentos aos suspiros furiosos dela, suas fungadas, os ruídos de sua garganta carregada. Torceu para que o tempo passasse mais rápido, para que aquele término agonizante se tornasse coisa do passado.

Enfim, a ouviu parar. Então abriu os olhos.

"Pego o resto das minhas coisas esta semana ainda. Com sorte, quando você não estiver aqui", ela acrescentou, depois jogou a mala por sobre o ombro.

"Maggie..."

Ela esperou. "O quê?"

Jonah a encarou, tentando pensar no que poderia dizer para abrandar o término, um pouquinho que fosse.

Maggie balançou a cabeça. "Você vai se arrepender disso. Pelo seu bem, espero que não, mas tenho a sensação de que vai sim. Mas eu? Mesmo agora, mesmo triste e puta pra caralho, estou muito agradecida. A você e a ela." Maggie fez uma pausa. "Sempre me perguntei se você tinha outro lado, um lado mais sombrio que escondia de mim, e agora descobri que estava certa. Pela primeira vez, vejo você por quem realmente é. Ficar com você foi meu maior erro. Agora que acabou, posso levar a vida que eu devia estar levando há muito tempo."

Imediatamente depois da partida dela, Jonah mandou uma mensagem para Lila dizendo que havia terminado tudo e que Maggie já havia ido embora. Ficou esperando uma resposta, que, quando não veio, fez sua consciência vacilar. Jonah se encontrou alternando entre a ansiedade pela perspectiva cada vez mais próxima de ter Lila e o medo de ter cometido um erro terrível. Perambulava pela casa que Maggie havia construído para os dois, muito consciente da ausência dela, de como sua vida de repente tinha ficado vazia. Odiava a si mesmo pela crueldade do que havia feito, pela facilidade com que a manipulou até um beco sem saída de dor e sofrimento, do qual escapou ileso.

E se as coisas não fossem como ele esperava? E se Lila mudasse de ideia, voltasse atrás? Ou pior: e se, ao ficar com Jonah, ela acabasse decidindo que cometia um erro? Ele talvez sofresse duas perdas das quais não conseguiria se recuperar: teria destruído seu futuro com Maggie sem razão e posto um fim definitivo no sonho incorruptível que era Lila Crayne.

A noite anterior — a última noite sozinho de Jonah antes que ele e Lila pudessem enfim ficar juntos — havia sido mais uma insone. Mas, em algum momento da madrugada, ele mais sentiu do que viu um brilho repentino através da pele fina das pálpebras fechadas, então alcançou o celular para encontrar o registro de diário de Lila. Depressa, com a vista turva, Jonah o leu, e o afeto ardente dela o esquentou por dentro. Mas, ao chegar na parte da conversa com Freddie, o pânico o inundou. Era possível que Freddie descobrisse que Jonah conhecia Lila de Princeton, onde havia passado a primeira metade de seu último ano a observando de longe? Não, não tinha como. Mesmo assim, Lila havia pedido que ele garantisse, que desse a palavra de que poderia confiar totalmente nele. Porque começava a duvidar.

Jonah sabia que uma hora teria que lembrá-la da vez que passaram, juntos, perdendo-se livre e completamente um no outro no anonimato misterioso da noite. Mas fazê-lo agora, quando estavam tão próximos do final feliz... seria tentar o destino. Embora o encontro tivesse sido perfeito e as intenções de Jonah puras, seria compreensível ela ficar chateada por ele não ter mencionado nada aquele tempo todo. E, muito embora não devesse ser o caso, descobrir aquela mentira por omissão poderia dar a Lila um motivo para repensar — ou até mesmo abandonar a ideia de um futuro juntos. Jonah ia contar, e logo, mas não agora.

Enquanto imprimia o último registro do diário, Jonah pegou a pasta dela, que naquela semana havia passado do consultório para a mesa de cabeceira dele, junto com o porta-retratos da foto de Princeton. (A pasta logo seria guardada em uma caixa escondida no alto do armário, contendo outros tantos souvenirs, como o lenço de *Gatsby* que Lila havia lhe dado do set e a última edição da *Vogue*, com Lila e Kurt na capa — e a manchete "A melindrosa e seu filósofo". Imaginava presenteá-la um dia com sua coleção particular e confessar que durante anos procurou o nome dela em jornais. Assistiria os olhos de Lila se enchendo de gratidão ao constatar o quanto a amava.)

Jonah colocou a impressão atrás de suas anotações das sessões, junto com os outros registros de diário enviados por ela. Sistematicamente, releu todos, certificando-se pelo que parecia ser a centésima vez de que havia encoberto seus rastros. Fez uma leve careta diante das próprias anotações imprecisas, repletas de mentiras para acobertar seu amor duradouro por Lila Crayne. Sabia que havia cometido alguns deslizes, mas eram mínimos, inofensivos. Estava quase pegando no sono quando a manhã começou a irromper, a papelada escorregando ao seu lado. Tinha certeza de que Lila não desconfiava de nada. Afinal, estava evidente naquele registro de diário, não? Ela o amava e queria acima de tudo confiar completamente nele. Jonah faria qualquer coisa para não perder sua confiança.

A manhã da fuga secreta enfim chegou. Estava um forno — era o dia mais quente daquele verão. As horas se passaram com uma lentidão excruciante enquanto Jonah aguardava pela libertação da noite. Imaginava Lila acordando com um sorriso no rosto, pensando nele. Ou empacotando o que restava de suas coisas, as caixas marcadas empilhadas direitinho; ela se despedindo de sua vida à margem do Hudson para embarcar em uma nova vida com Jonah — *olá!* Lila sonhadora na banheira (*minha nossa*), esfregando-se com a esponja, passando hidratante na pele, toda porcelana e cor-de-rosa, o cabelo perfeitamente despenteado, brilhante, vigoroso. Lila, que talvez sucumbisse a certo nervosismo — era uma decisão importantíssima, afinal —, mas logo deixando as dúvidas de lado, segura de que o futuro que queria para si, o futuro que já chegava, só podia ser com Jonah.

Quando seus atendimentos acabaram e o sol, em seu lento borrão, caía a oeste, Jonah tomou um banho, fez a barba e vestiu sua melhor roupa, depois abriu caminho através do calor implacável até o esconderijo de Lila.

Em sua fantasia, ele a encontrava depois de passar o dia todo preparando o novo lar deles. Claro que ainda não pareceria pronto — não faltaria espaço para que a relação florescesse. Daquela vez, no entanto, o espaço pareceria caloroso e sutilmente aconchegante. Talvez ela tivesse comprado um buquê de margaridas para alegrar o espaço. Talvez tivesse montado uma tábua de frios e aberto uma champanhe — para um jantar leve antes da comemoração mais íntima. Jonah considerou que ela talvez não tivesse comprado móveis — sabia que esteve ocupada em Montauk terminando o filme —, mas certamente haveria algum tipo de cama, nem que fosse apenas um edredom grosso aberto no chão, onde ficariam emaranhados, com a segurança de que enfim haviam encontrado seu lar de direito.

Chegou um pouco cedo — uns vinte minutos para o pôr do sol — e entrou, com mais confiança daquela vez. Para seu desânimo, no entanto, a casa continuava vazia. Jonah atravessou o corredor e subiu as escadas, e, apesar da luz quente do fim do dia, sentiu-se estranhamente desconfortável ali. Não havia nenhum indício de Lila ter pisado ali — até as velas tinham desaparecido. O vazio fazia com que parecesse o fantasma de uma casa, que já havia sido habitada, mas que no momento se encontrava estéril, um mero fóssil da própria história.

Uma lembrança lhe veio à mente: o verão depois da formatura em Princeton. Fazia pouco tempo que Birdie havia morrido, e ele tinha que lidar com as coisas deles, separando as artes da mãe e alguns itens estimados para guardar em um depósito, e se livrando do restante por um valor criminoso, para depois colocar sua casa de infância à venda. Com isso feito, Jonah entrou pela última vez na casa vazia: limpa, pintada, desprovida de memórias. Talvez porque Birdie estivesse morta, ele sentiu que uma beleza melancólica permeava o lugar. Recordava a sensação distinta e estranha de que, se procurasse bem, encontraria a mãe escondida ali. Então ficou enrolando na casa vazia, torcendo para sentir novamente a presença de Birdie; mas não sentiu nada — além da constatação esmagadora de que estava sozinho.

Jonah avançava devagar na casa de Lila, dizendo a si mesmo que tinha o direito de explorar, mas, por algum motivo, não conseguia afastar a sensação de que estava invadindo propriedade privada.

A atmosfera assombrada o deixava inquieto, nervoso; não queria estragar a ocasião entrando naquele estado. Enxugou a testa, úmida de suor. E daí que Lila estava atrasada? Era uma atriz, e atrizes eram assim. Embora Jonah não gostasse de atrasos, era compreensível — ela devia ter um monte de preparativos a fazer. Mesmo assim, conforme os minutos passavam e sua ansiedade crescia, soube que precisava se forçar a relaxar.

Jonah saiu para o terraço e fechou a porta atrás de si. Respirou.

Estava melhor lá fora com a brisa noturna, o som das árvores, o ruído baixo do tráfego. Assistiria ao pôr do sol e se concentraria em respirar, em manter a calma até que Lila chegasse.

O sol mergulhou e se foi, deixando o céu vazio a não ser por uma tonalidade vermelho-sangue. Talvez ele estivesse exagerando; talvez Lila estivesse pertinho. Sabia exatamente o caminho que ela faria, a pé ou de carro, e a imaginou cumprindo o trajeto, contando cada segundo que levaria. Imaginou a cena várias vezes, como um filme que repete a mesma sequência em looping, o pensamento de que ela estava prestes a chegar. Mas nada.

O céu ficava cada vez mais escuro. Jonah já havia mandado três mensagens, sem resposta. Rangeu os dentes, pensativo.

Não, não precisava se preocupar em ultrapassar os limites. Afinal, tinham decidido ficar juntos! Podia muito bem ligar para Lila e perguntar o que estava acontecendo.

Caiu direto na caixa. Não reconheceu a mensagem (mas como era antes? Não conseguia lembrar.) *A pessoa para quem você ligou está indisponível.* Então um bipe.

"Lila, é o Jonah. Só liguei pra saber como você está. Já estou na sua casa. A casa nova, digo. Faz um tempinho, e... espero te ver logo mais. Manda notícia."

Desligou, com o coração a mil. A mensagem automática só o havia deixado mais nervoso. Teria ligado para o número errado? Freddie podia ter descoberto algo a seu respeito que a fez bloqueá-lo (*Deus do céu*)? Lila tinha decidido não deixar Kurt, não aparecer? Era aquilo? Nunca mais saberia de Lila Crayne?

Enquanto se esforçava para não surtar, um motivo para aquele silêncio, mais provável e mais perigoso, se insinuou em sua mente. Teria acontecido algo com ela?

Jonah aguardou no terraço, sofrendo, até o céu ficar completamente preto. Então teve que aceitar que ela não apareceria. Mandou uma última mensagem dizendo que estava indo para casa, mas que, por favor, avisasse que estava bem. Então atravessou aquele mausoléu silencioso às cegas, com a sensação ainda mais perturbadora de que estava sendo observado, e saiu às pressas, fechando a porta atrás de si.

Deixando-se levar pela confusão mental, Jonah seguiu para o apartamento dela — como se, tal qual Gatsby, pudesse ficar sob vigília caso Kurt tentasse alguma brutalidade contra Lila, que se comunicaria acendendo e apagando a luz. Estacou assim que percebeu aonde seus pés o levavam e se forçou a voltar para casa. Disse a si mesmo que logo teria notícias dela e que, até lá, tinha que fazer o que era melhor. Aguardar.

No entanto, quando virou no quarteirão de casa, assustou-se ao perceber as luzes acesas. Teria as esquecido ligadas em sua distração? Então viu uma sombra se movimentando à janela do quarto e prendeu o ar. Havia alguém lá dentro.

Entrou, com o coração martelando. "Oi", disse, alto.

O que fazer? Jonah procurou no corredor algo com que pudesse se defender. Kurt havia arrombado a porta e agora esperava Jonah voltar para pegá-lo de surpresa? Devagar, com cuidado, ele seguiu para o cômodo e entrou, receoso do que poderia encontrar ali.

"Mags."

Jonah soltou o ar, aliviado ao vê-la sentada na beira da cama, mexendo em alguns papéis, com Zelda enroscada no colo, ronronando. E, por um momento estranho e desesperado, Jonah desejou que nada daquilo tivesse acontecido, que Lila Crayne não estivesse de volta em sua vida, que só estava apenas retornando para casa, para sua vida com Maggie.

Ela levantou a cabeça, sobressaltada. "Eu não sabia se você estava em casa. Quando vi que não, achei que não teria problema entrar para aproveitar e levar o restante das coisas antes de você voltar."

Olhou em volta. De fato, havia caixas abertas por toda parte, com roupas displicentemente penduradas nas laterais. Estava acontecendo. Maggie estava deixando Jonah de vez, e a culpa era toda sua.

De repente, uma raiva repentina tomou conta dele. "Bom, e o que você ia levar? Pensou em aproveitar que eu estava fora pra levar Zelda também?"

Ela estranhou, balançou a cabeça. "Não, Jonah. Eu nunca faria isso. Olha, eu só ia pegar minhas coisas e deixar uma lista de itens maiores que me interessam. Depois a gente decide quem fica com o quê. Mas aí me distraí."

Jonah balançou a cabeça, sem compreender. Então olhou

mais de perto os papéis espalhados na cama. Era o conteúdo da pasta de Lila.

"O que é isso?" Ele arrancou um registro de diário das mãos de Maggie e começou a recolher as folhas dispersas freneticamente.

"Desculpa. Sei que eu não tinha o direito de ler. Mas estava tudo aqui, e não consegui evitar. Precisamos conversar, Jonah."

"Que merda, Maggie!", ele disse rasgando sem querer uma folha em sua raiva. Por sorte, a caixa de Lila continuava escondida no alto do armário. "Você está acima disso."

"Jonah, me ouve, por favor. Acho que Lila não está sendo sincera com você."

"Quê?" Seria aquela uma forma triste e perversa de reconquistá-lo? "Do que diabos você está falando?"

"Só me ouve, tá?" Ela afastou o cabelo do rosto, seus olhos agitados. "Tem várias coisas nessa pasta que não fazem sentido. Perdi o fio da meada depois de um tempo, de tantas que são." Zelda entreabriu os olhos, depois se espreguiçou luxuriosamente sobre as coxas de Maggie. "Zelda, por exemplo."

Ele balançou a cabeça. "Zelda?"

"Não me olha assim, por favor. Escuta. No diário, Lila diz que quer um gato, não é isso? Que ama gatos. Mas lembra quando a gente se conheceu, antes de uma sessão dela? A pele dela ficou vermelha na hora, ela nem conseguia respirar direito. Nas suas anotações, você diz que foi uma reação à maquiagem. Mas eu lembro perfeitamente que ela perguntou se a gente tinha gato, e eu contei sobre Zelda. Ela ficou preocupada, disse que já tinha ido parar no hospital porque era alérgica."

Jonah revirou os olhos. "Isso é ridículo. Talvez nem seja o mesmo dia. Fora que um monte de gente que gosta de gato tem alergia."

"Tá, eu sei, mas isso é só o começo. Essas anotações estão cheias de mentiras. Como ela fingir que o pedido de casamento foi espontâneo. Todos os sites de fofocas dizem o contrário: que Lila disse a Freddie James pra vazar a informação pros repórteres. Fazia meses que ela vinha planejando tudo."

"Ah, então você anda procurando notícias sobre ela?" O coração dele batia acelerado. "Isso é invasão de privacidade, dela e minha, e não vou tolerar. São só fofocas baratas. E mesmo assim, as explicações são infinitas, e não sou obrigado a me explicar pra você. Talvez ela estivesse se sentindo insegura..."

"E quanto a isso?"

Maggie segurou a inspiração de *Ícaro*: a foto emoldurada de Jonah em Princeton, anos antes.

Ele engoliu em seco. "O que tem?"

Por um momento, Maggie só avaliou a imagem em silêncio. "Sempre senti que essa foto tinha alguma coisa meio sinistra, meio cativante. Nunca entendi por que você colocaria uma foto escura e borrada num porta-retratos, além de a manter em destaque esses anos todos. Era um mistério fascinante pra mim. Uma inspiração. Quando pintei o quadro, senti que perseguia uma espécie de sonho. Achava que, se conseguisse entender essa foto ridícula, teria a chave para compreender você. Mas nunca cheguei a lugar nenhum. Até agora." Maggie apontou para o fundo desfocado, a explosão de luz branca e dourada. "É ela, não é?"

Jonah nem conseguiu responder.

"Eu sabia", Maggie disse, baixo, e balançou a cabeça. "Nas anotações você diz que não conheceu Lila em Princeton. Por que mentiu?"

Seu cérebro estava em pane, a boca seca, a respiração curta e rápida. Jonah sabia que estava à beira de uma crise de pânico.

Maggie inspirou fundo. "Vi Lila hoje."

Ele ficou sem ar. "Quê?"

"Fui deixar o quadro, Jonah", ela explicou, depois balançou a cabeça. "Não precisava, claro, mas quis. Pra... sei lá, me fazer de forte. Queria olhar nos olhos de Lila Crayne pra checar se ela sentia algum remorso por virar minha vida de cabeça pra baixo." Maggie se mexeu, corando, depois prosseguiu. "Quando cheguei, ela estava... bem chateada. E me perguntou se eu podia entrar pra conversar. Então me contou uma coisa, uma coisa em que eu não quis acreditar..." Maggie engoliu em seco e criou coragem para encará-lo. "Até que vi o vídeo."

"Que vídeo? Maggie, de que porra você está falando?"

"Meu Deus, não sei mais *no que* acreditar. Mas você tem que ficar longe dela, Jonah."

Era Maggie quem não merecia sua confiança, ele percebeu. Era Maggie o motivo de Lila não ter aparecido aquela noite, de não estar respondendo a suas mensagens e ligações. Em desespero, Maggie havia agido pelas costas dele para abordar Lila em seu momento de maior vulnerabilidade, para assustá-la e convencê-la a abandonar os planos de ficar com ele. Maggie havia feito tudo o que podia para destruir as chances dos dois e assim reconquistá-lo.

O celular dele vibrou.

"Jonah?", Maggie o chamou.

Ele tirou o aparelho do bolso e olhou para a tela. Era um número desconhecido.

"Jonah, é sério! Tem alguma coisa errada. Consigo sentir. Não quero que você se machuque."

Ele desbloqueou o celular, leu a mensagem e se sobressaltou ao perceber que era de Lila.

Jonah, ele está aqui. Não sei o que fazer. ME AJUDA.

Ele levantou o olhar para Maggie. "Fora."
Ela arregalou os olhos. "Quê?"
"Sei o que você está fazendo. Está tentando evitar que a gente fique junto. Mas isso... o que você fez hoje... é uma traição imperdoável. Você estava certa, Maggie: nunca foi minha primeira escolha. E agora tenho certeza de que mereço coisa melhor do que você. Então vai embora. Não quero te ver nunca mais."
Maggie se levantou, estupefata. Lágrimas se acumulavam em seus olhos. Jonah via algo mais em sua expressão, algo inteiramente novo. Medo.
"Não me ouviu?", ele gritou. "Sai da minha casa, porra! Agora!"
Por um minuto, ficaram os dois ali, odiando um ao outro. No entanto, da mesma maneira que Jonah tinha amado o eco de si mesmo em Maggie, o que agora odiava era apenas um espelho — seu reflexo esparramado na noite estilhaçada como cacos de vidro.
"Espero que você tenha o que merece", ela sussurrou. Então acariciou a cabecinha de Zelda uma última vez e foi embora, batendo a porta atrás de si.
O silêncio reinou, a não ser pela respiração pesada de Jonah. Olhou para a gata, que se levantou, assustada, e foi se esconder embaixo da cama.
Devia chamar a polícia, mandar uma viatura para o endereço dela? Não. Sabia que Lila não ia querer que a imprensa soubesse. Além do mais, ela havia pedido a ajuda *dele*. Queria Jonah, queria que ele a salvasse. Era o teste final, o último passo para conquistar Lila.
Não havia resposta certa, não havia um caminho seguro.

Ele sabia que não tinha escolha. Era hora de Jonah agir. Faria qualquer coisa por Lila, nada o impediria de protegê-la.

Engoliu em seco, desbloqueou o celular e mandou uma resposta:

A *caminho.*

ATO TRÊS
TODOS PRECISAMOS TENTAR FAZER O NOSSO MELHOR

Um

Ele cortou a noite voando, as pernas leves sob o corpo, o clique suave de seus Oxford ecoando pela calçada. Jamais havia corrido tão rápido; ia para oeste, pelo caminho menos tumultuado, livre de restaurantes e bares. Se apressou até alcançar a tira prateada que era o Hudson, depois virou à esquerda e continuou, cada vez mais próximo de Lila. Acima dele, o céu desolado, sem lua nem estrelas, escondidas pela poluição da cidade. Sempre em frente como um fantasma na escuridão, iluminado por um segundo por um poste — a própria sombra que o perseguia, eclipsando-o, ultrapassando-o —, para então sumir, como se nunca tivesse estado lá. Na West Street, casais, famílias jovens, grupinhos de amigos amontoados no píer reformado, subiam e desciam para contemplar a água, a costa brilhante e maciça de Nova Jersey. Jonah se esquivava deles como se fossem poças, todos eles cegos pela beleza do rio, alheias à crise que se desenrolava.

Sentia a adrenalina correr quente pelas veias enquanto se perguntava os horrores pelos quais Lila estaria passando naquele momento. Ele se esforçou para bloquear as imagens desagradáveis, reduzir as preocupações a um ruído branco. E concentrou os pensamentos em um único cântico meditativo, que acompanhava o ritmo de seus passos: *Lila. Lila. Lila.*

Finalmente, chegou ao quarteirão dela. Agora, o prédio diante dele parecia uma fortaleza com um segredo terrível escondido atrás de suas muralhas. Jonah verificou a rua lateral, sem conseguir deixar de sentir que alguém observava cada movimento seu. Não encontrou nada além de uma rua tranquila e arborizada, com carros estacionados e uma única pessoa caminhando à distância. Parecia ser uma noite de verão qualquer. Como se o mundo tal qual o conhecia não estivesse prestes a mudar para sempre.

Jonah se aproximou da entrada recuada e notou as câmeras de segurança voltadas para baixo, como se preparadas para atirar. A porta da frente era de aço brilhante com fechadura embutida; ao lado dela, ficava o teclado numérico do sistema de segurança. Não havia, claro, uma lista de moradores que indicasse o apartamento de Lila Crayne; nem nos botões em si. Havia uma terceira câmera, redonda, que saía de maneira protuberante da parede, como um único olho que tudo via. Jonah inspirou fundo e tentou a maçaneta.

Trancada.

Que idiota, disse a si mesmo. Ter vindo até ali sem ter considerado um plano para entrar. Deveria ligar para Lila? Mandar mensagem? Pegou o celular. Seu coração pulou para a garganta ao ver a mensagem do mesmo número desconhecido.

Usa a chave.

A chave? Que chave? Ele procurou em vão por lugares onde poderia haver uma chave escondida. Não havia nenhum capacho, vaso, nenhuma saliência discreta. A parede era reta e imaculada. Não tinha rachadura ou fenda à vista. Então um pensamento lhe ocorreu.

Ele tirou a chave da *pied-à-terre* dela do bolso. A ideia era totalmente sem sentido, ridícula. Jonah deslizou o polegar nos dentes da chave em ponderação. O tempo estava correndo, suas chances de salvar Lila se reduziam a cada segundo que passava. Ele a inseriu na fechadura, virou e ouviu um clique. A porta se abriu.

À sua frente, uma antessala penumbrosa, industrial e fria. No extremo oposto, um elevador de carga grande com as portas abertas como se estivessem à sua espera, as entranhas de aço indignas de nota, exceto pelo piso, vermelho-vivo. Jonah olhou para trás uma última vez, para o conforto da rua tranquila, para a noite quente chegando devagar. Disse a si mesmo que ainda podia dar meia-volta, ligar para a polícia a caminho de casa, em segurança. Mas não: a última coisa que Lila ia querer era que a polícia viesse — porque, em seu rastro, seguiriam os abutres da imprensa. Jonah cerrou os dentes e fechou a porta com um baque.

Assim que o elevador começou a subir com um zunido baixo, Jonah pegou o celular e pressionou os botões de volume e de desligar juntos; viu, aliviado, a tela de emergência aparecer. Disse a si mesmo que só precisava apertar os mesmos botões e deslizar o dedo na tela para que a ajuda fosse chamada. Então voltou a enfiar o aparelho no bolso e o ouviu bater contra um objeto que tinha ali:

A faca de bolso.

Não a tinha considerado até então, nem que seria uma boa ideia ter trazido uma arma. Apesar de tudo, sentiu certo alívio. Kurt era maior que Jonah e certamente mais forte, mas agora tinha um objeto ao qual recorrer se precisasse.

Não vai precisar, disse a si mesmo. Só precisava encontrar Lila e convencer Kurt a deixá-la ir.

O elevador parou — parecendo pairar no ar. Então as portas se abriram diretamente para o apartamento de Kurt e Lila.

Todas as luzes estavam apagadas. Diante dele, uma sala ampla, com pé-direito de seis metros de altura e a vasta parede de janelas com a dramática vista para o terraço vazio e o rio além. Durante o dia, Jonah pensou, o lugar devia ser bem-arejado, banhado pelo sol; mas à noite, a luz estranha da cidade lançava sombras fantasmagóricas na escuridão; e as grandes janelas se transformavam em olhos que enxergavam longe, tanto para dentro como para fora, mantendo uma vigília silenciosa. Ele notou que *Ícaro* já havia sido pendurado, a tela enorme ocupando o comprimento de uma parede, suspensa nas trevas. Estremeceu. Por que Lila havia mandado entregar ali, e não na casa nova? Talvez — é possível — para proteger a localização de seu abrigo?

À esquerda havia uma escada, que provavelmente levava ao quarto — a mesma escada, Jonah lembrou, de onde Kurt havia empurrado Lila. No outro extremo da sala, um bar que cintilava apesar da escuridão, com seus decantadores de cristal, os líquidos cor de âmbar. Mais adiante, a sala de jantar, e um corredor que sem dúvida levava para a cozinha. Tudo imóvel.

Então um som abafado — *Lila?* Tão passageiro que Jonah se perguntou se não o havia imaginado. Então ouviu o mais leve dos movimentos vindo da cozinha. Havia alguém ali, tentando não fazer barulho.

Jonah avançou pelo tapete que cobria toda a extensão da sala de estar. Passou os olhos pelo bar, procurando algo perigoso, qualquer coisa que Kurt poderia usar como arma contra ele, então se lembrou de que não precisava chegar a esse ponto. Enquanto seguia para a cozinha, os pelos de seus antebraços se arrepiaram. Jonah achou que sentia a presença próxima de alguém e se perguntou se a pessoa também sentia a sua. Com os músculos rígidos e as mãos preparadas, atravessou a sala de jantar vazia.

Um lampejo de luz em sua visão periférica, como uma sombra rapidamente cortada, o fez estacar, e seus olhos correram para a passagem que dava para a cozinha. Seguiu na ponta dos pés, ouvindo as batidas do coração, muito concentrado na entrada escura que aos poucos invadia seu campo de visão.

Nas sombras, os tons pálidos de branco e prata do cômodo refletiam uma luz espectral da parede de janelas oposta. Finalmente, Jonah chegou ao batente e prendeu a respiração. Devagar, ele debruçou o corpo, depois um pouco mais, até não ter mais escolha além de entrar e assim se expor.

"Jonah."

À sua direita, a alguns passos de distância, estava Kurt recostado ao mármore, com os braços cruzados.

"Lila me disse que você viria." Ele balançou a cabeça. Estalou os dedos. "Preciso dizer, estava torcendo pra que não viesse."

O estômago de Jonah se revirou. Que punição brutal Kurt teria em mente?

Pigarreou. "Onde está Lila?"

Kurt ignorou a pergunta. "Olha, não temos muito tempo. Vou te contar tudo, mas não pode ser aqui."

Ele olhou para cima, e Jonah fez o mesmo. Ali estava, no canto superior, um globo branco tão pequeno que era quase invisível. Lila provavelmente instalou câmeras como uma maneira de se proteger contra Kurt.

Jonah engoliu em seco e tentou relaxar o rosto. De repente, lhe veio a ideia absurda de que eram todos atores em uma cena, cada um desempenhando seu papel, recitando à perfeição falas escritas. Tentou afastar o pensamento com um sorriso nervoso. Precisava pensar com clareza.

"Temos que ser rápidos. O banheiro é o único lugar onde não..."

"Você deve achar que sou um idiota."

"Quer me ouvir?", Kurt sussurrou. "Estou pouco me

fodendo pra você. Mas, se for esperto, vai dar o fora daqui." Ele fez menção de levar uma mão ao ombro de Jonah, que o afastou.

"Não encosta em mim."

Só então Jonah notou que, atrás de Kurt, havia um suporte de facas vazio. *Onde estavam?*

"Não vou a lugar nenhum enquanto não falar com Lila", Jonah disse, com o maxilar cerrado.

Kurt hesitou e o avaliou. Por fim, soltou um longo suspiro e balançou a cabeça. "Você vai se arrepender."

"Está me ameaçando?"

"De novo essa história? Cara, eu sou o mocinho aqui."

"Na minha opinião, você merece ser preso por tudo o que fez a Lila."

"Ah, vai se foder, seu otário", Kurt disse fechando a cara. "Na *minha* opinião, *você* que invadiu a casa de uma paciente, então se alguém aqui vai ser preso não serei eu."

Jonah inspirou fundo. Precisava recuperar o controle da conversa, e rápido.

"É evidente que você está furioso", arriscou. "Sei que é uma situação complicada. Mas, pelo momento, por que não tentamos manter meu envolvimento pessoal com Lila separado do papel de terapeuta dela?"

"Porque é impossível", Kurt retrucou. "Na verdade, acho que nem *você* consegue fazer isso. Sua conduta como terapeuta é absolutamente antiética."

"Ela não te ama!", Jonah explodiu. "Está deixando você. E eu vou salvar Lila de você."

"De *mim*?" Kurt riu. "É inacreditável... Me diz então o que diabos eu fiz para Lila Crayne?"

"Sei de tudo. Sei que você abusou dela. Vi os hematomas, as marcas."

"Nunca botei um dedo naquela mulher!", Kurt gritou de volta. "Nunca a machuquei. Nunca."

"Não preciso ouvir isso." Jonah se virou, com o coração acelerado, e começou a sair da cozinha. "Lila?!", gritou, atravessando a sala de jantar para a de estar, enquanto a vasta extensão de água cintilava através das janelas. "Lila?"

"Ela não vai responder", Kurt disse às suas costas. "Ela não vai vir."

Jonah se virou na mesma hora. "Por que não? O que você fez com ela?"

"Achei que terapeutas fossem bons ouvintes", Kurt comentou, franzindo a testa. "Já falei que sou inocente. Não fiz nada."

Era um impasse. Jonah umedeceu os lábios enquanto refletia. "Se não vai me dizer onde ela está, não tenho escolha. Vou ter que chamar a polícia."

Jonah pegou o celular do bolso. Em um piscar de olhos, Kurt o arrancou dele e o atirou no chão. Antes que Jonah pudesse recuperá-lo, o outro ergueu o pé e golpeou o aparelho com o calcanhar.

Jonah encarou o celular estilhaçado no chão.

"Tentei te ajudar, cara", Kurt disse. "De verdade. Mas você não ouve."

"Olha só o que vai acontecer. Você vai ficar aí bem parado com seu pintinho murcho enquanto *eu* ligo pra polícia e aviso que invadiram a minha casa. E então eu vou dizer a eles que você não é qualquer invasor, mas um filho da puta manipulador obcecado pela paciente, que perseguiu ela até aqui e invadiu a casa dela, violando a privacidade e a segurança dela. Eles vão te prender, sua carreira vai pro lixo, você vai mofar no xilindró e nunca mais vão te deixar chegar perto da Lila."

Jonah encarou o outro e procurou pensar. As coisas haviam saído de controle tão rápido e ele não parecia capaz de lidar com aquilo sozinho. Deveria tentar achar Lila? Seria impedido, sem dúvida. Ou deveria tentar fugir, para chegar antes à polícia? Mas mesmo que conseguisse escapar, Kurt imediatamente faria a ligação, e, por mais que Jonah odiasse admitir, não tinha uma defesa sólida. Se não fosse o primeiro a falar com a polícia, seria seu fim.

Mais ainda: se Jonah fosse embora, não estaria dando mais valor à própria vida e colocando em risco a de Lila? Como perdoaria tal traição? Já havia arriscado tudo por ela. De que valia a vida sem Lila?

Não. De alguma maneira, Jonah precisava achá-la. E não podia deixar que Kurt fizesse a ligação.

Sabia o que precisava fazer. Devagar, levantou as mãos. "Entendo. E vou fazer exatamente o que você quer. Tudo bem?"

"Cara esperto." Kurt se aproximou. "Não tem por que essa confusão toda." Ele se virou ligeiramente para pegar o celular no bolso. Jonah se preparou.

Assim que o diretor levantou os olhos, Jonah cerrou a mão em punho, pegou impulso e socou seu nariz, o que produziu um ruído nauseante. Kurt cambaleou para trás grunhindo e levou a mão ao nariz quebrado, enquanto sangue escorria aos montes. Depois endireitou o corpo e se virou para encarar Jonah.

No momento imediatamente anterior ao ataque, o peitoral de Kurt tinha se aberto, o que fez Jonah perceber quão menor e mais fraco era. Sabia que não seria páreo para ele. Com um rugido, Kurt se jogou contra ele e o levou ao chão, depois o imobilizou e socou sua cara. A nuca dele bateu com tudo contra o piso de concreto, e uma claridade repentina o cegou e todos os sons se silenciaram; por um momento, Jonah ouvia apenas as batidas abafadas do seu coração. Piscou e se esforçou para se recuperar. Kurt estava inclinado para baixo, seu sangue pingando, o rosto numa carranca.

"Vai, cara", ele disse. "Acha mesmo que tem chance? Já te disse que ninguém precisa se machucar. Não quero fazer isso com você. Por que não para agora, antes de eu ter que te machucar de verdade?"

Com um movimento rápido, Jonah deu uma joelhada na virilha do outro. Uivando, Kurt caiu para o lado. Jonah conseguiu se levantar, o mundo aos giros.

A faca. Ele se atrapalhou para pegá-la do bolso, então a abriu, enquanto Kurt ainda tentava se levantar.

"Não chega mais perto", Jonah avisou, com a lâmina erguida.

Kurt arregalou os olhos ao vê-lo. "Jonah. Para. Abaixa a faca. Você não quer fazer isso."

Jonah a manteve erguida, segurando firme.

"Vou te pedir mais uma vez. Deixa a Lila ir embora."

Kurt balançou a cabeça. "Você ainda não entendeu, né? Isso nunca foi uma possibilidade."

Antes que Jonah pudesse processar essas palavras, Kurt saltou para agarrar a faca. Jonah fez um corte na bochecha dele, que recuou com um grito. Ele trombou em uma mesa e caiu no chão. Jonah o seguiu. Diretamente atrás de Kurt, os olhos que tudo viam, imóveis; além deles a água agitando-se na escuridão. Pairando sobre ele, Jonah levou a lâmina à sua jugular. Então viu o medo em seus olhos.

"Você não me deixa escolha. Eu faria qualquer coisa por ela. Qualquer coisa."

"Espera", Kurt disse, sua voz um sussurro febril. "Me escuta. Você não sabe o que está fazendo. Nada disso é o que parece. Tem coisas entre mim e Lila que você não sabe. Não sou o inimigo. Somos ambos vítimas aqui."

Jonah balançou a cabeça, com o coração batendo acelerado. "Quê?"

Kurt assentiu com veemência. "Eu juro. Ela é doida de pedra. Enganou nós dois. Não faz isso, por favor..."

Lila chegou correndo de trás dele, em pânico.

"Para, Jonah!"

Ele não tirou os olhos de Kurt. "Por Lila", sussurrou.

Em um único movimento rápido, Jonah cravou a faca no pescoço de Kurt e a atravessou na pele dele. Lila gritou.

Os olhos de Kurt se esbugalharam. Uma cascata de sangue jorrou do ferimento para o chão. Estremecendo, Kurt voltou o olhar para cima. Assim que o olhar dele encontrou o de Jonah, ele caiu de lado, sua garganta produzindo um som gorgolejante terrível. Sem fôlego, Jonah assistiu todo aquele sangue escorrendo quente do pescoço, da boca e do nariz do corpo sacolejante de Kurt.

"Ah, meu Deus", Jonah sussurrou, abrindo um sorriso surpreso. Diante dele, Kurt Royall, encolhido no chão, morria.

Os espasmos foram enfraquecendo, e, embora diminuíssem a frequência, persistiram. Então, por fim com um suspiro digno de pena, o corpo de Kurt ficou imóvel.

Uma estranha e vertiginosa alegria tomou conta de Jonah. Ele tinha conseguido. Tinha salvado Lila! Passou no teste, sua vontade foi concretizada através da violência. A leniência viria na esteira da vitória. Lila, sua Lila, estava livre.

Então um som horroroso, animalesco, pareceu ter sido violentamente arrancado da garganta de Lila. Jonah se virou para ela, e a faca foi ao chão.

"Você matou ele!" O rosto dela se contorcia em agonia. "Jonah... *por quê?*"

Ele a agarrou e a puxou para si, tentando controlar os

tremores dela. "Está tudo bem agora", Jonah sussurrou. "Você está segura."

Mas ao recuar para olhá-la, Lila se encolheu, aterrorizada. Então notou o sangue no rosto e no peito dela. Baixou os olhos. Ela estava coberta pelo sangue de Kurt.

O estômago de Jonah se revirou. Deu um passo instável para trás e afundou o corpo numa poltrona. Levou a mão à nuca e sentiu o próprio sangue ali, quente e pegajoso; quando a encarou, ficou surpreso por seu tom vívido.

Lila cambaleou para trás, gemendo, então se atirou sobre o corpo de Kurt, passando a procurar freneticamente por uma pulsação...

Jonah fechou os olhos com força. Havia algo de terrivelmente errado. Havia feito a coisa certa, *sabia* que sim... mas... ela parecia estar tão assustada, com um medo tão aterrorizante que não parecia suportar...

E então a lembrança de Kurt, de todo aquele sangue, começou a ocupar a mente dele. De repente, Jonah pareceu tomar consciência de tudo: dele, daquele corpo bem ali, a alguns passos de distância, caído sem vida no chão.

O pânico tomou conta e seu coração começou a bater muito rápido. Jonah fechou bem os olhos, puxou o ar por entre os dentes, o peito arfando, e respirou com mais e mais força...

O que deveria fazer?

Tinham que chamar a polícia. Sim, precisavam de ajuda. Mas e depois? Como provaria que agiu em legítima defesa?

Enquanto lutava para bolar um plano, controlar a respiração e as mãos trêmulas, de algum lugar à distância, ouviu um leve raspar metálico, passos abafados pelo piso empapado.

Jonah abriu os olhos.

Lila estava diante dele, seu vestido branco ensopado de sangue.

No entanto...
Estava diferente da Lila que Jonah conhecia. Não era a mulher inocente e vulnerável das sessões de terapia, a ingênua levemente sedutora do diário, a heroína romântica com sua casa secreta. *Essa* Lila, que agora estava à sua frente, era totalmente nova.

"Lila?", perguntou, baixo. Então perdeu o ar.

Em uma mão, ela segurava a faca de bolso dele. Na outra, um objeto indelevelmente gravado na lembrança de Jonah muitos anos antes...

Uma máscara dourada.

Dois

Universidade Princeton. Embora já fizesse seis meses que estudava lá, o nome da instituição ainda parecia tilintar em sua língua, como o repique delicado de um sino de prata. Ela, Lila Crayne, havia sido aceita em uma universidade de ponta! Mesmo agora, a mera ideia a deixava cambaleante. Seu futuro abria os braços para ela em uma extensão infinita de possibilidades.

Antes de Princeton, sua vida havia sido destruída e reconstruída uma única vez, quando tinha oito anos. Imediatamente depois da morte do pai, a mãe havia anunciado que era hora de mudarem, que aquilo faria bem às duas. Karen então vendeu a casa em Reno e as duas deram adeus à existência plana e árida para partir ao litoral, um lugar ensolarado cheio de promessas: Santa Barbara.

Na nova casa, a mãe anunciou que as duas levariam uma vida tranquila e monástica, diferente da que levavam, livre da influência masculina. Dozes anos suportando a fúria do marido haviam endurecido e transformado Karen. Ela acreditava ter aprendido da pior maneira que, no fundo, todos os homens eram egocêntricos, insensíveis e cruéis. E, se uma mulher em algum momento se tornasse um obstáculo no caminho que eles haviam escolhido, se não se seguisse perfeitamente seus objetivos narcisistas, seria coagida até aquiescer.

Karen jurou que faria todo o possível para proteger a filha — embora soubesse que sua influência só ia até certo ponto. Assim, fez Lila prometer que nunca deixaria outro homem entrar em sua vida. No fim das contas, a mãe disse, os homens iam acabar a magoando e roubando dela sua liberdade conquistada a duras penas. Lila precisava dar sua palavra que nunca sacrificaria a própria liberdade.

As duas encontraram o recomeço numa casa com simpáticas janelas em arco e cobertura de telhas de um tom alegre, cujas portas davam diretamente para o Pacífico. Lila mal podia acreditar; a poeira do passado já parecia ter se assentado num lugar distante. Segura na tranquilidade de seu santuário, Lila aprendeu que a mãe era tudo de que precisava e tudo de que precisaria.

Todo dia, ela recebia a manhã saindo para o calor do terraço e depois indo até a água. Em sua nova existência, os primeiros itens descartados foram os sapatos. Havia sempre grãozinhos de areia entre os dedos dos seus pés; não importava quantos banhos Lila tomava ou quantas vezes espanava a pele, eles permaneciam ali, brilhando na luz. Tanto de seu tempo era passado junto ao mar que sua pele passou a se apropriar de um pouquinho do sol, adquirindo brilho próprio. Qualquer propensão a acne foi logo esquecida, e seu cabelo, naturalmente loiro-escuro, clareou, tornando-se um refletor.

O cabelo de Lila se tornou o traço que a definia, notável pelos fios grossos e o volume. Não o cortou desde a mudança, e as pontas alcançavam sua cintura. Logo, Lila também decidiu que odiava calças, por serem desconfortáveis e restringirem seus movimentos; não importava a estação, ela jogava um vestido por cima do biquíni para logo o tirar ao correr rumo às ondas.

Foi assim que ela se encontrou, como aprendeu a se virar no mundo. Quando Lila chegou a Princeton e atravessou pela primeira vez o lendário portão FitzRandolph, sentiu que atravessava um portal para outra realidade: a realidade do vasto e extenso terreno de um castelo, de arquitetura majestosa e alvenaria imponente, suas torres góticas, as paisagens bem cuidadas e os caminhos pavimentados, combinando com os alunos igualmente bem cuidados, de rabo de cavalo balançante, vestindo polos e cardigãs com o símbolo pequeno de algum animal. Eram tão elegantes, tinham um aspecto tão agradável — todos eles! Com cada fio de cabelo no lugar, as roupas parecendo perfeitamente ajustadas ao corpo, os movimentos precisos e o vértice da silhueta como uma equação matemática complexa que ela parecia incapaz de resolver. Todos muito sofisticados, pertencendo sem esforço à alta sociedade.

    E ali estava Lila, em meio a tudo isso: sem nenhum refinamento ou polidez, alguém que rolava para fora da cama, se espreguiçava, desembaraçava o cabelo às pressas e se enfiava num vestidinho, mesmo no inverno. Como se situava em relação àquela espécie inteiramente nova? Ela os observava com um fascínio curioso, sem sentir nenhuma necessidade de mudar para se encaixar. Eles, por sua vez, procuravam se aproximar. A alteridade impressionante e o claro desvio do status quo tinham certo efeito magnético. Fez amigos, e rápido; as pessoas que a escolheram eram poderosas, a elite daquele mundo privilegiado. Lila começou a frequentar o Ivy and Cottage, lugar mais exclusivo de Princeton, cujos membros logo se encantaram com ela. Estava recebendo convites para ir a reuniões privadas em pouquíssimo tempo.

    E havia ainda a questão do sexo oposto. Muito tempo antes, Lila tinha prometido à mãe que nunca cederia ao charme masculino; mas havia tantos rapazes bonitos, por toda parte! Nas aulas, no dormitório, no refeitório, nos corredores do teatro, onde passava a maior parte dos fins de tarde, ensaiando para a peça do outono. Seus flertes inocentes começaram a se tornar carnais nas noites de sexta e sábado, quando o álcool fluía de forma abundante; Lila descobriu que era surpreendentemente fácil encontrar um cara gato meio bêbado disposto a acompanhá-la até seu quarto.

Mas, apesar de toda aquela experimentação, no fundo Lila permanecia romântica, antiquada por natureza. Ah, ela havia se arriscado um pouco ainda no ensino médio sob o olhar atento da mãe; mas seus encontros, como ela os conhecia, não passavam de banhos de mar sob a lua ou de carícias apaixonadas no banco de trás de um carro estacionado. E, mesmo agora, quando se via na cama nua e sedenta com um rapaz bonito, testando os limites deliciosos de sua virgindade, Lila parava com tudo, apesar do calor do momento. Estava esperando (odiava o termo "se guardando", que parecia algo que cristãos fervorosos diriam) para alguém verdadeiramente especial, a primeira pessoa por quem se apaixonasse.

À medida que se integrava cada vez mais à cena social daquela elite, Lila ficou sabendo da St. A's (abreviação de Saint Anthony Hall), sociedade literária secreta da universidade. Aquela, conforme descobriu, era a aristocracia de Princeton, o reino dos que tinham sangue azul e estavam muito acima dos clubes e das fraternidades. Boatos rolavam que o funcionamento interno era um mistério, mas a St. A's reunia a nata do corpo estudantil, selecionando apenas os que demonstravam verdadeiro potencial intelectual e ocupavam as posições de maior prestígio social. Ninguém sabia exatamente quem eram seus membros, embora os dedos tendessem a apontar para aqueles que vestiam blazer, camisa e mocassins Oxford, os mais elegantes e astutos, muitas vezes os mais ricos. Alguns alunos torciam o nariz para a sociedade, tachando a St. A's de pretensiosa e elitista, mas na verdade era pura amargura por terem sido preteridos.

Naquela primavera, pela primeira vez na história, a St. A's cooptaria uma tradição de longa data de sua equivalente em Yale e seria a anfitriã do evento social mais esperado do ano: o baile Pump and Slipper. Fazia bem mais de um século, o baile havia encontrado sua menção em muitas obras da alta literatura, incluindo — em mais de uma ocasião — os escritos de F. Scott Fitzgerald. Naquele ano, o baile homenagearia *O grande Gatsby*, e aconteceria no Cottage, com a presença de uma banda de swing e se esperava que todos fossem fantasiados. O evento marcaria o início do processo de seleção da St. A's, quando um punhado de calouros de sorte seriam apontados como potenciais novos membros. Ao longo das semanas seguintes, o grupo seria reduzido àqueles que acabariam sendo convidados para se juntar à sociedade secreta.

Era quase impossível conseguir um convite para o Pump and Slipper. Uma sensação de triunfo tomou conta de Lila quando ela abriu a porta do quarto no dormitório um dia e encontrou um envelope creme aguardando por ela.

Como Gatsby escreveu para Nick,
"a honra seria toda nossa se consentisse
em comparecer à nossa pequena festa".
Você está cordialmente convidado a participar
do baile Pump and Slipper,
Uma noite de ostentação e folia.
Vista-se elegantemente, ao melhor estilo Era do Jazz.
Na entrada, receberá uma máscara.
Os membros da sociedade estarão usando máscaras brancas,
E todos os outros receberão máscaras pretas.
Mas se for escolhido, receberá uma máscara colorida.

Máscaras devem ser mantidas no rosto durante todo o evento,
E ninguém deverá revelar sua identidade,
Nem mesmo Jay Gatsby.

Aguardamos sua presença com todo o carinho.
Membros da Saint Anthony

Nos dias que se seguiram, só se falava daquilo. De posse daquele simples envelopinho, o prestígio de Lila no mundo só se intensificou. A natureza ilícita da coisa a encantava, aquela aura de segredo, e agora que tinha a chance de se tornar membro, se pegava aguardando com ansiedade pela sexta à noite, quando poderia receber uma máscara colorida.

A noite finalmente chegou, e Lila colocou um vestido que vinha guardando para uma ocasião especial. Na verdade, era um vestido da mãe, perfeito para o tema: prateado bem claro, cujas franjas cintilantes alcançavam suas coxas. Ela avaliou seu reflexo no espelho uma última vez antes de sair, um sorriso esperançoso no rosto.

Quando chegou ao Cottage, foi recebida na entrada por um homem de máscara branca.

"Lila Crayne. Finalmente nos conhecemos."

Ela sorriu timidamente e avaliou a boca que disse aquilo, a única parte do corpo exposta. Havia algo de familiar nele. "Eu gostaria de poder dizer o mesmo, mas não sei quem é você."

"Tudo a seu tempo." Uma pontada de sorriso e ele se virou por um momento. Quando voltou a encará-la, segurava uma máscara dourada decorada com pérolas delicadas e uma única pluma.

"Parabéns, Lila", disse, e sua boca relaxou em um sorriso. "Você foi escolhida."

O Cottage que agora lhe era familiar havia sido transformado. Todas as luzes estavam apagadas; naquela noite, o clube se encontrava iluminado apenas por grandes aglomerados de velas altas. A mansão que agora Lila conhecia tão bem de repente parecia misteriosa, sensual. Sombras brincavam nas paredes; à distância, o som suave de uma banda de jazz tocando, os metais maliciosos cortando o ar. Em primeiro plano, os convidados reunidos, todos incógnitos. Lila procurou outra máscara colorida no salão. Até agora, só havia a dela.

Durante o coquetel, a multidão havia aumentado para cerca de cem pessoas. Risadas ecoavam pelo espaço enquanto os convidados circulavam, bebiam e pegavam canapés das bandejas circulando. No entanto, apesar da atmosfera festiva, ficou evidente que os membros da St. A's eram bastante rígidos sobre o anonimato: a cada tantos minutos, um convidado que tentava infringir a regra era escoltado até a porta. Era difícil precisar, mas Lila tinha contado dez máscaras coloridas (todas, percebeu, mulheres) e quinze máscaras brancas — quase todas homens. Dizia-se que aquele ano haveria somente cinco vagas a preencher. Lila concluiu que deveria conversar com o máximo de máscaras brancas possível, para aumentar suas chances.

Ela procurou pelo membro da St. A's que a havia cumprimentado à porta. (Como a conhecia? O mistério a deixava louca.) Mas quando o achava, ele estava longe. Lila se perguntou se o fato de ele aparentemente não estar bebendo ajudava a diferenciá-lo — seu comportamento se tornava mais apropriado à medida que a hilaridade fraternal aumentava. Todos os outros rapazes de máscara branca se aproximavam de Lila com uma frequência perturbadora, oferecendo discretamente frascos delicados ou pacotinhos com um pó branco e fino. Quando recusava com educação, eles retornavam com bebidas diversas, e, embora ninguém a pressionasse de forma ostensiva, Lila se sentia obrigada a aceitar cada copo que era colocado em sua mão.

Depois de uma ou duas horas bebendo de estômago praticamente vazio, sua capacidade de manter uma conversa começava a falhar. Notou, com um horror silencioso, que sua fala estava se arrastando. De canto de olho, percebeu uma moça de máscara roxa sair aos tropeços para vomitar no banheiro. Os membros da St. A's mantinham a pose, sem parecer se importar ou se surpreender. Quanto mais bêbada Lila ficava, mais eles sustentavam a conversa, desviando sutilmente o holofote e permitindo que ela se ativesse a rir com educação. Ficava grata por essa indulgência.

Uma hora, a música superou as conversas e eles passaram ao salão de baile para ouvir a banda em todo seu swing. Logo, estavam todos na pista, testando seu charleston levemente bêbado. No auge dessa folia, as velas foram substituídas por luz negra. Lila e o restante das calouras escolhidas foram levadas até o meio da pista — um grupo de pistilos de garotas cintilando, com os ombros à mostra e o cabelo ambrosíaco. Na visão periférica, os membros da St. A's observavam, mantidos anônimos pelas máscaras brancas idênticas. Àquela altura, a embriaguez de Lila começava a passar, e ela se sentia em sua melhor forma. Tinha atingido o ponto ideal, suficientemente no controle de suas faculdades e desinibida para dançar sem vergonha. Ela se sentiu livre de uma forma tão imperturbável — mais do que em qualquer outro momento naquele ano. Enquanto dançava, percebeu que os rapazes da St. A's a encaravam das sombras, reconheceu a energia distinta do olhar masculino penetrante; mas, naquele momento, desfrutou dele, torcendo para que, se olhavam, era porque gostavam.

À medida que a festa avançava, a atmosfera se tornou erótica e descontrolada. No início, havia dançado de mãos dadas com as mulheres a seu lado e deixado que os homens a girassem em movimentos improvisados; agora, pares começavam a se formar pelos cantos ou até mesmo na pista de dança, as mesmas mulheres esbarrando nela com um parceiro misterioso. Lila fechou os olhos e tentou se perder na música enquanto dançava, mas também passava a sentir um desejo libertino.

"Nos reencontramos." Aquela voz em seu ouvido, grave e suave. Ela se virou. *Ele.* Quando sorriu, seus dentes brilharam. "O que está achando do Pump and Slipper?"

Ela mordeu o lábio, passou uma mão pela rebeldia do próprio cabelo. "É como se eu tivesse vindo parar em uma das famosas festas de Fitzgerald. Parece que a qualquer momento vou conhecer Gatsby."

Ele sorriu. "Talvez já tenha conhecido."

Estava sendo olhada como qualquer mulher gostaria de ser. A boca dele era linda, Lila notou mais uma vez. Será que nunca...?

"Gosto de pensar em mim mesmo como um aficionado", prosseguiu, e Lila precisou se esforçar para não sorrir. A formalidade elaborada com que ele falava era quase absurda; parecia escolher suas palavras com muito cuidado. "Li toda a obra de Fitzgerald. Você gosta dos livros dele?"

Lila encarou seus olhos, sentindo-se leve por dentro. "É vergonhoso, eu sei, mas só li *Gatsby*."

"Então precisa o conhecer melhor." Com delicadeza, pegou as mãos dela e a colocou sobre seus ombros. O mundo em volta perdeu o foco e desacelerou. "Ele tinha *a capacidade de recriar, por um sombreado repentinamente introduzido, aquela ilusão do amor romântico entre os jovens, que as mulheres sempre buscam no futuro e no passado.*"

"Seu argumento é muito convincente."

Isso o fez sorrir. "Ele era membro desse clube, sabia? Fitzgerald terminou seu primeiro romance aqui no Cottage, cerca de cem anos atrás. Tem uma página do manuscrito emoldurada na biblioteca. Posso te mostrar depois, se você quiser."

"Vou adorar."

"*Você provocou uma enorme impressão em mim*", murmurou no ouvido de Lila, que sentiu um friozinho na barriga. Apesar de tudo, apesar de não saber quem ele era ou como era seu rosto, ou talvez *justamente* por isso, ela se sentia irresistivelmente atraída. Começaram a se mover em sintonia com a música, o ritmo os aproximando, e ela segurou firme nele, desfrutando da sensação das mãos em sua cintura, do calor do seu corpo contra o dele. Era alto e magro, mas ainda assim forte. Lila sentiu algo se agitando dentro dela, um formigamento quente subindo.

Ele dançava bem, dava passos seguros e sabia conduzir; era alguém que assumia o controle. Lila riu quando ele a girou para um lado, depois para outro, depois para outro, por baixo do braço, por trás das costas, depois a trazendo de volta. Em algum momento, os dois haviam dominado a pista — o vestido dela e a máscara dele brilhavam na escuridão. Ao redor deles, nas laterais, os homens de máscara branca estavam reunidos. De canto de olho, ela se sobressaltou com o flash repentino de uma câmera. Seus sentidos se sobrecarregaram quando o rugido da multidão cortou o ar, conduzindo-os no violento floreio final. Com o coração acelerado e o peito expandido, os dois se abraçaram. Em volta, as máscaras brancas aguardavam em silêncio.

Ele umedeceu os lábios, penteou o cabelo para trás. "Fitzgerald disse que, ao se casar com Zelda, se casou com a heroína de suas histórias. Você me lembra dela."

"Dela quem?" Ela soltou uma risadinha. "Daisy?"

Mas ele manteve os olhos fixos em Lila, sem piscar. "Você me lembra de todas as heroínas dele reunidas em uma única pessoa."

Naquele momento, lembrou quem era ele. Jonah. Primeiro dia de aula do segundo semestre, introdução à antropologia. Lila logo o notou — já o tinha visto pelo campus, atravessando o pátio a passos largos ou estudando a uma mesa da biblioteca, na fila para pegar uma fatia de pizza depois de uma noite no Street. Onde quer que estivesse, ele sempre atraía sua atenção.

Era bonito, não havia dúvida. Ao estilo intelectual esbelto, como se tivesse sido arrancado de um mundo mais antigo e mais romântico. Estava sempre usando algo quente e com textura, não importava o clima: uma blusa de losango, um paletó espinha de peixe, veludo cotelê. Encaixava-se perfeitamente em Princeton. Mais que os caras do lacrosse engomadinhos ou jogadores de polo aquático altos, cujo sex appeal eram seus corpos musculosos e a autoconfiança, Jonah parecia a Lila um verdadeiro intelectual, alguém com uma mente poderosa, promissor. Era quieto, misterioso e parecia sempre sério e perdido em pensamentos. E havia algo que, para Lila, passava a impressão de que estava tão consciente da existência dela quanto ela da dele. Isso a deixava um pouco maluca, na verdade: com frequência, Lila se perguntava se aquela consciência romantizada um do outro não era bobagem de sua imaginação superativa. Embora nunca o tivesse flagrado olhando para ela, Lila não conseguia afastar a sensação de que a observava.

Ficou surpresa ao encontrá-lo em sua sala de aula na volta das férias. Seu crush misterioso estava ali, em uma disciplina introdutória? Talvez fosse um sinal de que os dois estavam destinados a se conhecer. Agora, no baile, Lila finalmente tinha sua chance.

A música se tornou mais lenta. Jonah a trouxe para mais perto. Lila olhou para seu rosto, para cima, e ele sussurrou:

"Uma das minhas frases preferidas de Fitzgerald é: *a biografia de toda mulher começa com o primeiro beijo de peso* ". Jonah a olhou bem. "O que acha?"

Se Lila soubesse o que ia acontecer depois, que reverberaria sem cessar ao longo dos anos, que mudaria para sempre quem ela era, teria se afastado e ido embora no mesmo instante. Mas como não sabia, Lila se permitiu não pensar naquele momento, e foi levada por um impulso inocente. Ficou na ponta dos pés, fechou os dedos de uma mão em torno do pescoço dele e lhe deu sua resposta.

Jonah reagiu à altura, como esperava, sua boca encontrando a dela, depois a conduziu até uma parede próxima. Lila estava consciente da magnitude esmagadora do desejo dele, e ficou fascinada com a própria influência. Aquilo, aquele *poder* absoluto, era novo para ela. Cada respiração, cada gesto ínfimo e sutil seu, eram uma maneira deliciosa de provocá-lo, sabendo que era escravo de cada capricho seu. Assombroso! Como aquele aluno do último ano, misterioso e sofisticado, podia se tornar impotente apenas pela paixão que sentia por *ela*?

"Estava de olho em você o ano todo", Jonah disse, baixo, o que a deixou felicíssima, estava certa, afinal!, e a levou a morder o lábio dele. Jonah se afastou um pouco, olhou em seus olhos, então sorriu e a beijou com mais vontade.

Em algum momento, deve ter sentido que estavam sendo observados. Abriu os olhos e se sobressaltou. Enquanto o restante do salão tinha voltado para aquela dança embriagada, várias máscaras brancas permaneciam sombriamente paradas, com os olhos fixos em Lila. *O que queriam?*

Jonah deve ter notado a mudança nela, porque olhou por cima do ombro — e ficou tenso ao notá-los também.

"Droga."

O coração dela acelerou. "Que foi?"

Ele balançou a cabeça, depois se virou para Lila. Hesitou. "Alguns caras da St. A's se consideram os chefões intelligentsia da sociedade. Eles... nossa, é desprezível... Eles têm uma tradição, um 'jogo' de que gostam." De novo, Jonah hesitou.

Ela pegou sua mão. "Conta pra mim."

Jonah cerrou o maxilar. Engoliu em seco. "Eles votam na garota mais gostosa entre as escolhidas. E então..."

"O quê?"

Olhou para ela, sua expressão puro sofrimento. "Não me faça dizer, por favor." Fechou os olhos. "São uns babacas. Acham que têm direito a tudo o que quiserem. Tentei impedir, mas..." Jonah balançou a cabeça. "Esses caras são bem determinados."

Voltou a olhá-la, e só então Lila se deu conta: era *ela* quem eles queriam naquela noite.

O pânico a dominou. "Mas eu não..."

Ele tocou a bochecha dela. "Claro", disse, balançando a cabeça. "Olha, não vou deixar que aconteça com você, tá bom? Mas esses caras são ardilosos." Jonah estreitou os olhos. "Você não bebeu nada que te deram, bebeu?"

Com o coração acelerado, ela se esforçou para lembrar. "Não sei..."

"Merda", ele disse, baixo, então a encarou. "Preciso tirar você daqui, te levar pra longe desses caras. Sei de um lugar onde você vai estar em segurança."

Observou os olhos francos de Jonah, que inspiravam confiança. "Me leva", sussurrou.

Com delicadeza, ele obedeceu, pegando sua mão e a puxando consigo para atravessar a multidão e chegar às escadas da mansão; os andares superiores eram permitidos apenas para os membros do clube. Jonah começou a subir os degraus, mas olhou para trás quando sentiu que Lila hesitava. "Vai ficar tudo bem", ele disse. "Pode confiar em mim."

Ela olhou para sua mão na dele, depois encontrou os olhos de Jonah. "Eu sei", sussurrou.

Subiram para o primeiro andar. A música perdia força através do piso de madeira. Lila checava por cima do ombro o tempo todo, morrendo de medo do que poderia ver — uma máscara branca emergindo como um fantasma no escuro. Mas sempre que se atrevia a virar, não havia ninguém. Enquanto seguia Jonah, percebeu como era alto, como suas mãos eram bonitas, como era boa a sensação de seus dedos nos dela. Lila se surpreendeu com aquela intimidade repentina com um completo desconhecido, mas se sentia imensamente grata a ele por protegê-la, por levá-la a um lugar seguro. Os dois passaram pela biblioteca vazia, depois por uma porta que levava a um corredor estreito, ainda mais silencioso. Seria possível que ele morasse ali e a estivesse levando para o santuário de seu quarto? Jonah virou de novo, pegou uma chave do bolso e abriu uma porta de madeira. Uma escada estreita foi revelada. Sem olhar para trás, ele subiu os degraus.

Estava um breu total, e Lila precisou seguir o barulho dos sapatos dele, atrapalhando-se um pouco, o som da própria respiração alto. Quando já estava se perguntando se a subida nunca terminaria, chegaram. Jonah soltou sua mão, atravessou o quarto escuro até uma janela pequena e a abriu. Com uma rajada repentina de ar frio, o resto do mundo inundou o espaço: o barulho da festa lá embaixo, as luzinhas penduradas no gramado, o aroma suave da noite de primavera.

"Agora está tudo bem. Eles nunca vão pensar em subir até aqui."

Se virou para ela.

"Você está bem?", Jonah perguntou.

Lila respirou e assentiu. "Obrigada", sussurrou.

Ele abriu um sorriso doce, inclinou a cabeça, estendeu as mãos para tocar o rosto dela. Antes que Lila percebesse o que estava acontecendo, Jonah havia tirado a máscara dela. Estremeceu, sentindo-se exposta de repente. Jazz entrava pela janela, como se vindo de outro mundo. Ela fez menção de tirar a máscara de Jonah, para poder vê-lo também, mas ele recuou.

"Não posso", Jonah explicou, parecendo decepcionado. "Aquelas regras idiotas ainda estão valendo."

Que música maravilhosa, Lila pensou, distraída, trêmula. Aquela noite *ainda* podia ser maravilhosa, disse a si mesma — aquele cenário romântico, o inevitável se anunciando, com todo o seu charme. O prospecto de sua vida futura naquele momento ainda parecia uma sucessão de cenas como aquela: sob a luz pálida das estrelas, no banco de trás de carros aconchegantes estacionados sob o abrigo das árvores... apenas o rapaz mudaria, e aquele parecia tão incrível...

Jonah pegou a mão dela e beijou a palma. Depois, seus lábios passaram ao pescoço dela, enquanto descia as alças de seu vestido, que foi ao chão. Lila se encontrava nua diante dele, trêmula. Ali, naquele sótão silencioso, estavam completamente sós.

"Meu Deus, como você é linda."

Enquanto a observava, com os olhos brilhando atrás da máscara, Lila se deu conta: ele ainda achava que ela não sabia sua identidade.

Um instinto repentino indicou a ela que havia algo de muito errado. Algo dizia que Lila não estava segura. Deveria ir embora, *agora*. Naquele momento, ela devia ter percebido.

Ele a beijou com mais força, um beijo como um punho. A força de sua pegada a sobressaltou, era assustadora. Jonah grunhiu um pouco enquanto pressionava o corpo contra o dela, sua força e seu tamanho ameaçando engoli-la por inteiro. De alguma forma, o jogo estava virando. Pela primeira vez, Lila se sentiu impotente. Ele tirou o paletó enquanto a beijava, depois a gravata, e começou a desabotoar a camisa.

"Vamos devagar", ela pediu.

Jonah parou e abriu um sorrisinho. "Não se preocupa. Você está segura agora."

Passou a beijá-la de novo, e Lila tentou corresponder, mas não conseguia evitar sentir um formigamento gelado por dentro. O beijo voltou a ser insistente, e ela se encolheu. Estava tudo errado, a intimidade entre eles parecia um trem atravessando a noite; parecia que não havia nada que ela pudesse fazer para impedir. Jonah tirou a camisa e os sapatos, depois baixou o zíper da calça. Passou as mãos pelos cabelos vastos dela, segurou firme e os puxou, então olhou bem em seus olhos.

"Você gosta disso?", ele perguntou, e Lila assentiu de leve. Gostava... não gostava? "Vamos deitar", Jonah disse, depois a levantou sem qualquer dificuldade e a colocou no tapete empoeirado.

Ele se deitou também e começou a beijar seu corpo. Ela se esforçou ao máximo para se perder no toque.

Houve silêncios naquele intervalo de tempo tão ruidosos quanto sons. Algumas pausas pareceram prestes a se romper, apenas para cair no esquecimento pelo aperto da pegada dele, pela constatação de que ela permanecia deitada ali: uma pluma enredada e diáfana, flutuando no escuro.

Os olhos deles se encontraram. Jonah pressionou os ombros de Lila contra o chão, prendendo-a no lugar. Ela não conseguia se mexer mesmo se quisesse.

A mão dele está dentro de Lila, os dedos compridos e determinados. Virou o rosto, com os olhos bem fechados, e Jonah mordeu seu pescoço com força. Ela ofegou, o coração disparado. Então um movimento, uma pressão repentina.

"Não estou pronta", ela disse.

"Não precisa ficar nervosa. Pode confiar em mim." Jonah acariciou sua bochecha, com os olhos brilhando no escuro. "Está bem?", ele sussurrou. Antes que ela pudesse responder, os dedos dele se fecharam em seu pescoço e Jonah a penetrou.

Lila gritou com o rasgo agudo da investida, cravando as unhas nas costas dele. Sentiu-o dentro de si, e a dor começou a abrandar, mas, ainda assim, não era o que ela queria. "Por favor", Lila sussurrou.

Ele abriu um sorriso sombrio, um sorriso que ia assombrá-la por muitos anos — como se o tempo todo houvesse uma aliança perversa e extasiante entre eles, como se aquilo fosse um segredo compartilhado, como se tudo não passasse de um jogo esquisito. Então Jonah a virou com cuidado, puxou-a pelos quadris e foi ainda mais fundo nela.

"Você está segura agora", Jonah sussurrou de novo. De que adiantava resistir? Com um choramingo, ela cedeu, lágrimas rolando por seu rosto; deixou que ele tivesse o que queria.

Jonah a havia levado lá para cima sob falso pretexto, feito questão de fazê-la se sentir segura, permitido que acreditasse que ele tomaria conta dela. Então tirou máximo proveito, fez o que quis, com voracidade e sem escrúpulos. Naquela noite tranquila de primavera, ele se apossou de Lila, quando não tinha o direito nem de tocar sua mão.

Quando acabou, Jonah deixou-se cair ao lado dela, o peito subindo e descendo pesadamente. Então a puxou para si, e a envolveu com os braços e as pernas. O hálito quente em seu cabelo logo desacelerou para um ritmo mais profundo. Lila fechou os olhos, tentando se reconfortar no enlace, tentando se convencer de que havia recebido o que merecia por quebrar sua promessa de infância. Mesmo sabendo que não era verdade. Acordou algumas horas depois, nua e só, sentindo um leve latejar entre as pernas. Lá fora, o céu do início da manhã se diluía em um cinza leitoso. Lila olhou em volta para o sótão sombrio: os móveis grandes cobertos por capas empoeiradas, as tralhas acumuladas nos cantos, a imobilidade assustadora de um lugar esquecido. Seu coração acelerou. Como ele podia tê-la deixado ali? Precisava ir embora, precisava retornar à segurança da própria cama, do próprio quarto, onde poderia baixar a persiana e se cobrir, perder-se na escuridão e tentar esquecer.

Ela se vestiu aos tropeços e voltou a colocar a máscara dourada no rosto, como se pudesse protegê-la de alguma forma. Então foi tateando as paredes para descer a escada íngreme. A porta ao seu pé se abriu com um rangido. Olhou para o corredor do andar superior e ficou aliviada ao constatar que estava vazio; mas, do outro lado, ouviam-se vozes baixas. As portas vaivéns da biblioteca estavam fechadas, mas dava para ver pelos recortes das janelas que as luzes estavam acesas. Para sair, Lila precisava passar pela biblioteca, correndo o risco de ser vista. Procurou manter os olhos fixos à frente e acelerou o passo, mas não conseguiu evitar dar uma olhadinha.

Os membros da St. A's estavam em volta de uma mesa numa reunião; alguns em cadeiras apoiadas nas pernas de trás, outros debruçados em exaustão, outros no chão, esticados preguiçosamente. As máscaras haviam sido descartadas, e os rostos brancos vazios se encontravam sobre a mesa ou pendurados nos punhos. Sem elas, pareciam absolutamente comuns e sem graça: os rostos manchados, com a maquiagem borrada, no caso das poucas mulheres, todos cansados, inchados e de ressaca. Uma súbita onda de aversão revolveu o estômago de Lila.

Então o viu, na cabeceira da mesa, presidindo, com a máscara na nuca, o que o fazia parecer ter duas caras. Tal qual um deus que tudo via, contemplando ao mesmo tempo o futuro e o passado.

Ele encerrou a discussão. Cadeiras eram arrastadas para trás, enquanto Lila se apressava para descer a escada e sair pela porta principal para a manhã gelada.

Tinha quase escapado quando o ouviu chamando seu nome. Hesitou, mas se virou para encará-lo.

A máscara tinha voltado a seu rosto. À luz da manhã, parecia desgrenhando e atordoado — absurdo até —, como alguém que estava perdido. Avançava pelo caminho, e ela precisou lutar contra o impulso de fugir.

"Não quis acordar você. Está tudo bem?" Aquele sorriso de novo. Lila nunca o esqueceria. Ele tocou seu ombro, e ela estremeceu.

"Estou bem. Só bebi um pouco demais."

Jonah inclinou a cabeça. "Espero que tenha achado a noite boa."

"Claro", ela disse. Então acrescentou, por impulso: "Mas minha memória a partir de um ponto está um pouco confusa".

Ele congelou. Pela primeira vez, seu sorriso titubeou. "Você não lembra o que aconteceu?"

Lila desviou os olhos. "Deveria lembrar?"

Jonah hesitou. Por trás da máscara, ela pensou ter vislumbrado certa mágoa em seus olhos. Então ele balançou a cabeça, voltou a sorrir e disse: "Tudo bem. Nos divertimos muito, eu e você".

Lila estranhou. Então, antes que pudesse se impedir, fez menção de tirar a máscara dele.

Jonah recuou. Por um momento, os dois permaneceram em silêncio, se observando.

Lila forçou um sorriso. "Vou ficar sem saber quem é você?"

Ele soltou uma risadinha. Então se inclinou para a frente e beijou a bochecha dela, que precisou se segurar para não se esquivar.

"Você vai ter que esperar até a próxima pra descobrir", ele sussurrou.

Depois daquela noite terrível, Lila criou coragem e contou a algumas amigas o que havia acontecido. Ficou chocada ao descobrir que todas já haviam sofrido algum tipo de violência sexual. Mas, ao relatar o que havia acontecido, começou a duvidar de si mesma. Será que Jonah sequer sabia que o que havia feito era errado? Tinha sido um estupro (*de verdade*)? Tinha certeza de que não *queria* fazer sexo com ele, mas havia expressado aquilo alto o bastante, com convicção o bastante? Ou passou a ideia errada? Parte da culpa não seria dela?

Quando pediu o conselho delas quanto ao que fazer, foram unânimes: não adiantava nada prestar queixa. Se ela mesma estava duvidando da própria narrativa, não teria uma base sólida para se apoiar. Fora que, na experiência das amigas, os homens sempre se safavam. Prestar queixa só a faria passar por mais vergonha e humilhação. A melhor solução, continuaram, era deixar tudo para trás, tentar esquecer. Lila se sentia tão fragilizada, cansada e assustada, que concordou. Não prestou queixa.

Naquela mesma semana, Jonah havia recebido uma ligação de casa e deixado Princeton para ir cuidar da mãe. Concluiu os estudos à distância e não voltou nem para a formatura. Lila esperou, temerosa, pelo dia em que ele entraria em contato, mas esse dia nunca veio. Só voltou a ouvir seu nome uma vez naquela primavera, quando foi anunciado que seu trabalho de conclusão, sobre *Suave é a noite*, havia recebido o prêmio mais prestigioso da universidade. Lila percebeu quão sozinha estava. O mundo não ia cuidar dela. Ela que tinha que encontrar uma maneira de ser a própria salvação.

Em um ato impensado de retaliação, Lila roubou a única cópia do TCC de Jonah da biblioteca, para depois perceber que aquela poderia ser uma maneira diferente de processar seu trauma. Enquanto se debruçava sobre o trabalho como uma maneira de compreender seu autor, uma ideia lhe ocorreu. Ela deu início a uma empreitada criativa própria, reescrevendo a história de Fitzgerald para dar a Nicole o fim que ela merecia — uma resposta ao texto misógino que Jonah Gabriel reverenciava.

Com o tempo, Lila perceberia que a adaptação não era suficiente. Não estava nem aí para Fitzgerald, afinal — só se importava em acabar com o homem que o venerava. Uma hora, chegaria à conclusão de que precisava produzir seu próprio fim para ter o ajuste de contas que tão desesperadamente buscava. E, enquanto desenvolvia uma cura própria, Lila Crayne aprendeu uma lição valiosa:

A vingança era doce.

Três

Ela segura a máscara — a armadura dourada lampeja na escuridão — e olha horrorizada para o corpo de Kurt, em uma poça de sangue escuro que aumenta lentamente.

"Temos que chamar a polícia", Jonah diz, "e deixar claro que foi um acidente."

Lila o observa — esfregando as mãos, com a pele manchada de rosa por causa do sangue — com repugnância no rosto. "Não foi um acidente."

Os olhos de Jonah se arregalam. "Lila, precisamos de ajuda..."

Ela balança a cabeça, trêmula. "Que bem faria? Nada vai trazer Kurt de volta. Nada pode desfazer o que você fez."

"O que *eu*...?" Ele balança a cabeça. "Do que está falando?"

Lila engole em seco. Parece se convencer a permanecer forte, a fazer tudo em seu alcance para seguir em frente com o plano e dar a Jonah o final que ele merece.

Então contorna a poltrona de veludo e se senta nela.

"Isso foi uma armação, Jonah", ela diz, baixo. "Uma armadilha."

De repente, toda a cor deixa o rosto dele.

"Você tirou algo de mim naquela noite em Princeton, uma coisa que nunca vou recuperar. E, por treze anos, ficou

impune. Mas agora..." Ela olha para Kurt, o que só parece fortalecer sua determinação. "Agora você vai pagar. Você tem ideia de como foi horrível viver com o trauma do estupro?"
"*Estupro?* Lila, eu..."
"Cala a boca", ela diz, balançando a cabeça. "Uma vez na sua vida, Jonah, você vai calar a porra dessa boca e ouvir. É a minha vez de falar." Seus olhos se voltam para o corpo de Kurt. Ela os fecha e tenta afastar a horrível imagem.
"Há anos, revivo o pesadelo do que você fez comigo. Eu me senti tão impotente, tão vulnerável. Ficava me questionando, duvidando de mim. Repetindo para mim mesma que a culpa era minha. Com o tempo, aprendi a afastar tudo para o segundo plano, mas nunca me curei de verdade. Achei que nunca me curaria.

"Então, um dia, há uns três anos, recebi um e-mail de uma estudante de Yale, uma jovem atriz. A princípio, não dei muita atenção. *Jogo da espera* havia acabado de sair, e eu achei que fosse uma fã. Mas a mensagem era estranhamente cifrada. Ela me disse que tínhamos um conhecido em comum e perguntou se eu não podia ajudar." Lila engole em seco, tenta controlar a respiração. "Concordei em encontrá-la e notei na mesma hora que éramos muitíssimo parecidas. E então ela me contou a história, e foi impossível ignorar as relações. No primeiro ano dela em Yale, ela foi estuprada por um membro da St. A's de máscara, no baile Pump and Slipper de *lá*."
Ele fecha os olhos. "Meu Deus."
Lila esfrega copiosamente as mãos no vestido ensopado de sangue. "Não precisei ouvir mais nada. Tive certeza de que era você. Ela ficou tão atormentada que largou a universidade. A vida dela estava desmoronando. Na terapia, sugeriram que ela entrasse em contato comigo, porque a única pista que tinha era o fato de você ter se gabado do fato de ter passado

uma noite romântica comigo. Tinha a esperança de que eu soubesse quem você era. Fiz uma pesquisa e descobri que sim, você estava em Yale na mesma época, fazendo seu doutorado. Ela só queria seu nome pra poder prestar queixa do estupro."

"Espera aí, Lila", Jonah diz, frenético. "Isso não..."

"Você nem imagina como me senti péssima." Ela fecha os olhos. "Minha dúvida me manteve em silêncio por todos esses anos. Minha dúvida permitiu que você se safasse de novo. A culpa era *minha*, pelo menos em parte." Lila olha para ele. "Mas o que ela me disse que você fez... não tinha margem nenhuma. Você estuprou a garota, assim como me estuprou."

Jonah balança a cabeça. "Como pode dizer isso? Lila, como pode pensar..."

"Percebi que prestar queixa não bastava. Tempo demais havia passado, e nem eu nem ela tínhamos feito o exame de corpo de delito. Não tínhamos provas nem testemunhas. Viraria logo uma questão da nossa versão contra a sua, e de jeito nenhum eu tentaria convencer quem quer que fosse do que eu *sabia* que você havia feito." Ela abraça o próprio corpo, tremendo. "Durante a minha vida toda, fui levada a acreditar que o mundo é dos homens, que os homens podem se safar do que quiserem, que os homens não precisam pagar por seus crimes. Decidi que não ia mais permitir isso. Convenci a garota a esperar para prestar queixa. E bolei uma maneira de conseguir justiça pra nós duas."

Lila vai até Kurt e seus olhos se enchem de lágrimas. "Até então, eu estava feliz com meu arranjo com ele." Ela se ajoelha ao lado do corpo e começa a chorar. "É claro que o começo foi problemático. Mas deixamos isso pra trás e garantimos que o relacionamento beneficiasse a nós dois, na parte de publicidade, na profissional e até na sexual." Lila pega a mão dele e a acaricia. A aliança cintila no escuro. "Um relacionamento aberto, o que para mim estava ótimo. Não me interessava o que Kurt fazia, desde que a fachada fosse mantida." Ela beija a mão dele, depois tira a aliança de seu dedo, abre o próprio colar e a retorna a seu lugar de direito. "Minha carreira tinha decolado, e o público adorava a gente. Mas não tínhamos uma conexão de verdade, de coração. Então percebi: essa era minha chance de recomeçar.

"Entendi que precisava da ajuda de Kurt com um filme importante, um projeto pessoal. O nome dele era garantia de que seria feito. Mas eu sabia que ele nunca toparia, principalmente se soubesse que o roteiro era meu." Ela limpa as mãos nas coxas, depois pega a faca e se levanta, se força a tirar os olhos do corpo. "Então virei o jogo e ameacei vazar que fui forçada a transar com ele para entrar no elenco de *Jogo da espera*. Kurt entrou em pânico e tentou me manter calada prometendo tudo o que eu quisesse." Lila engole em seco. Ergue o queixo. "Nesses dois anos, mantive nosso relacionamento flutuando. Eu controlava totalmente a vida pessoal e profissional dele. Kurt fazia tudo o que eu queria antes mesmo que pedisse. Valia a pena, porque o filme tinha recebido sinal verde, e eu sabia que você não resistiria a ele."

Ela se vira para Jonah. "*Suave é a noite*, adaptado em segredo por Lila Crayne. Um livro de seu escritor preferido, tema de seu trabalho de conclusão de curso."

Ele fecha os olhos. "Meu Deus."

Lila vai até a estante, coloca a faca dele no degrau mais alto que alcança da escada e puxa um livro da borda. "Seu trabalho foi inestimável, o manual perfeito para o argumento que eu queria refutar."

"*Você* que roubou?"

"Claro que sim. Sempre esteve comigo." Ela o avalia.

"Esses anos todos. Achou mesmo que ia conseguir, não é? Achou mesmo que estava sendo discreto? Você foi tão óbvio, tão amador. Passar por meu apartamento todo dia... Minha equipe queria entrar com uma medida protetiva na primeira semana, mas eu os convenci do contrário."

Ela afasta do rosto o cabelo agora pegajoso de sangue. Estremece. "A pobre garota inocente dos seus sonhos, trabalhando no seu projeto mais amado, vem bater à sua porta? Presa em um relacionamento abusivo, e só você pode ajudar?" Balança a cabeça. "Kurt nunca bateu em mim. Nunca. Gostava de pegar pesado, mas nunca era violento."

"Os hematomas..."

"É impressionante o que maquiagem cenográfica pode fazer, não?" A têmpora dela pulsa. "Mas meu momento preferido foi o da revelação, quando você *milagrosamente* desbloqueou um trauma de infância que nunca reprimi."

Jonah se surpreende. "Então...?"

"Sou atriz, Jonah, e uma das boas. Eu me lembrava da batida, nunca esqueci. Minha mãe e eu não guardamos segredos uma da outra. Nunca guardamos."

"Lila, por favor! Por que está fazendo isso?"

"Quando Kurt abandonou o filme, tudo se encaixou. Sabe o que mamãe escreveu na mensagem, como fizemos Kurt voltar? Oferecemos liberdade a ele, se me ajudasse a pegar você."

Jonah solta um gemido baixo.

"Nunca precisei escapar de Kurt. Eu o usei como *isca*, pra que você se sentisse como um herói, para vir correndo me salvar. E você caiu direitinho na armadilha."

Ela inspira fundo. Olha para baixo, para o sangue de Kurt entremeando seus dedos dos pés. A respiração de Lila acelera, e ela volta a pressionar de novo e de novo as mãos contra o tecido do vestido, desesperada para se livrar do sangue.

"Prometi pro Kurt que, se me ajudasse hoje, eu incriminaria você como um predador ciumento e manipulador, e ele como o herói que tinha me defendido. Nunca contaria a ninguém sobre as mulheres que ele coagia, e ele ficaria impune. Como garantia, entreguei umas fotos que Freddie havia tirado de mim e Dom, no que aparentava ser um abraço romântico, que poderiam ser vazadas como prova da minha infidelidade. Tudo o que Kurt precisava fazer era esperar você entrar, te encurralar e chamar a polícia. As leis de proteção às mulheres são tão descabidas que menos não serviria. Escondemos todas as armas, e eu garanti que, caso evoluísse para briga física, você não seria páreo para ele. Jurei que ele não se machucaria."

A voz dela falha. Sua visão embaça.

"Nunca quis que ele morresse", Lila sussurra. "Pensei que, depois de pegar você, íamos te entregar e seguir caminhos separados. Nunca pensei que você *mataria* ele."

Por um momento, ela avalia Jonah, e uma única lágrima escorre por sua bochecha. Então Lila balança a cabeça, enxuga o rosto e cruza os braços, decidida.

"Mas daí você *matou* ele. E isso só confirma que é uma pessoa horrível. Tudo o que fiz foi te dar corda pra se enforcar. E você virou um assassino."

"Não sou um assassino!", ele grita. "Foi autodefesa! Achei que ele fosse me matar."

"Eu vi você, Jonah!", ela diz, incrédula. "Vi o que você fez. Você não corria perigo nenhum, ele nem tinha uma arma! E ficou insistindo pra você baixar a faca. Você não precisava ter matado Kurt, mas *matou*." Ela balança a cabeça. "Ninguém vai acreditar em você, de qualquer maneira. Não com todas as provas."

"Que provas?"

"Gravei todas as nossas sessões. Tenho provas de todos os momentos em que você cruzou a linha. Nossas mensagens de texto. Minhas anotações no diário, que me retratam em um estado *muito* vulnerável e dão sinais claros de transferência." Ela solta uma risadinha. "Eu te dei tantas chances de escapar! Tantas oportunidades de fazer a coisa certa. Mas *você*... você continuou se provando culpado. Você não precisava me aceitar como paciente, não precisava mentir sobre nossa história. Quando eu disse que fui estuprada, você poderia ter admitido que o estuprador era *você*."

"Mas eu não..."

"Ah, claro que não. Você escondeu sua identidade, de novo." Ela cruza os braços. "Você não precisava permitir que nosso relacionamento se tornasse físico. E não precisava ter traído Maggie. Mas traiu."

Ela atravessa a sala. "E ainda tem as gravações de você rondando meu apartamento. O depoimento da minha equipe de segurança. Ah, e Freddie e Dom. Eu contei que você vinha me stalkeando e eles prometeram me proteger." Ela pega o controle remoto na mesa de centro e o aponta para a TV de tela plana na parede. "E tem isso."

A TV liga, ofuscante na escuridão. Uma imagem embaçada em preto e branco preenche a tela. São imagens de segurança; dois focos de matéria escura em meio ao cinza-claro. Então um deles se movimenta, e Jonah prende a respiração.

"Procurei recriar a atmosfera da festa aquela noite na minha casa. Achei que você ia querer reviver o momento, e estava certa: você repetiu quase passo por passo. Vê? Aqui, você me beija com força, me segura enquanto eu tento te afastar. Puxa meu cabelo, me imobiliza no chão. Ali estou eu, tentando escapar." A câmera corta para a imagem de Lila se rastejando pelo chão, sendo seguida por Jonah. "Você prende meus ombros pra eu não me mover, depois me segura pelo pescoço e me mantém no lugar. Aí vira meu rosto pro lado enquanto se prepara pra entrar em mim à força." Ela aperta um botão e desliga a TV.

"Não tem som no vídeo!", Jonah grita. "Você queria que eu te beijasse, implorou que eu te beijasse! Não fiz nada contra a sua vontade."

"Mas as gravações contam uma história diferente, não é?" Lila se senta na poltrona e se agarra aos seus braços ensanguentados para se firmar. "Todas as evidências apontam para uma narrativa clara: você era obcecado por mim em Princeton e me estuprou, achando que eu não ia descobrir quem você era. Agora, anos depois, fez segredo do seu histórico e infringiu todos os protocolos quando aceitou essa estrela do cinema vulnerável como paciente, para atingir seus próprios fins. Aí me manipulou para te enxergar como a única resposta para todos os meus problemas e me seduziu e convenceu a nos envolvermos. Kurt era o único obstáculo no seu caminho para me possuir de uma vez por todas. Por isso, hoje, em um estado assustadoramente desequilibrado, você matou meu noivo, num acesso de fúria e ciúme."

Lila balança a cabeça. "Se seu ego não fosse tão imenso, talvez você tivesse se dado conta. Já *Maggie*... Maggie percebeu, não foi? Ela sabia que havia algo de errado."

Ele faz uma careta, fecha os olhos.

"Você deveria ter ouvido Maggie quando teve a chance." Ela baixa a voz. "Ainda bem que a salvei de você."

"Maggie me ama!" Ele hesita, depois fala baixo, quase que para si mesmo. "Ela me defenderia. Maggie ficaria do meu lado."

"Acha mesmo?" Lila inclina a cabeça. "Falei com ela hoje, só pra garantir. Quando veio entregar o quadro, eu estava chorando, claramente fora de mim. Falei que você vinha me stalkeando e que tinha até me atacado. Mostrei o vídeo, o vídeo que você acabou de assistir. Prometi que estava buscando ajuda, mas disse que ela deveria se manter longe de você pra sua própria segurança."

"Maggie não caiu. Disse que não sabia em quem acreditar."

"Ah, claro que sabia. Maggie é esperta, como falei. Provavelmente tentou te impedir de vir. E aí você deve ter concluído que era ciúme daquela filha da puta conivente, tentando separar a gente. Então você disse algo imperdoável, algo que fez Maggie se dar conta de quão pouco você se importa com ela. Acertei?"

Ele nega com a cabeça. "Sua história não bate. Se acha que te agredi, por que me procuraria pra fazer terapia? Ou sabia quem eu era ou não sabia. Não dá pra ser os dois."

Ela abre um sorriso triste. "Tem certeza?"

Então fecha os olhos, pressiona as mãos nas orelhas. Os ombros se curvam e depois se abrem, suas mãos se unem. Ao abrir os olhos, estão arregalados, úmidos. "Meritíssimo, eu não tinha nenhuma lembrança daquela noite. Se Jonah não tivesse me ensinado a desbloquear as memórias que reprimi, não sei se *algum* dia recordaria. Talvez eu nunca descobrisse que ele havia me perseguido e agora estava me encurralando de novo."

Lila pisca, enxuga as lágrimas. Então se volta para Jonah, com a boca em uma linha fina e inflexível. "É a minha palavra contra a sua. O mundo vai enfim ficar do lado da mulher. Porque, com todas as evidências, em quem você acha que vão acreditar?"

"Lila, *por favor*, não faz isso!", ele implora. "Conheço você! Você não é assim!"

"Você não faz a porra de uma ideia de quem eu sou", ela

grita de volta. "*Essa* sou eu de verdade, Jonah. Não gostou dessa versão? Sou uma ameaça para você agora? Quer que eu volte a ser a paciente doce e infantilizada? Ou a engraçadinha, sexy, que te manda cartas sedutoras? Estou curiosa pra saber que fantasia é a sua preferida. Tudo o que você *acha* que sabe a meu respeito, tudo o que viu até agora, em nossas sessões, nas anotações de diário, aquela noite na casa... era tudo atuação. Tudo mentira. Não está me reconhecendo agora? Você não me conhece nem um pouco."

Ele inspira fundo, depois diz, baixo: "E quanto àquela noite em Princeton? Não era você?".

Lila estreita os olhos.

"Aquela *era* você. A mulher por quem me apaixonei." Uma pausa. "A mulher que ainda amo."

Por um momento, eles avaliam um ao outro em silêncio.

"Se você realmente me ama admite o que fez comigo."

Jonah hesita. "O quê?"

Ela parece resoluta. "Quero que você admita que me estuprou. Por que não pode reconhecer isso, depois de todos esses anos?"

Lila levanta para ficar diante dele, à espera. Diretamente atrás, Ícaro surge em relevo, a reencarnação épica do único memento de Jonah: uma foto escura e borrada dos dois juntos naquela noite. Ela continua ali, pálida e frágil, trêmula. De raiva?

Ou, seria possível, de *medo*?

"Foi tudo um grande mal-entendido", Jonah começa a dizer, devagar. "O que você disse que eu fiz naquela noite... eu nunca faria isso com ninguém."

Ela vai pra trás, perplexa.

"Não quero invalidar sua experiência. Mas, Lila... acho que sua lembrança pode estar equivocada..."

"Eu não queria transar com você", ela diz, com firmeza. "Você me forçou, contra minha vontade."

"É muito triste ouvir você dizer isso. Porque pra mim... aquela foi a melhor noite da minha vida."

À distância, um trovão.

"Sei que cometi erros terríveis, imperdoáveis. Não devia ter te aceitado como paciente. Devia ter dito que me lembrava de você. *Sei* que foi errado, tanto em termos morais como éticos. Mas..." Jonah olha para ela. "Pensei em você todos esses anos, torci para que nossos caminhos se cruzassem de novo. Quando você voltou pra minha vida, eu soube que era minha única chance." Ele enxuga os olhos. "Meu Deus, Lila... Esses anos todos, continuei apaixonado por você!"

Outro trovão, mais forte. Através dos olhos pansóficos da janela, a abóboda rachada do céu aparece iluminada por um raio.

A sala retorna à escuridão, exceto pela brancura do vestido de Lila. Jonah a vê pegando a máscara e a virando nas mãos.

"Você tirou a *minha* máscara", ela diz, devagar, "mas não tirou a sua."

"Por causa daquelas regras idiotas..."

Lila o encara. "E na manhã seguinte?"

Jonah hesita.

"Se você realmente achasse que a noite tinha sido perfeita, ia querer que eu soubesse quem você era à luz do dia. Mas continuou de máscara. Estava protegendo sua identidade, porque uma parte sua sabia que tinha feito algo de errado."

"Faz sentido quando você ache isso, mas não foi essa a razão por que mantive a máscara. Acho que..." Ele ergue as mãos. "Fiquei em choque. Achei que tinha sido uma noite perfeita, e aí descobri que você nem se lembrava? Foi muita humilhação."

Ela balança a cabeça. "Você mentiu pra mim quanto ao que aconteceu..."

"Não menti", ele insiste. "Só disse que a gente tinha se divertido muito, e achava que era verdade! Eu não fazia ideia de que não tinha sido pra você. Não queria te constranger, dando detalhes de uma noite que você não se lembrava. Nunca me ocorreu que você estaria mentindo."

Lila abre a boca para protestar.

"Mas tudo bem, não importa", Jonah acrescenta depressa. "É claro que eu devia ter te contado tudo. Só que fiquei tão sem graça que acabei me acovardando. Quanto ao que *realmente* aconteceu aquela noite, queria que você tivesse dito algo na hora. Achei mesmo que você quisesse tanto quanto eu."

"Eu tentei te impedir..."

Jonah inclinou a cabeça. "Tentou mesmo?"

Os olhos de Lila se enchem de lágrimas.

"Sinto muito mesmo por ter lido errado os sinais. Mas você nunca me disse que não queria fazer sexo. Ou, pelo menos, não acho que você disse." Ele a avalia. "Acho que pensei que, se você não quisesse, diria claramente. Mas não me lembro de você ter dito 'não'. Estou errado?"

Ela nota o sangue de Kurt escorrendo para mais perto deles.

Jonah ergue a mão. "Não importa. Você não queria. O que estou dizendo é: *eu* não sabia, de verdade. Se soubesse, nunca..."

"Aconteceu mais de uma vez", Lila insiste. "Você fez de novo..."

"Eu me lembro dessa outra mulher. Da caloura. Faz uns quatro anos. Fui convidado, como membro da St. A's de Princeton, a ir ao Pump and Slipper de Yale. Ela que veio até mim, desde o começo. Era charmosa e quase tão bonita quanto você.

Nos demos bem, tomamos uns drinques... e, sim, passamos a noite juntos. Traí Maggie naquela noite. Mas contei a ela logo em seguida. Assumi a responsabilidade pelo meu erro.

"Mas quanto ao que *realmente* aconteceu em Yale..." Jonah dá um passo na direção dela. "A garota mentiu pra você. Foi *ela* que começou. Queria até mais do que eu." Ele pausa. "Pensando agora, talvez ela esperasse algo mais. Só que eu não ia deixar Maggie, claro. Talvez ela tenha entrado em contato porque queria me prejudicar, porque queria se vingar. Como você disse: a vida dela estava péssima. Ela não estava bem."

Jonah deu um passo para mais perto. "Lila, pensa no meu trabalho, na minha vocação. Não sou um predador de mulheres, eu ajudo elas! Pensa em todas as mulheres que ajudei em todos esses anos. Pensa na Brielle." Ele hesita, depois acrescenta: "Pensa em como salvei *você*, tantos anos atrás".

O queixo dela começa a tremer.

"Você não se lembra daqueles caras, de todas as bebidas que aceitou?" A voz dele se reduz a quase um sussurro. "Só te levei lá pra cima pra te proteger. Achei que quisesse escapar deles. Você não queria?"

Uma lágrima escorre pela bochecha dela. "Claro que queria."

"Não era só atração o que eu sentia por você. Estava começando a me apaixonar. Mas naquela noite... eu só queria te proteger daqueles caras."

Com cuidado, ele ergue as mãos. "Sei o que você quer ouvir. E quero te dar o que for preciso pra se curar. Mas..." Jonah balança a cabeça. "Não posso admitir ter feito algo que eu não sabia que estava fazendo, que não tinha intenção de fazer. Não vou dizer que te estuprei, Lila. Nunca poderia admitir isso."

Um silêncio se estende entre os dois.

Então, de cima, vem outra voz, trêmula pelo ar:
"Seu mentiroso."
Ela aparece no patamar da escada, pegando a faca de bolso do topo dos degraus. Jonah perde o ar.
"Celia?"
"Amanhã sai o comunicado de imprensa de que Celia é a nossa Rosemary", Lila murmura, observando-a com cautela.
"Você estuprou nós duas, Jonah", Celia sussurra.
"Eu não..."
"Você estuprou nós duas!", Celia grita. "Sei que sim, porque usou o mesmo truque *duas vezes*."
Ele congela.
"Eu não estava dando em cima de você aquela noite. Nem estava interessada em você! Mas você não me deixava em paz. Repetiu a ladainha do Fitzgerald, depois disse que eu era a cara de Lila Crayne, que você tinha conhecido anos atrás." As mãos de Celia encontram o corrimão e o agarram com força. "Tinha outros caras flertando comigo, e você não gostou. Me puxou de lado e falou que tinha ouvido eles comentando as coisas horríveis que fariam comigo. Disse que estava preocupado e perguntou se eu tinha aceitado alguma bebida deles." A voz dela falha. "Meu Deus, eu fiquei aterrorizada! Quis sair de lá na mesma hora. Você disse que era melhor não, porque eles podiam me seguir. Disse que sabia de um lugar onde eu estaria segura, onde poderia esperar até eles irem embora."

A voz dela se reduziu a um sussurro. "Depois que ficamos sozinhos, você virou outra pessoa. Eu disse que não queria transar. O tempo todo, *implorei* pra você parar. Mas não fez diferença. Você agiu como se nem me ouvisse. Ficava me silenciando, dizendo pra eu não me preocupar. Falando que eu estava segura."

"Os outros homens...", Lila murmura, seus olhos arregalados diante da revelação. "Era tudo mentira? Mas..." Ela se vira para Celia. "Mas você nunca me contou..."

"Você nunca me deixou contar." Celia balança a cabeça. "Você não quis saber dos detalhes da minha história. Só queria saber do que tinha acontecido com você."

Celia se vira para Jonah e desfere o golpe final: "Essa história de outros caras querendo machucar a gente nunca existiu, não é? O único homem que queria nos ferir era você".

"Você está agindo como se tivesse sido premeditado", Jonah diz, gaguejando. "Era só uma cantada barata, uma historinha..."

"Era uma armadilha", Celia insiste. "Uma armadilha que você usou duas vezes. Você queria a gente. Não importava se queríamos ou não."

De repente, a expressão dele se transforma. "Não teve nada a ver com você." Jonah se vira para Lila. "Você precisa entender... eu tinha bebido e... nossa, ela é igualzinha a você!"

Lila permanece em silêncio.

"Se você quer que eu admita que violentei *ela*, se precisa que eu diga isso..." Ele deixou a sugestão no ar. "Mas, Lila, você precisa acreditar quando digo que nunca estuprei *você*!"

Celia olha para Lila, que observa Jonah, descrente.

"Todo mundo comete erros, não é?", ele balbucia. "Eu só queria reviver o que tive com *você*. Queria reconstruir a lembrança daquela noite perfeita, da noite que você depois disse que esqueceu. Não teve nada a ver com ela. Só tinha a ver com..."

"Lila", Celia completa, enxugando as lágrimas com raiva. "Já entendi, você foi bem claro. Você estava pouco se fodendo pra mim. Só me usou, fingindo que eu era ela."

"Eu amava Lila!" Ele volta a se virar para Lila. "Eu sei que não devia ter inventado sobre os outros homens, eu *sei*! Mas eu não conseguia acreditar que finalmente estava acontecendo! E não confiava que você ia querer ficar comigo. Queria te dar um motivo pra ficar. Queria que soubesse que, comigo, você estaria sempre segura. Lila..." Jonah leva as mãos ao rosto. "Eu te amo."

"Isso não é amor. É possessão." Ela balança a cabeça. "Desiste, Jonah. A gente vai ter a justiça que merece."

Mas isso faz Celia soltar uma risada incrédula.

"Nunca teve a ver com justiça. Sempre teve a ver apenas com Lila Crayne."

Lila estreita os olhos. "Do que está falando?"

Celia inspira fundo. "Da primeira vez que nos encontramos, você me prometeu que Jonah seria condenado pelo que fez com nós duas. Mas que você precisava de mais tempo pra reunir provas, pra descobrir se havia outras vítimas... Você prometeu que faria de tudo pra montar uma argumentação irrefutável, que provaria a culpa dele. E que então iríamos juntas entregar ele pra polícia. 'Duas mulheres são mais fortes que uma', você disse."

Lila olha de relance para Jonah. "Celia..."

"Enquanto isso, você conseguiu que seu filme fosse feito. E generosamente se ofereceu para convencer Kurt a me testar." Ela inspira fundo de novo. "Você me avisou que ele podia ser difícil, mas que seria *muito* importante pra você que eu conseguisse esse papel. Que você sentiria que estava botando minha vida nos trilhos. Que ficaríamos amigas enquanto reuníamos as provas contra Jonah."

Celia abraça o próprio corpo. "Mesmo depois de ontem à noite, quando descobri que você sabia que Kurt me forçaria a transar com ele, tentei me convencer de que você não tinha escolha. Por que deixaria que algo tão horrível acontecesse comigo?"

"Mas, Celia, eu não..."

"Quando apareci hoje sem ser convidada, você não teve tempo, não teve escolha a não ser me esconder. E eu ouvi tudo, Lila. Você passou anos chantageando Kurt! Não te custaria me proteger!"

Lila hesita, e Celia solta uma espécie de risada.

"Você provavelmente *gostou* que eu mantivesse Kurt distraído, não? Ele vivia me assediando durante as filmagens. E eu fiquei em silêncio, por pura confiança em você. Me senti até culpada, pensando que era uma destruidora de lares! Você não tinha me contado que o relacionamento de vocês era uma mentira, claro."

Lila balança a cabeça. "Eu sinto muito. Eu não sabia. Achei que você tinha consciência de que sexo era uma moeda de troca, de que assim alavancaria sua carreira. Achei que tivesse concordado."

"Não é porque você aceitou que ele fizesse aquilo com você que eu precisava aceitar também. Não faz ser certo e com certeza não tornou a experiência menos traumática. Por que não me avisou explicitamente? Nós duas sabemos a resposta: porque isso faria com que seus planos estivessem em risco. Então você ficou quieta e deixou que acontecesse. Pra você, o sacrifício valia a pena."

Lila espalma as mãos. "Celia, não é verdade..."

"Para de atuar! Sei que essa é só mais uma das suas performances."

"Não estou atuando!", Lila exclama. "Juro que estou dizendo a verdade."

"Confiei em você. Tinha certeza de que estávamos do mesmo lado. Tínhamos passado pela mesma coisa, como não seríamos aliadas? Você nem sequer ligou que Jonah tivesse me estuprado também? Ou fui só um peão, a catalisadora do seu plano?"

Celia observa a devastação em volta. "A morte do Kurt", ela diz, depois olha para Jonah. "E incriminar ele pelo assassinato?" Sua voz mal passa de um sussurro. "Nem *ele* merece isso. Você o transformou num assassino, Lila. É tão responsável pela morte de Kurt quanto ele, talvez mais. Você que criou esse pesadelo. Se eu soubesse que era *isso* que você estava planejando, nunca teria aceitado. Kurt morreu por sua causa."

"Eu não queria que ele morresse", Lila grita, agarrando o próprio vestido. "Foi um acidente!"

"Você estava disposta a arriscar a vida de Kurt. Ele era um dano colateral. Como eu."

"Celia, por favor, me ouve." Os olhos de Lila se voltam para Jonah. "Não tínhamos nenhuma prova! Sabíamos que ele estuprou a gente, mas não tínhamos como provar. Tudo o que fiz foi arranjar evidência."

"Com *mentiras*. Você não percebe o que fez? O abuso inventado nas mãos de Kurt, fingir que seu noivo te agredia sempre... Você não se importa com o desserviço que prestaria às vítimas de verdade se essas mentiras viessem à tona?"

"As mentiras eram só pra encurralar *ele*", ela diz, olhando para Jonah. "E as gravações de segurança... Jonah realmente me atacou. Aconteceu. É só uma questão de *quando*."

Celia balança a cabeça. "Você criou provas falsas."

"Eu dei outra chance a ele!", Lila insiste. "Dei a chance para que ele fornecesse as provas necessárias pra ser levado à justiça."

"A justiça não pode se basear em mentiras. Isso é armação."

"Celia, pelo amor de Deus!", Lila implora. "Estamos tão perto de conseguir tudo o que queríamos..."

"Tudo o que *você* queria", ela retruca. "E quanto ao que *eu* quero?"

"Não quer ver Jonah preso pelo resto da vida?"

"Você prometeu que eu prestaria depoimento!"

Lila abre a boca para responder, mas nada sai.

"Passei anos na terapia processando o que ele fez. Prestar depoimento seria o desfecho que eu precisava. Eu *preciso* poder contar num tribunal o pesadelo pelo qual passei, preciso fazer isso olhando no olho do homem que me estuprou. Quero servir de exemplo pra outras mulheres, quero mostrar que elas não precisam ter medo de dizer a verdade! Mas como posso fazer isso agora? Como posso dar minha versão sob juramento sem arriscar que tudo venha à tona? Você consegue me dizer com honestidade que seu plano genial prevê uma maneira de eu conseguir depor?"

Lila a encara, impotente.

"Você é tão ruim quanto ele", Celia sussurra. "Quando vai aprender a proteger outras mulheres?"

Celia vai até Lila e para a centímetros do rosto dela. "Gravei tudo o que aconteceu hoje à noite", ela diz, segurando a faca com firmeza. "Assim como você teria feito, não é?" Ela hesita. "Se eu quisesse, poderia acabar com você."

Ela avalia Lila. Aguarda.

"Cansei das suas merdas", Celia diz, afinal. "É hora de colocar um fim nisso, de uma vez por todas." Ela tira o celular do bolso do vestido.

"Celia, por favor!", Lila grita. "Quero que você tenha a justiça que merece. Por favor, estou implorando. O que posso fazer?"

"Depois de todas as promessas que você quebrou? Nada me faria confiar em você de novo." Ela começa a digitar.

"Espera!", Jonah exclama, e elas se viram. "E se eu dissesse que tenho algo a oferecer? Algo que pode interessar vocês?"

Celia firmou ainda mais a mão na faca. "O que você tá falando?"

Ele umedece os lábios. "Minhas pacientes."

"Quê?", Lila diz, baixo.

Ele inspira fundo. "Quase todas as minhas pacientes são vítimas de abuso. Não precisa terminar aqui, comigo. Posso dar tudo para vocês: nomes, anotações, informações pessoais, gravações das sessões... tudo o que vocês precisam pra arruinar pra sempre a vida desses abusadores. Vocês não querem acabar com *esses* homens, dar às vítimas deles a justiça que merecem?"

As duas o observam, imóveis.

"Você ainda pode se safar disso", Jonah diz a Lila, apontando para o corpo de Kurt. "Ainda pode incriminar ele como um companheiro violento e abusivo, de quem eu vim te defender, e que acabei matando em autodefesa." Ele engole em seco. "Te dou tudo, se em troca você me deixar ir."

Jonah aguarda.

"Ah, Jonah. Você pensa que sou tipo uma viúva-negra. Mas meus motivos sempre foram puros. Minha luta termina aqui, com você. E oferecer suas pacientes em sacrifício pra não ter que pagar pelos próprios crimes? Você só se afunda mais assim."

"Vocês dois são loucos", Celia sussurra. "Tenho que sair daqui..."

Lila vai para cima dela de repente para tentar pegar o aparelho. Celia dá um pulo para trás, com um gritinho assustado.

"Anda, Celia. Me dá o celular."

"Vai se foder. A polícia vai lidar com isso agora. Você não vai ter tempo de pensar em uma saída."

309

Jonah se vira, cambaleando. Suas pernas começam a ceder, e ele se inclina para a frente para se apoiar na porta de correr.

"Celia", Lila grita, "para!"

Então, quase imperceptível, o toque distante, uma voz do outro lado da linha. Celia fala, em uma imitação perfeita de Lila.

"Por favor, me ajuda. Alguém foi esfaqueado. Ele... ai, meu Deus, acho que ele está morto."

A pessoa responde, Celia passa o endereço e acrescenta: "Depressa, por favor. *Por favor*". Ela encerra a ligação.

"O que achou? Foi uma boa atuação?", sua voz é vazia.

Com um grito áspero e entrecortado, Jonah se lança pela sala e derruba Celia no chão. O celular e a faca escapam de seus dedos. Ele sobe em cima dela...

E fecha os dedos em seu pescoço.

"O que está fazendo?", Lila grita.

Jonah aperta, faz força para baixo, e o barulho que Celia emite se torna um raspado seco. Os olhos dela se arregalam, sua pele delicada fica vermelha, então roxa...

"Eu mato ela, Lila", ele diz, por entre os dentes cerrados. "Posso fazer isso por você."

"Quê?!"

"Vou te salvar dela, condenando a mim mesmo."

"Jonah..."

"Aceita", ele insiste. "Deixa que eu pago o preço."

Lila abre a boca para gritar, então inspira.

E hesita.

Os calcanhares de Celia batem contra a poça de sangue, o som oco — o som de um animal, de uma boneca. Suas unhas arranham as costas de Jonah, depois parecem esquecer seu objetivo para agarrar o ar, impotentes. O rosto dele se contrai com o esforço — ou seria um sorriso se insinuando em seus lábios?

"Xiu", ele instrui, e a silencia de novo. As pálpebras de Celia começam a se fechar, seus olhos viram, o trabalho está quase feito...

"Solta ela."

Lila pressiona a faca contra o pescoço de Jonah.

Ele a olha. "Mas..."

Lila pressiona ainda mais, e uma gota de sangue vem à superfície. "Tira as mãos dela, Jonah. Ou juro por Deus que te mato."

Finalmente, ele a solta. Celia ofega, engasgando por ar, depois se encolhe com um gemido gutural. Entre suas pernas, uma mancha escura e úmida.

Devagar, Jonah ergue as mãos ensanguentadas e olha para Lila, desesperado.

"Foi tudo por você", sussurra. "Foi tudo por você..."

"Já chega."

Celia leva uma mão ao pescoço. Olha para Lila, desfeita.

"Acabou, Jonah", Lila diz. "Não me importo se você nunca admitir o que fez. Sei a verdade, e nunca mais vou duvidar dela. Pra mim, isso é o bastante."

Ele se levanta e segue até a sacada, abre a porta para a rajada de chuva cintilante. Sai, e ela cai sobre ele em grandes lençóis frios, lavando o sangue rosado de seu corpo, que escorre para o chão.

O céu começa a clarear: logo será manhã. Ele apoia os cotovelos no parapeito e olha para a superfície ondulada da água, enquanto as gotas correm livremente por seu rosto.

Volta o olhar para a rua lá embaixo, para a árvore onde

ele parava para descansar toda manhã. Estranha ao ver alguém nas sombras, observando...

Pisca. A figura fantástica e acinzentada sumiu.

O sorriso vai sumindo de seu rosto até se tornar tão pequeno que é quase imperceptível. Aguarda, entreabre os lábios. Por causa do vidro à prova de som, não ouve as mulheres conversando baixo, não nota Celia saindo de cena para não se tornar cúmplice, ou Lila limpando o cabo da faca, jogando-a em um canto, pronta para sua última atuação.

Mas ouvirá as sirenes. Primeiro, tão fracas que vão parecer imaginação sua, depois aumentando tanto que sobrecarregam o ar, ressoando como trombetas. E, por um truque dos ouvidos, dos olhos, o som ficará inextricavelmente ligado às luzes verdes de Nova Jersey se apagando uma a uma. Então, por um único momento encantado e transitório, ele prenderá o fôlego e abrirá os braços no escuro. Parecerá a Jonah que o som se anuncia do outro lado da água, como um chamado à salvação, acenando para casa...

Ele estará pronto, quando vierem.

Arremate

Inverno, agora.

Ela segue para oeste — passando pelas mudas secas, pelas venezianas fechadas, pelas janelas vazias, escuras à luz fraca de janeiro. Quando chega à rua, para por um momento na árvore dele, então continua até o fim do píer.

Com o sucesso arrebatador do filme e o encerramento sem complicações do julgamento, estava certa de que havia finalmente acabado. Jonah havia sido condenado à prisão perpétua. A antes queridinha da América havia se tornado heroína aos olhos de toda a nação. Finalmente, teve a justiça que merecia.

Então recebeu a carta de Maggie, que estava convencida de que Jonah havia sido injustiçado. Pediu que Lila a encontrasse em particular. Tudo o que Maggie queria, tudo com que se importava, era com a verdade.

Ela sabe o que precisa fazer. É uma pena, mas também é a única saída. Em poucos minutos, Maggie vai chegar e Lila vai presenteá-la com uma versão incontestável da história que a absolverá por completo. E então, enfim, estará livre.

É claro que alguém precisará ser sacrificado.

Celia.

Uma rajada forte agita o ar, e ela respira fundo, bastante consciente de sua identidade com seu país — o país de todos — antes de se fundir de maneira indistinguível a ele outra vez.

Seus pensamentos já varrem a água, passam pelas constelações dispersas de pilares que apodrecem devagar, passam até mesmo pelo sol fraco e pálido...

Estão vinculados a um lugar totalmente novo, um lugar distante, nunca antes visto, e voam mais e mais rápido, mesmo quando carregados de volta para o passado. Ainda assim, permanecerão firmes em seu objetivo, e, em breve, ela sentirá novamente o abraço familiar e inexorável da escuridão doce e quente, que sempre foi, sempre será, seu destino...

Mas ali, no crepúsculo, duas mulheres se aproximam, duas sombras se deslocando pelo píer. Nas mãos da loira, a máscara dourada. A morena tocará o celular, que, em silêncio, iniciará a gravação. O triângulo perfeito converge, se ampara. Talvez ela sinta então a presença delas, talvez as mulheres sussurrem seu nome no escuro...

E ela vai se virar.

Agradecimentos

À minha equipe dos sonhos de mulheres fortes e gentis na WME: Suzanne Gluck e Andrea Blatt, aceitar sua oferta em 2021 de formar um trisal foi uma das melhores decisões da minha vida. Vocês são as melhores agentes que uma autora poderia ter. Obrigada pela orientação atenta e pelo apoio inabalável; é por causa de vocês que hoje posso dizer que sou uma escritora. Jill Gillett e Nicole Weinroth, eu me belisco toda vez que me lembro de que vocês estão transformando em realidade meu sonho de levar *Doce fúria* para os cinemas. É uma honra estar trabalhando com vocês duas. Caitlin Mahony e Suzannah Ball, que têm levado este livro para além dos Estados Unidos: vocês são mulheres poderosíssimas, e sou muito grata por estar em suas mãos experientes e confiáveis.

À minha família na Simon & Schuster: em primeiro lugar e acima de tudo, minha editora genial, Carina Guiterman. Carina, você foi além dos meus sonhos mais desvairados. Você é sábia, atenciosa, perspicaz e muito humilde e gentil. Eu sabia, desde o início, que seríamos almas gêmeas. Logo de início, compreendeu *esta obra* da maneira que eu só torcia para que outra pessoa pudesse compreender, e eu soube que poderia confiar em você. Obrigada por me tornar uma escritora melhor; fico muito feliz por estarmos juntas nisso no longo prazo. Tim O'Connell, fiquei encantada com seu apoio fervoroso constante. Obrigada por toda a gentileza e por acreditar em mim. Jonathan Karp, é uma honra que você se preocupe tanto com o sucesso deste livro. Obrigada por me convidar a fazer da Simon & Schuster meu lar. Danielle Prielipp e Maggie Southard, obrigada por se dedicar de coração e alma a trazer *Doce fúria* ao mundo. Sophia Benz, obrigada pela paciência infinita com minhas dificuldades com tecnologia. Stacey Sakal, Kayley Hoffman, Susan Bishansky e Megha Jain, obrigada pela leitura cuidadosa das últimas versões e por garantir que todos os meus (excessivos!) traços curtos fossem transformados em traços longos. Lisa Rivlin, obrigada pelo tempo e pelo cuidado que dedicou a garantir que meu livro chegasse em um espaço seguro.

A minhas famílias internacionais: preciso destacar Imogen Nelson, da Transworld, cuja crença e paixão neste livro me fez chorar de alegria. Fui abençoada com duas editoras no processo, e os comentários precisos e as pontuações atentas de Imogen tornaram *Doce fúria* muito melhor. É muita sorte trabalhar em parceria com você. E ao restante da minha família internacional, que não para de crescer, na Alfaguara, AST, AW Bruna, Paralela, Dook, Fischer, Gyldendal Norsk, HarperFrance, Hayakawa, Keter, Libri Könyvkiadó, Mondadori, Otava e Trei: ainda estou perplexa por vocês terem amado este livro o bastante para levá-lo a seus respectivos países. Obrigada.

Quando me formei em Princeton, em 2009, formei um grupo informal de escritores com alguns ex-colegas de turma, com o objetivo assumidamente egoísta de me forçar a escrever com regularidade enquanto fazia carreira como diretora de teatro. Mal sabia que esse grupo seria minha espinha dorsal ao longo dos anos, revelando-se o melhor grupo de amigos, editores e apoiadores que eu poderia desejar. Dezesseis anos depois, nós cinco somos autores publicados. Laura Hankin, minha querida, obrigada por me emprestar seu talento me ensinando a criar as reviravoltas de um romance enérgico baseado numa trama. Lovell Holder, meu amigo inacreditavelmente generoso, quantas horas não gastamos ao telefone, com você em toda a sua paciência me ajudando a resolver os infindáveis enigmas deste livro. Não mereço você, meu querido. Blair Hurley, a Mulher-Maravilha do mundo da literatura, obrigada acima de tudo por me apresentar a *Suave é a noite*. Sem você, Fitzgerald nunca teria sido parte deste livro. E Daria Lavelle, minha especialista em enredo: você é um verdadeiro gênio quando se trata do assunto, e me ensinou muito. Sinceramente, este livro não existiria sem vocês quatro.

À minha equipe jurídica na Davis + Gilbert: Ashima Dayal, Samantha Rothaus, Alexa Singh e Jordan Thompson, obrigada por sua ajuda inestimável, sua sabedoria e sua tenacidade. Vocês garantiram que eu me sentisse protegida e segura. Acima de tudo, agradeço a Paavana Kumar — uma das mulheres mais inteligentes e talentosas que conheço, que segurou a barra quando eu estava em meu pior momento.

Jonathan Warren, obrigada por direcionar seu olhar de especialista a este livro, garantindo que parecesse (mais ou menos!) que sei o que estou fazendo quando dou voz a um terapeuta.

Anna Pitoniak, obrigada por responder à minha lista infinita de perguntas bobas, por seus conselhos sábios e por seu apoio genuíno.

Stacy Testa, você acreditou neste livro desde o começo. Obrigada por sua imensa generosidade e por ser uma bússola absolutamente confiável. Sou muito grata por sua amizade.

Alex Ulyett, obrigada pela primeira leitura que fez deste livro e por sempre estar aqui para me explicar o funcionamento interno do mercado editorial. Acima de tudo, obrigada por ser o melhor amigo que eu poderia ter.

Harrison Hill, obrigada por segurar minha mão nas trincheiras enquanto nossos livros de estreia eram adquiridos e publicados. Fico muito feliz em dividir essa jornada com você.

Stefanie Lieberman, você foi a primeira pessoa a ouvir a semente de ideia que viria a se tornar *Doce fúria*. Obrigada por me dizer que se tratava de uma história que precisava ser contada. Foi por sua causa que comecei a escrever este livro.

Molly Steinblatt e Adam Hobbins, obrigada pelo incentivo e pelos comentários.

Mamãe e papai, obrigada por seu amor incondicional enquanto eu tentava levar uma vida de artista, em diferentes versões. Eu não estaria aqui sem seu apoio.

Finalmente, a Ben, o melhor homem que conheço, e o mais gentil. Você acreditou em mim e neste livro quando eu já havia perdido as esperanças. Te amo mais a cada ano que passa e sou imensamente grata por ter você, meu Benny, acima de tudo.

TIPOLOGIA Adriane por Marconi Lima
DIAGRAMAÇÃO Vanessa Lima
PAPEL Pólen Natural, Suzano S.A.
IMPRESSÃO Gráfica Bartira, fevereiro de 2025

A marca FSC® é a garantia de que a madeira utilizada na fabricação do papel deste livro provém de florestas que foram gerenciadas de maneira ambientalmente correta, socialmente justa e economicamente viável, além de outras fontes de origem controlada.